Chère Lectrice,

Le mois dernier, vous avez fait la connaissance trois enfants de la famille Lester — et notamment de Lenore, qui est devenue duchesse d'Eversleigh. Ce mois-ci, c'est Jack, le frère de la jeune femme, qui a la vedette. Reponsable du domaine familial depuis que sa sœur s'est mariée, il doit à son tour convoler. Mais où trouver la perle rare qui saura combler ses aspirations ? La partie s'annonce difficile... Si vous avez aimé *Le cœur a ses raisons*, ne manquez sous aucun prétexte *Un homme de cœur* !

Auparavant, pourquoi ne pas découvrir un peu qui est l'auteur de ces deux romans ? Certaines d'entre vous connaissent peut-être déjà Stephanie Laurens, dont plusieurs livres ont été publiés dans la collection Royale. Cette romancière pleine de talent est née au Sri Lanka et a vécu la plupart du temps en Australie. Scientifique de formation, Stephanie Laurens a beaucoup voyagé avec son mari, aussi bien au Moyen-Orient qu'en Europe ou en Angleterre. Elle s'est ainsi établie durant quatre années à Londres, pour un long séjour qui lui a permis d'acquérir une parfaite connaissance de la ville et lui a donné l'envie de situer l'action de la plupart de ses romans dans la capitale anglaise.

C'est d'ailleurs aussi à Londres que vous entraînera *L'ombre du passé*, le second roman de ce mois.

Bonne lecture !

Le Responsable de la série

Un homme de cœur

*

L'ombre du passé

STEPHANIE LAURENS

Un homme de cœur

HARLEQUIN

SÉRIE ROYALE

Cet ouvrage a été publié en langue anglaise
sous le titre :
A LADY OF EXPECTATIONS

Traduction française de
MARIE-CATHERINE ANOUILH

83-85, boulevard Vincent-Auriol, 75013 Paris — Tél. : 42 16 63 63
ISBN 2-280-02146-3

1.

« Lady Asfordby espère que M. Jack Lester honorera de sa présence le bal qu'elle donnera le samedi 6 février au manoir d'Asfordby. »

Assis face à la cheminée, son verre de scotch dans une main, le faire-part dans l'autre, Jack Lester relut d'un air morose l'invitation de lady Asfordby.

— Emily Asfordby est la reine des environs, non ? s'enquit lord Percy.

Lord Percy Almsworthy était l'un des deux gentlemen qui se reposaient dans le pavillon de chasse de Jack. Dehors, le vent soufflait en rafales, faisant claquer les volets. Les trois amis avaient passé la journée à la chasse, mais alors que Jack et son cadet Harry étaient des cavaliers émérites, Percy, lui, craignait les chevaux et s'aventurait rarement au galop. Sans doute cela expliquait-il qu'il arpentât à présent la pièce d'un pas nerveux, tandis que les deux frères, vidés de toute énergie, savouraient le confort de leurs fauteuils.

S'arrêtant près de l'âtre, Percy dit à son hôte :

— Ce bal pimenterait ton séjour, tu ne crois pas ? Et avec un peu de chance, tu pourrais y rencontrer la femme de ta vie.

— Dans ce coin perdu? Cela m'étonnerait! Si je suis rentré bredouille de Londres, ce n'est pas ici, au fin fond de la campagne, que je trouverai mon bonheur.

— Oh! on ne sait jamais...

Vêtu avec une élégante décontraction, ses boucles d'or coiffées à la diable, Harry Lester se laissa aller contre son dossier et posa sur Jack des yeux verts malicieux.

— Diantre, que tu es défaitiste! s'exclama-t-il. Si tu es réellement décidé à te marier — ce qui semble être le cas —, tu ne dois pas hésiter à remuer ciel et terre pour trouver la perle rare.

Pour toute réponse, Jack plissa le front. La clarté mouvante des flammes sculptait d'ombres son beau visage et nimbait ses cheveux bruns d'un halo cuivré.

En effet, il *devait* se marier. Voilà même plus de vingt mois qu'il s'y était décidé, avant que sa sœur Lenore n'épouse le duc d'Eversleigh et le laisse seul responsable du domaine.

— Tu dois persévérer, assura Percy. Et peut-être aussi rabaisser tes prétentions. Tu vas gâcher ta vie à force de tergiverser!

— Percy a raison, mon vieux, renchérit Harry. Tu ne peux pas continuer à jouer les difficiles. A moins évidemment, ajouta-t-il avec malice, que tu acceptes de rendre publique ta bonne fortune!

— Sûrement pas! Et au cas où tu l'aurais oublié, je te rappelle que ma bonne fortune, comme tu dis, est aussi la tienne et celle de Gérald.

Un sourire amusé éclaira sa physionomie tandis qu'il ajoutait :

— A ce sujet, mon cher frère, j'avoue que l'idée de te voir harcelé par une meute de femelles hystériques me semble assez divertissante!

— J'y ai déjà pensé, figure-toi ! affirma Harry avec une grimace éloquente. Et tu peux me faire confiance : si d'aventure ton secret est divulgué, ce ne sera pas par moi. D'ailleurs, je compte bien en glisser un mot à Gérald. Il ne manquerait plus que cet étourneau fasse échouer nos plans !

— Quelle horreur ! s'exclama Jack en frissonnant. Je n'ose l'imaginer !

— Je ne te comprends pas, intervint Percy. Pourquoi cacher aux autres que tu es devenu riche ? On te saluerait bas, et les plus belles femmes se jetteraient à ton cou. Ce serait formidable, non ?

Jack échangea un regard entendu avec son frère tandis que Percy attendait patiemment qu'on daignât lui fournir des explications.

Longtemps complexé par ses épaules étroites et ses mollets de coq, Percy avait trouvé sa vocation en devenant l'un des fers de lance de l'élégance londonienne. Toujours impeccablement vêtu, sa cravate neigeuse nouée avec art, il hantait désormais les salons mondains où il affichait une nonchalance affectée à la Beau Brummell.

Outre le plaisir d'être reconnu et apprécié par tous, sa métamorphose l'avait conduit à faire une autre découverte : son nouveau statut le dispensait de courir le guilledou. Car si Jack et Harry excellaient dans ce sport, Percy, lui, s'y essoufflait très vite. Il vénérait les femmes — de loin. D'un naturel placide, il trouvait son mode de vie actuel infiniment préférable à l'existence mouvementée de ses amis, et il n'était pas fâché de voir les regards des débutantes glisser sur lui comme l'eau sur les plumes d'un cygne. Ces demoiselles préféraient l'allure virile des frères Lester ? Grand bien leur fasse ! Ce n'était pas lui qui s'en plaindrait.

— Entre nous, Percy, reprit Harry d'un ton badin, je crois que ce cher Jack compte davantage sur son charme dévastateur que sur ses deniers pour séduire l'oiseau rare !

— Certes, mais pourquoi garder le secret ? insista Percy.

— Tout simplement pour avoir la paix, lui répondit Jack. Tant que l'on me croit pauvre, je peux badiner à ma guise. Mais si, brusquement, je deviens riche, je peux dire adieu à ma tranquillité ! Toutes les harpies de Londres voudront que j'épouse leur fille ; et dès lors, je ne pourrai plus mettre un pied dehors sans être assailli par des meutes d'horribles créatures !

— Oh...

Atterré par cette perspective, Percy médita un instant avant d'observer :

— Dans ce cas, autant accepter l'invitation de lady Asfordby. Qui sait, peut-être Cupidon veillera-t-il ?

Jack haussa les épaules.

— J'ai toute la Saison devant moi pour trouver une femme, souligna-t-il. Je n'ai aucune raison de me jeter d'emblée dans la gueule du loup.

— Sans doute. Néanmoins, es-tu bien sûr d'avoir autant de temps que cela devant toi ? Ta fortune est précaire, non ?

— Oui, admit Jack. Sur les conseils d'un ami de notre père, Lenore a pris des parts dans une compagnie marchande qui traite avec l'Inde. Bien entendu, il s'agit d'une compagnie officielle, répertoriée sur les registres commerciaux de Londres.

— Justement ! Quinconque s'intéresse un tant soit peu à la Bourse sait que cette compagnie est florissante — et que les frères Lester comptent au nombre des principaux actionnaires. Autrement dit, votre secret est un secret de Polichinelle !

— Diantre, c'est pourtant vrai, murmura Harry, consterné.

— Non, dit posément Jack. Par chance, ce n'est pas si simple. Même si l'idée vient de ma sœur, il est évident qu'elle n'a pas pu agir en son nom propre. C'est donc le vieux Charters, notre courtier, qui a tout arrangé. Mais comme il a toujours très mal supporté qu'une femme lui donne des ordres, il n'a accepté d'aider Lenore qu'à la condition que leur transaction reste secrète. Nous n'avons par conséquent rien à craindre.

Percy eut une moue dubitative.

— Hum ! Peut-être pas dans l'immédiat mais, tôt ou tard, cela viendra. Comme dit mon père, ce genre de nouvelle se propage comme une fissure dans le mortier !

— Il a raison, murmura Harry, lugubre.

— J'en ai bien peur, en effet, soupira Jack avec résignation. Et comme le seul moyen d'avoir la paix est d'être déjà fiancé, je vais répondre positivement à l'invitation de lady Asfordby.

— Moi, en tout cas, je n'irai pas à ce bal, déclara Harry d'un ton ferme. Je ne suis pas censé chercher une femme. Et, de fait, j'ai bon espoir qu'on me laissera tranquille. De toute façon, ajouta-t-il gaiement, je dois me rendre à Belvoir demain matin. Gérald sera là aussi, et j'en profiterai pour lui rappeler notre vœu de discrétion...

Son sourire s'élargit tandis qu'il poursuivait :

— Surtout, Jack, n'oublie pas de m'excuser auprès de lady Asfordby. C'est un vrai dragon ! Et je n'ai aucune envie de subir ses foudres la prochaine fois que je la croiserai...

Comme il gagnait la porte, il posa au passage la main sur l'épaule de son frère.

— Je vais examiner le fanon de Prince. J'espère que cet onguent l'aura soulagé... Si tout va bien, je partirai demain à l'aube. Bonne chasse, mon vieux ! conclut-il avec une grimace miséricordieuse.

Resté seul avec Percy, Jack lut une nouvelle fois l'invitation de lady Asfordby. Puis, avec un soupir, il la glissa dans sa poche et but une gorgée de scotch.

— Alors, nous irons à ce bal ? questionna Percy en étouffant un bâillement.

— Hélas, oui, lui confirma Jack avec morosité.

— Dans ce cas, je vais aller dormir. Un dandy digne de ce nom se doit d'être toujours frais et dispos !

Tandis qu'il montait se coucher et que, progressivement, un silence étale baignait la demeure, Jack resta assis devant l'âtre, le regard perdu dans les flammes.

Il n'avait pas bougé quand, une heure plus tard, Harry réapparut.

— Comment, s'exclama-t-il, tu es encore là ?

— Comme tu le vois, dit Jack en posant son verre.

Harry hésita une seconde, puis il se laissa choir dans un fauteuil.

— Tu rêvasses sur les joies du mariage ? questionna-t-il.

— Disons plutôt que j'envisage les contraintes de la vie conjugale.

— Rien ne t'oblige à convoler le premier, tu sais, objecta généreusement Harry.

Jack sursauta.

— Comment, tu... tu serais prêt à te sacrifier ?

— Non, non ! Je pensais à Gérald !

— Ah ! fit Jack, dépité. Je dois avouer que j'y avais pensé, mais c'est impossible.

— Pourquoi cela ?

— Parce que notre père sera mort avant que Gérald ne se marie.

Harry opina en silence. Comme Jack, il savait que le vœu le plus cher d'Archibald Lester était de voir sa lignée se perpétuer. C'était cet espoir qui, assurément, le maintenait en vie malgré son grand âge.

— Mais ce n'est pas la seule raison, enchaîna Jack. Pour tenir efficacement le château de Lester, j'ai besoin d'être secondé. Depuis le départ de Lenore, je mesure mieux l'ampleur de la tâche qui lui incombait. Et à présent que les rênes sont entre mes mains, il ne sera pas dit que je néglige mes devoirs !

Harry se mit à rire.

— Pour être honnête, ton attitude en a surpris plus d'un ! Qui eût cru que, du jour au lendemain, un noceur comme toi se métamorphoserait en homme responsable ?

— A ma place, tu en aurais fait autant. La question n'est pas là, cependant. J'ai besoin d'une femme. Une femme comme Lenore.

— Ce genre de perle ne court pas les rues.

— Je le sais bien ! En fait, je me demande si ce que je cherche existe vraiment — une femme pleine de grâce et d'esprit, qui se plaise en société et sache gérer les problèmes domestiques.

— Une blonde ravissante, richement dotée et toujours de bonne humeur, c'est cela ? renchérit Harry d'un ton malicieux.

Jack lui jeta un regard excédé.

— Compte tenu de son rôle futur, cela ne gâcherait rien, c'est évident !

— Et tu n'as personne en vue ?

— Personne ! Après un an de prospection intensive, j'en suis toujours au point zéro. Toutes les femmes que j'ai rencontrées sont des têtes de linotte. Pas moyen d'en trouver une qui ait un peu de plomb dans la cervelle.

Un long silence suivit. Puis, en désespoir de cause, Harry suggéra :

— Peut-être Lenore pourrait-elle t'aider?

— Penses-tu! Elle attend son second enfant, et Jason la couve comme une mère poule! Non, il ne faudra pas compter sur elle cette Saison.

— Eh bien, mon pauvre vieux, te voilà dans de beaux draps! soupira Harry en secouant la tête d'un air navré.

Jack s'abstint de répondre.

Alors que, durant des années, le mariage l'avait rebuté, il était aujourd'hui moins hostile à l'idée de convoler en justes noces. C'est le mariage réussi de sa sœur qui l'avait amené à réviser sa position. Un amour profond et manifeste unissait Lenore et Jason; quiconque les croisait ne pouvait qu'envier leur bonheur. Dieu sait pourtant si Jason, nanti de sa réputation de séducteur impénitent, n'avait *a priori* aucune des vertus de l'époux modèle. Et c'était là un exemple de métamorphose fort encourageant...

Galvanisé par cette pensée, Jack se pencha pour attiser le feu. Même s'il n'était pas très sûr de vouloir être aussi infatué de sa future femme que Jason l'était de Lenore, il ne doutait pas, en revanche, de chercher ce que son beau-frère avait trouvé : une femme qu'il aime, et dont il soit aimé.

La voix de son frère le ramena au présent.

— Je vais aller me coucher, et tu devrais en faire autant. Une mine reposée est un gage de séduction!

Se levant, Jack secoua la tête.

— A vrai dire, je suis tenté de m'en remettre à dame la Chance. Puisque c'est à elle que nous devons notre fortune, il serait logique qu'elle apporte une solution au problème qu'elle a engendré.

— Oui, mais dame la Chance est fantasque, souligna Harry en ouvrant la porte. Es-tu bien sûr de vouloir compter sur ses caprices ?

— De toute façon, je joue déjà ma vie à pile ou face. L'avenir de cette maudite compagnie marchande n'est pas plus fiable qu'un jeu de dés.

— A ceci près qu'aux dés, tu peux toujours passer ton tour si l'enjeu ne te plaît pas.

— C'est vrai, convint Jack en prenant une chandelle. Mais dans le cas présent, il suffit de trouver un enjeu digne d'intérêt. Et j'espère que dame la Chance placera une créature de rêve sur ma route. C'est le moins qu'elle puisse faire, après tout !

Harry lui jeta un regard amusé.

— On tente la providence, frérot ?

— Je la défie ! affirma résolument Jack.

Dans un bruissement de soie, Sophie Winterton tourna une dernière fois sur elle-même puis, le quadrille terminé, effectua une gracieuse révérence.

Autour d'elle, la salle de bal du manoir d'Asfordby n'était qu'un miroitement de glaces, souligné d'étroits panneaux en boiseries dorées. La lumière des grands lustres à cristaux ruisselait sur les blanches épaules et les habits noirs, faisant étinceler les joyaux des élégantes.

— Cette danse fut un plaisir, chère miss Winterton, dit M. Bantcombe, tout essoufflé, en s'inclinant sur la main de la jeune fille.

Sophie sourit de bonne grâce.

— Pour moi aussi, monsieur.

Un rapide regard circulaire lui permit de localiser sa jeune cousine Clarissa qui, à quelques pas de là, remerciait ingénument son cavalier. Avec ses yeux bleus rêveurs, sa peau diaphane et ses boucles blond maïs, Clarissa était vraiment exquise. Et en cet instant, l'excitation qui l'habitait était si grande qu'elle évoquait irrésistiblement une pouliche paradant pour la première fois !

Réprimant un sourire, Sophie reporta son attention sur M. Bantcombe.

— Les bals de lady Asfordby ne sont sans doute pas aussi fastueux que ceux de Londres, dit-elle avec conviction, mais, pour ma part, je les trouve infiniment plus réjouissants.

— Certes, certes ! répondit M. Bantcombe, qui tentait toujours de recouvrer son souffle. Sa Grâce tient beaucoup à la réputation de ses soirées, et les invités sont triés sur le volet. Ce sont d'ailleurs les mêmes chaque fois, ce qui évite toute surprise désagréable.

Si, en son for intérieur, Sophie songea qu'un peu d'imprévu n'eût pas été pour lui déplaire, elle tut sa pensée. L'air enjoué, elle pria M. Bantcombe de bien vouloir l'escorter auprès de sa tante.

La jeune fille avait rejoint son oncle et sa tante dans leur résidence du Leicestershire en septembre dernier, après avoir pris congé de son père, sir Humphrey Winterton. Appelé pour une expédition en Syrie, cet éminent paléontologue avait confié Sophie à sa tante maternelle, Lucilla Webb, pour la plus grande joie de l'intéressée. La gaieté de Webb Park, en effet, était aux antipodes de la morne existence que Sophie menait depuis le décès de sa mère, survenu quatre ans plus tôt.

A cet instant précis, sa tante Lucilla, exquise dans sa robe en mousseline bleu pâle, était en grande conversation avec Mme Entwhistle, la commère du voisinage.

— Ah ! te voilà, ma chérie ! dit-elle en souriant à sa

nièce. N'es-tu donc pas fatiguée de danser ainsi? Depuis deux heures, tu ne t'es pas assise une seconde! Ton cavalier, en revanche, n'a pas l'air très frais..., chuchota-t-elle comme M. Bantcombe, tout rougeaud, s'effondrait sur une chaise.

— Il est surtout très *vieux*! décréta charitablement Mme Entwhistle. Beaucoup trop vieux, en tout cas, pour votre charmante nièce...

Braquant son face-à-main sur Sophie, elle l'examina sans vergogne. Rien, depuis le chignon de la jeune fille jusqu'à ses petits souliers de satin rose en passant par ses longs gants ivoire, n'échappa à son inspection.

— C'est parfait! dit-elle enfin. Positivement parfait! En peu de temps, vous serez la coqueluche de ces messieurs... A ce sujet, ajouta-t-elle en coulant un regard conspirateur vers Lucilla, je donne un bal à Londres lundi prochain. Vous serez là, j'espère?

Lucilla réfléchit rapidement.

— Nous partons à la fin de la semaine et, si tout se passe bien, nous devrions être à Londres dimanche soir. Par conséquent, c'est avec joie que j'accepte votre invitation, Mary.

— A la bonne heure!

Lady Entwhistle secoua sa tête enturbannée, comme elle l'eût fait d'un panache guerrier. Puis, avisant Clarissa parmi les danseurs, elle ajouta :

— Etant donné que c'est le tout début de la Saison et que mon bal n'aura rien d'officiel, je pense que personne ne verra d'objection à ce que Clarissa vous accompagne.

— Je sais d'avance qu'elle en sera ravie, affirma Lucilla en souriant.

Enchantée, lady Entwhistle gloussa sans vergogne.

— Regardez-la, elle ne tient plus en place! J'étais

pareil à son âge — et vous aussi, ma chère Lucy. Nous avions hâte de trouver un mari...

Son regard spéculatif glissa un instant sur Sophie. Puis, prenant son réticule, elle dit très vite :

— Bien, je dois vous laisser. Nous nous verrons plus longuement à Londres.

Comme elle s'éloignait, Sophie se prit à rêver. Clarissa n'était pas la seule à être excitée. Derrière l'apparente réserve qui seyait à une jeune personne de vingt-deux ans, elle aussi attendait beaucoup des semaines à venir.

Evidemment, il lui faudrait trouver un époux. Tout son entourage, elle en était consciente, espérait la voir faire un beau mariage. Mais, de façon assez étrange, cette perspective ne l'inquiétait pas. Elle se sentait mûre pour la vie commune et comptait bien effectuer le meilleur choix possible.

— Est-ce le fruit de mon imagination, ou Ned s'est-il enfin décidé à inviter Clarissa? s'enquit soudain Lucilla.

Arrachée à ses pensées, Sophie suivit le regard de sa tante, et vit Edward Ascombe — Ned, pour ses familiers — s'incliner dévotement sur la main de sa cousine. Clarissa, sembla-t-il à Sophie, en parut contrariée.

Ned Ascombe était le fils d'un voisin. A vingt et un ans, séduisant et sympathique, il faisait la fierté de ses parents et s'occupait avec efficacité du domaine dont il hériterait un jour. Il était tout aussi déterminé à épouser Clarissa. Mais ce soir, celle-ci était bien trop émoustillée par la présence de jeunes gens inconnus pour lui prêter attention. En outre, le pauvre Ned avait contre lui de connaître sa dulcinée depuis toujours — et, circonstance aggravante, de lui avoir déjà déclaré sa flamme.

Compatissante, Sophie le regarda inviter Clarissa avec toute la confiance légitime que lui conférait sa qualité d'ami d'enfance.

— Si nous dansions le cotillon ensemble, Clara? proposa-t-il familièrement.

Mal lui en prit. Exaspérée, Clarissa rétorqua d'un ton sec :

— Ne m'appelle pas comme ça!

Le sourire de Ned s'évanouit.

— Et comment diable veux-tu que je t'appelle? Miss Webb, peut-être?

— Exactement!

Comme l'un de ses soupirants s'approchait, Clarissa lui tendit la main pour l'encourager. Ned fronça les sourcils et, avant que son rival n'ait pu broncher, il déclara d'un ton grandiloquent :

— Voulez-vous bien m'accorder cette danse, *mademoiselle Webb*?

— Je crains que non, *monsieur Ascombe*, répondit Clarissa avec froideur. La prochaine, peut-être...

Et elle détourna la tête, sous le regard inquiet de Sophie qui, l'espace d'une seconde, craignit un esclandre. Ned était heureusement trop bien élevé pour se donner en spectacle; sur une brève courbette, il tourna les talons sans rien ajouter.

Un instant, Clarissa parut décontenancée. Puis elle se ressaisit et gratifia son cavalier d'un sourire lumineux.

— Ah! ces jeunes! commenta Lucilla avec bienveillance. Toujours à se chamailler! Pourtant, Clarissa finira par épouser Ned, c'est certain. Elle finira par se lasser du badinage auquel elle se livre avec des inconnus.

Sophie l'espérait ardemment — dans l'intérêt de sa cousine comme dans celui de Ned.

— Miss Winterton ?

Se tournant, Sophie se trouva face à M. Marston, l'un de ses soupirants les plus assidus. Riche et travailleur, il représentait un excellent parti. Mais tandis qu'elle ébauchait une révérence, Sophie éprouva un élan de culpabilité : Philip Marston était manifestement très épris d'elle — et il ne lui plaisait pas du tout !

Interprétant son trouble comme un présage favorable, M. Marston prit de l'assurance.

— Notre quadrille, ma chère...

Après avoir dûment salué Lucilla, il prit le bras de Sophie et l'escorta sur la piste.

L'air serein, Sophie le suivit avec la conscience aiguë d'évoluer sur un terrain dangereux. Même si elle répugnait à éconduire trop brutalement Philip Marston, elle ne désirait pas non plus l'encourager.

— Ce bal est une réussite, en effet, répondit-elle à sa question. Et pour être honnête, je ne suis pas fâchée de me familiariser avec mon futur entourage. Ma tante et moi allons bientôt séjourner à Londres, et il sera réconfortant de connaître déjà quelques visages.

Le sourire de M. Marston s'évanouit. De toute évidence, l'idée qu'elle cherchât du réconfort auprès d'un autre que lui l'insupportait ! Gênée, la jeune fille maudit sa maladresse. Congédier les soupirants indésirables était un art délicat dans lequel elle devrait se perfectionner !

Autour d'eux, les invités de lady Asfordby dansaient avec entrain. La plupart étaient de proches voisins de Sa Grâce, auxquels se mêlaient quelques gentlemen de Londres, venus chasser dans la région.

C'est là le constat que dressa Jack Lester quand, accompagné de Percy, il entra dans la salle bondée.

Pendant que son hôtesse fendait la foule pour l'accueillir, il eut tout loisir de goûter le remous que causait son apparition. Un frisson d'excitation parcourut l'assemblée, et les douairières se mirent à chuchoter derrière leurs éventails.

Avec un sourire cynique, Jack s'inclina sur la main de lady Asfordby. Puis, se redressant, il balaya l'assistance du regard — et reçut un choc violent.

Elle était juste devant lui.

Se sentant épiée, elle tourna instinctivement la tête dans sa direction et croisa son regard. Ses yeux, nota Jack, étaient du bleu limpide d'un ciel d'été. Comme il la fixait avec insistance, ses prunelles se dilatèrent légèrement, et elle entrouvrit les lèvres. Puis, très vite, elle se détourna.

Profitant de ce que Percy s'entretenait avec leur hôtesse, Jack continua d'observer la jeune fille. En fait, il ne distinguait plus dans cette brillante assemblée qu'une série de silhouettes désincarnées — et sa belle inconnue.

Son teint avait la fraîcheur de l'hellébore, et ses cheveux dorés, relevés en un chignon souple, découvraient des oreilles semblables à de petits coquillages. Quant à sa robe pêche, dont la jupe tombait sur le parquet en amples vagues ondulantes, elle soulignait avec harmonie l'étroitesse de la taille et la rondeur prometteuse de la gorge.

Dès lors, Jack n'eut plus qu'une question en tête. Cette sylphide était-elle mariée ?

— Aussi étrange que cela puisse paraître, il semblerait que je ne connaisse pas encore tous mes voisins, déclara-t-il en pivotant vers lady Asfordby. Votre Grâce aurait-elle la bonté de me les présenter ?

— Bien sûr ! Venez avec moi... Au fait, Lester, comment va votre cher père ?

Jack donna des nouvelles de sa famille et, tout en s'arrêtant çà et là pour bavarder avec quiconque lady Asfordby jugeait bon de lui présenter, il s'arrangea pour évoluer vers l'objet de sa convoitise.

A plusieurs reprises, il vit la jeune fille jeter des coups d'œil furtifs dans sa direction... et, chaque fois, détourner la tête en hâte. Amusé, Jack réprima son impatience et salua avec courtoisie d'autres invités.

Enfin, lady Asfordby s'approcha du petit groupe qui l'intéressait.

— Pour terminer, dit-elle d'un ton enjoué, je vais vous présenter Mme Lucilla Webb. Vous connaissez sans doute son époux — Horatio Webb, un riche financier.

Ce nom, en effet, était familier à Jack. Mais, déjà, son hôtesse se dirigeait vers le sofa où, assise à côté de la blonde inconnue, une élégante personne parlait avec une débutante. Celle-ci, à en juger par leur ressemblance, devait être sa fille.

A l'approche de lady Asfordby, Mme Webb tourna la tête. Sa Grâce fit les présentations et, tandis qu'il saluait Lucilla Webb, Jack fut frappé par l'intensité de son regard myosotis. A n'en pas douter, sa belle inconnue était dûment chaperonnée !

— Bonsoir, monsieur Lester, dit-elle d'une voix mélodieuse. Je présume que nous devons à vos talents de chasseur le plaisir de votre présence parmi nous ?

— Vous présumez bien, madame, répondit Jack en souriant.

— Permettez-moi de vous présenter ma fille, Clarissa...

L'œil attentif, Lucilla Webb regarda Clarissa tirer la révérence d'usage. Puis elle reporta son attention sur sa nièce, qui devisait avec une amie.

— Et voici ma nièce, miss Winterton, dit-elle en posant une main protectrice sur le bras de Sophie. Peut-être vous êtes-vous déjà rencontrés ? Sophie a fait ses débuts à Londres voilà quelques années, mais sa Saison a été interrompue par le décès brutal de sa mère... Sophie, ma chérie, je te présente M. Jack Lester.

Consciente du regard scrutateur de sa tante, Sophie s'interdit toute réaction. Poliment, elle offrit sa main à Jack Lester, prenant bien soin d'éviter son regard.

Elle l'avait aperçu dès son entrée dans le salon.

Grand et athlétique, il portait un habit de nankin caramel et un pantalon mastic qui moulait ses longues jambes. Le visage était de charpente élégante, bien structuré, la bouche d'un modelé superbe, et son expression gourmande renforçait celle des yeux bleus, pailletés d'or, que des cils épais étiraient vers les tempes. De cette physionomie se dégageait quelque chose de félin, peut-être dû à ces grands yeux avides, à la lourde chevelure brune aux ondulations soignées.

Il était beau. Très beau même...

Tentant de calmer les traîtres battements de son cœur, Sophie répondit d'un ton qu'elle espéra posé :

— Non, ma tante. M. Lester et moi ne nous sommes jamais rencontrés.

— C'est là un caprice du destin fort regrettable, dit galamment Jack Lester.

Il ponctua ses paroles d'un sourire suggestif, à l'effet redoutable sur les nerfs de Sophie. Comme Lucilla Webb bavardait avec lady Asfordby, elle se crut obligée d'entretenir la conversation.

— La chasse est-elle bonne, cette année, monsieur Lester ? s'enquit-elle d'un ton formel.

— Excellente, miss Winterton ! répondit-il, une

flamme malicieuse dans ses yeux bleus. La forêt est plus giboyeuse que jamais.

— Vous m'en voyez ravie. Mon oncle, M. Webb, est un très bon fusil.

— Vraiment ? Quelle coïncidence ! Je suis moi-même un grand chasseur devant l'Eternel.

Un silence plana, lourd de sous-entendus. Puis Jack Lester demanda avec intérêt :

— Ainsi, vous avez déjà séjourné à Londres ?

— Oui. J'y ai fait mes débuts voilà quatre ans. Malheureusement, ma mère est tombée malade peu après et, depuis sa mort, j'ai vécu à la campagne auprès de mon père.

— Votre dévotion vous fait honneur, miss Winterton. Mais n'étiez-vous pas impatiente de retourner dans la capitale ?

— Non, avoua Sophie en toute sincérité. J'étais trop occupée pour m'ennuyer. En outre, je séjournais plusieurs fois par an chez mes tantes, à Bath et à Tunbridge Wells.

— Juste Ciel ! s'écria Jack, horrifié. Les curistes qui prennent les eaux là-bas ont plus du triple de votre âge !

Sophie sourit.

— L'ambiance n'était pas très jeune, c'est certain. Néanmoins, j'avais deux ou trois amies avec lesquelles je m'amusais. En vérité, c'est plutôt chez moi que la solitude me pesait. A cette époque, mon père était très taciturne et ne recevait personne.

— Et maintenant ?

— Ma tante Lucilla l'a persuadé de partir en expédition en Syrie... Il est paléontologue, vous comprenez. Il cherche des fossiles.

— Dans ce cas, dit suavement Jack Lester, il n'avait

pas besoin d'aller si loin. Bath et Tunbridge Wells auraient tout aussi bien convenu.

Cette fois, Sophie ne put s'empêcher de rire. La tête lui tournait un peu, et elle s'abandonnait à ce vertige léger avec volupté.

— La musique reprend, remarqua Jack Lester, comme l'orchestre exécutait les premières mesures d'une valse. Me ferez-vous l'honneur de m'accorder cette danse, miss Winterton?

L'intonation de sa voix indiquait clairement qu'il ne souffrirait aucune dérobade.

Grisée, Sophie le suivit sur la piste. Leurs corps s'harmonisaient à merveille. Ils avaient la même souplesse, la même élégance. Sophie se sentait un peu moite, oppressée... Pourtant, quand l'orchestre fit entendre les notes du final, elle se surprit à le regretter.

— Merci pour cet instant, déclara Jack Lester en lui baisant la main.

Durant toute la valse, il n'avait pas prononcé une parole.

2.

En plus d'être séduisant, Jack Lester était aussi fort opiniâtre.

Sophie put en juger dès le lendemain matin quand, en arrivant à l'église dans la calèche des Webb, elle distingua une haute silhouette en habit gris perle qui se frayait un chemin sur le parvis. Comme s'il se sentait surveillé, Jack Lester tourna la tête et, l'apercevant, eut un sourire irrésistible qui découvrit ses dents très blanches. Dignement, Sophie inclina la tête et posa le pied sur le marchepied.

Dans l'ombre protectrice du porche, elle se débattit un instant avec son réticule et les plis de sa pelisse framboise tandis que ses cousins Clarissa, Jérémy, Georges et Amy — les jumeaux de six ans, Henry et Hermione, étaient encore trop jeunes pour assister à l'office — ajustaient leurs atours sous l'œil vigilant de leur mère. Quand, enfin, Lucilla s'estima satisfaite, la famille se groupa par deux. Amy allait en tête avec sa mère ; puis venaient Sophie et Clarissa, suivies par les deux garçons qui prenaient un malin plaisir à traîner leurs souliers vernis sur le sol pavé.

Comme ils gagnaient l'église, Sophie s'interdit de

regarder autour d'elle; elle fit mine d'observer le ciel où de légers nuages blancs s'effilochaient.

— Bonjour, madame Webb.

Une voix charmeuse venait d'interrompre leur progression. Bien qu'elle ne vît pas son visage, Sophie eut la nette impression que sa tante était étonnée par la soudaine apparition de Jack Lester. Leur rencontre sur le parvis bondé était-elle fortuite ? Tout indiquait que non !

Etrangement, cela ne parut pas alarmer Lucilla, qui lança d'un ton enjoué :

— Monsieur Lester, quelle bonne surprise ! Nous ne pensions pas vous revoir si vite... Nous ferez-vous l'honneur de partager notre banc ?

— Avec plaisir, madame.

Pour la première fois, le regard souriant de Jack s'envola vers Sophie.

— Bonjour, miss Winterton. Miss Webb, ajouta-t-il brièvement à l'adresse de Clarissa.

Avec grâce, Sophie lui tendit la main.

— Sophie, ma chérie, veux-tu bien escorter M. Lester pendant que je m'occupe de ces garnements ? la pria Lucilla d'une voix acidulée.

Et elle entreprit de chaperonner ses rejetons qui, de toute évidence, auraient fort bien pu trouver seuls le banc qu'ils occupaient tous les dimanches.

— Bien sûr, ma tante, répondit Sophie d'un ton résigné.

Comme Lucilla s'éloignait, elle se risqua à lever les yeux — et croisa un regard amusé, dont elle se refusa à interpréter l'expression.

— Miss Winterton ? fit galamment Jack Lester en lui offrant son bras.

Après une infime hésitation, Sophie posa la main sur

sa manche et gravit le perron avec lui. Aussitôt, elle perçut le remous que suscitait leur entrée. Il était presque 11 heures, et la petite église était pleine à craquer. Dissimulant son trouble, elle désigna le banc, situé près de l'autel, où ses cousins étaient déjà installés. Au passage, elle croisa le regard sévère de Mme Marston — et celui, plus réprobateur encore, de son fils.

En même temps qu'elle réprimait une grimace, Sophie songea que Jack Lester était peut-être l'émissaire que lui envoyait le Seigneur pour la débarrasser de Philip Marston. Elle n'eut cependant pas le temps d'approfondir ses réflexions, car Lucilla lui fit signe. Elle se retrouva ainsi assise entre sa tante et Jack Lester. Par chance, le vicaire, M. Snodgrass, entra presque aussitôt.

La messe débuta. La conduite de M. Lester se révélait si irréprochable que Sophie en déduisit qu'assister à l'office dominical faisait partie de ses habitudes.

Mais alors que la congrégation se levait pour entonner le premier hymne, il effleura sa main gantée et, se penchant, lui chuchota à l'oreille :

— Je crains fort, miss Winterton, de n'avoir pas prévu d'assister à la messe pendant mon séjour ici.

Le regard de Sophie courut du beau visage contrit de son voisin au recueil de chants qu'elle venait d'extraire de son sac.

— Oh ! fit-elle dans un souffle.

En même temps, elle se demanda ce qui, finalement, avait poussé Jack Lester à se rendre à l'église plutôt qu'à la chasse... Puis, se reprenant, elle feuilleta les pages de son livre de chants et proposa d'un ton formel :

— Peut-être pouvons-nous lire ensemble, monsieur.

Il approuva d'un sourire innocent et Sophie, vaincue, n'eut d'autre choix que de placer le petit volume entre eux.

Comme l'organiste jouait les premières notes d'un chant, elle prit une inspiration pour chanter, mais les mots moururent dans sa gorge. Jack Lester s'était rapproché d'elle, afin de pouvoir déchiffrer les petits caractères d'imprimerie, et elle percevait la chaleur, ô combien troublante, de son grand corps solide. Elle sentait aussi dans son dos les regards furibonds des Marston, mère et fils.

Sa main se mit à trembler. Ce fut Jack Lester qui, venant à sa rescousse, redressa le livre de chants. Oppressée, Sophie résista à l'impulsion déplacée d'observer son profil volontaire, adouci par la courbe sensuelle des lèvres. Elle s'obligea à se concentrer sur la musique — en vain. La voix de Jack Lester, basse et chaude, était si envoûtante...

Quand, enfin, le silence retomba, Sophie demeura immobile, comme hypnotisée. Jack Lester lui prit le livre de chants, le ferma doucement et le lui tendit.

— Merci, miss Winterton.

Cédant à la tentation, Sophie leva les yeux vers lui — et resta captive de ce regard où l'or et le bleu se fondaient, lumineux comme des gemmes. Pendant quelques secondes, le temps s'arrêta. Et puis, au prix d'un terrible effort, Sophie baissa la tête.

Ils furent les derniers à s'asseoir.

Le sermon du vicaire, hélas, ne suffit pas à apaiser la jeune fille, pas plus que le chant qui lui succéda. Le sang, dans ses veines, était pareil à un torrent de feu. Et les pensées qui l'agitaient avaient si peu de rapport avec la religion que, pour un instant, Sophie en fut aussi horrifiée que M. Snodgrass aurait pu l'être !

Dans ces conditions, elle accueillit avec soulagement la fin de l'office. Un sourire figé aux lèvres, elle remonta la nef au bras de Jack Lester. Ses cousins les suivirent, et Lucilla s'arrêta à la sortie de l'église pour échanger les civilités d'usage avec le vicaire.

— Vous connaissez Sophie, bien sûr, dit-elle en désignant sa nièce. En revanche, j'ignore si vous avez déjà rencontré M. Lester.

M. Snodgrass, un vieil homme distrait, fixa sur Jack ses yeux ronds de hibou.

— M. Lester, dites-vous ? Non, non, je ne crois pas.

— Cela n'a rien d'étonnant, mon père, répondit Jack avec courtoisie. En vérité, mes séjours dans la région sont plutôt rares.

— Ah ! je vois ! s'écria le vicaire, nullement offensé. Vous êtes ici pour chasser !

Le regard de Jack croisa celui de Sophie.

— Exactement.

Ecarlate, Sophie se détourna. Sa tante s'était arrêtée pour deviser avec Mme Marston et, restée en retrait, Clarissa affectait un air détaché. Sophie en comprit la raison quand, un peu plus loin, elle aperçut Ned Ascombe qui, lui aussi, feignait de ne pas la voir. En surprenant leur petit jeu, Sophie réprima un sourire et descendit le perron dans le sillage de sa tante.

Comme Jack s'apprêtait à lui emboîter le pas, le vicaire le retint.

— Quand j'étais jeune, dit-il d'un air rêveur, j'aimais aller chasser dans les environs. Je connaissais les meilleurs endroits, et...

Du coin de l'œil, Jack vit Sophie bavarder avec une matrone joufflue. Elle était engoncée dans une pelisse vert laitue qui n'eût point détonné dans un carnaval.

— A cette époque, enchaîna le vicaire, le gibier abondait et...

Jack se raidit en découvrant le gentleman en redingote noire qui, campé derrière la matrone, attendait manifestement d'aborder Sophie. Aussitôt, il pivota vers M. Snodgrass et, avec le plus de tact possible, interrompit son monologue.

— Ce devait être une époque bénie, en effet, approuva-t-il avec chaleur. Heureusement, nos forêts demeurent très giboyeuses... A présent, mon père, si vous voulez bien m'excuser, je crois que miss Winterton a besoin de moi.

Sur ces mots, il s'éloigna et rejoignit Sophie juste à temps pour entendre le gentleman en noir observer d'un ton qu'il jugea beaucoup trop familier à son goût :

— Votre tante m'a dit qu'elle comptait rejoindre Londres à la fin de la semaine. M'autorisez-vous à vous rendre une petite visite avant votre départ ?

— Je suis sûre, monsieur Marston, répondit poliment Sophie, que ma tante sera ravie de vous recevoir, vous et votre mère — encore que, pour être franche, j'ignore quels sont ses projets d'ici à notre départ. Voyager avec de jeunes enfants nécessite de l'organisation, comprenez-vous.

A cet instant, elle aperçut Jack Lester et en conçut un soulagement inexplicable. Elle se rendit compte, cependant, que son sauveur contemplait Philip Marston avec une évidente animosité.

— Je présume que lady Asfordby vous a déjà présenté Philip Marston, monsieur Lester ? dit-elle posément.

— C'est exact, miss Winterton.

Et Jack Lester gratifia l'intéressé d'un bref signe de tête. Philip Marston ne se mit pas non plus en frais d'amabilité. Les lèvres pincées, il prononça un salut lapidaire avant de s'adresser de nouveau à Sophie.

— Si je puis me permettre un avis, miss Winterton, je trouve que votre tante se montre trop indulgente en autorisant ses cadets à venir à Londres...

Son regard réprobateur s'envola vers Jérémy et Georges, qui se pourchassaient sur le parvis.

— Ils feraient beaucoup mieux d'étudier leurs leçons, conclut-il d'un ton sentencieux.

— Je pense que ce voyage sera au contraire très instructif pour eux, affirma Sophie. Ils sont si impatients de découvrir la capitale ! Les pauvres seraient très déçus de rester ici.

— De toute façon, intervint Jack Lester d'un ton sec, leurs parents sont les seules personnes habilitées à en décider... Si vous me le permettez, miss Winterton, ajouta-t-il sans transition en offrant son bras à Sophie, je vais vous escorter jusqu'à votre attelage. Votre tante doit vous attendre.

Sophie n'hésita qu'une seconde. Certes, l'autoritarisme de Jack Lester était insupportable, et céder à son injonction revenait à l'encourager. Mais d'un autre côté, cela valait mieux que de subir la mauvaise humeur de Philip Marston !

— Merci, monsieur, répondit-elle simplement. Au revoir, monsieur Marston.

Et elle s'éloigna avec Jack.

Assise avec sa progéniture dans la calèche, Lucilla les accueillit avec empressement.

— Je vous inviterais volontiers à Webb Park, monsieur Lester, dit-elle à Jack. Mais avec notre départ imminent, je crains de n'être guère disponible. Peut-être pourrez-vous nous rendre visite lors de votre retour à Londres ?

— Ce sera avec grand plaisir, chère madame...

La portière de l'attelage se ferma, et Jack s'inclina avec urbanité.

— Je ne manquerai pas de venir vous saluer, promit-il. Madame Webb... Miss Webb... Miss Winterton.

Calme en apparence, Sophie lui rendit son salut. L'attelage s'ébranla et, avant qu'un virage ne le dérobât à sa vue, elle regarda une dernière fois Jack Lester. La brise faisait danser ses cheveux, et ses bottes à la Souvarov étincelaient au soleil. Son élégante décontraction contrastait avec l'allure austère de Philip Marston, qui se fondait dans l'ombre du porche.

L'esprit en tumulte, Sophie détourna les yeux.

A peine remarqua-t-elle le sourire satisfait que sa tante afficha durant tout le trajet de retour.

Le dimanche après-midi, Sophie avait coutume de coudre dans le petit salon. Dans une maisonnée comprenant cinq jeunes enfants, il y avait toujours une imposante pile de linge à repriser; et bien que le gros du travail fût effectué par une couturière, Lucilla encourageait Clarissa et Sophie à effectuer le ravaudage délicat.

Ce jour-là, donc, Sophie était confortablement installée dans une bergère, près de la fenêtre, son aiguille à la main. Mais, quoiqu'elle s'efforçât de se concentrer sur son ouvrage, ses pensées s'envolaient obstinément ailleurs.

Le bruit de la porte l'incita à lever la tête.

— Melly est avec moi ! annonça Clarissa en entrant, suivie par son inséparable amie Mélissa Hawthorne.

Sophie sourit à Melly qui, avec son allure pataude, ses yeux mordorés d'épagneul et sa figure ronde encadrée de longues mèches rousses, évoquait irrésistiblement un jeune chiot.

— Maman discute avec Mme Webb et, bavardes

comme elles sont, il y en a bien pour une heure! souligna-t-elle gaiement. J'ai amplement le temps de m'installer!

Elle se laissa choir dans un fauteuil. En voyant Clarissa s'emparer d'une aiguille, elle offrit aussitôt :

— Voulez-vous que je vous aide?

Sophie échangea un regard furtif avec Clarissa.

— C'est inutile, j'ai presque terminé, assura-t-elle en ignorant le panier rempli à ras bord.

— Tant mieux! dit Melly avec soulagement. En fait, je crois que je ne suis pas très douée.

Quel euphémisme! songea Sophie, amusée. La dernière fois que Melly s'était proposée de les aider, elle s'était piquée avec son aiguille et avait taché de sang une belle nappe et les serviettes assorties!

— De toute façon, enchaîna Melly, je ne pense pas qu'à Londres, Mme Webb vous obligera à coudre. Vous serez si occupées... Oh! Clarissa, comme tu as de la chance! Tu vas parader dans des salons somptueux, entourée de beaux messieurs comme M. Lester!

— Oh! oui...

Les yeux de Clarissa se mirent à briller.

— Je meurs d'envie d'être déjà là-bas, courtisée par des hordes de soupirants... Ce sera *follement* excitant!

Devant son enthousiasme, Sophie eut un léger froncement de sourcils. Tandis qu'elle raccommodait une manchette, elle observa d'un ton mesuré :

— Tous les gentlemen de Londres ne ressemblent pas à M. Lester, Clarissa. Tu aurais tort de les juger d'après son exemple.

Elle eut vite fait de regretter sa remarque, dont le vrai sens échappa à sa cousine.

— En tout cas, affirma celle-ci, aucun ne peut être plus élégant! As-tu vu l'habit qu'il portait hier soir?

La coupe était du dernier cri ! Et ce matin, à la messe, les gens n'avaient d'yeux que pour lui. Il a tellement de prestance ! En comparaison, tous les hommes paraissent fades.

— Sa voix, aussi, est magnifique, renchérit Melly avec ferveur. Quand il chante, il charmerait des pierres !

— Et il danse encore mieux ! ajouta Clarissa, extasiée. Il est si gracieux qu'on croirait qu'il vole !

— Par contre, objecta Melly avec prudence, nous ignorons ce que vaut sa conversation.

Clarissa haussa les épaules.

— Oh ! il a sûrement de l'esprit. Dans les cercles où il évolue, il faut avoir de la repartie... N'est-ce pas, Sophie ?

— Certainement, admit Sophie sans lever les yeux de son ouvrage. Mais n'oubliez pas qu'il faut se méfier des apparences. Contrairement à ce que vous croyez, les hommes d'expérience comme M. Lester sont rarement les plus fréquentables.

Melly eut une moue sceptique.

— Pourquoi dis-tu cela, Sophie ? s'exclama Clarissa, stupéfaite. Je ne vois vraiment pas ce que tu peux reprocher à M. Lester. Il est tellement beau !

Comprenant que ses deux compagnes n'en démordraient pas, Sophie soupira.

— Fort bien. Je reconnais qu'il est beau.

— Et élégant ?

— Oui, mais...

— Et il parle bien, n'est-ce pas ?

Riant malgré elle, Sophie leva la main en signe de reddition.

— J'admets que M. Lester incarne le paradigme de la masculinité ! Là, vous êtes contentes ?

— Et tu as aimé valser avec lui, admets-le ! insista Clarissa. Susan Elderbridge était aux anges alors qu'elle n'a fait que danser un quadrille avec lui !

Sophie hésita, gênée. Bien qu'elle s'efforçât de les oublier, les souvenirs de sa valse avec Jack Lester restaient bien présents dans sa mémoire, comme gravés. Il lui suffisait de fermer les yeux pour en retrouver intactes toutes les sensations.

— M. Lester est, disons... plutôt talentueux, répondit-elle de façon fort évasive.

Et, sur ce constat global, elle piqua du nez sur son ouvrage.

Mais Clarissa n'en avait hélas pas encore terminé. La tête renversée en arrière, elle lança d'un ton théâtral :

— En somme, nous sommes d'accord : M. Lester est un vrai prince charmant ! Dans ces conditions, Sophie, j'aimerais savoir comment tu ne rêves pas de te blottir dans ses bras !

— Les siens, ou ceux de quelqu'un qui lui ressemble, nuança Melly, toujours pragmatique.

Sophie réfléchit. Force était d'admettre que la question de Clarissa s'apparentait fort à celle qu'elle-même se posait depuis sa rencontre avec Jack Lester. N'éprouvait-elle pour lui qu'une simple attirance physique, ou s'agissait-il d'un sentiment plus profond ?

Très vite, elle chassa cette pensée importune.

— De toute façon, dit-elle d'un ton ferme, M. Lester est le genre d'homme dont il vaut mieux ne pas s'amouracher.

— Pourquoi cela ? s'écria Clarissa.

— Parce que c'est un don Juan.

Voilà, elle l'avait dit ! Il était grand temps de ramener ces deux écervelées sur terre.

— Tu crois ? murmura Clarissa, visiblement ébranlée.

— Comment en êtes-vous sûre, Sophie ? interrogea Melly.

Sophie réprima un soupir. Comment, en effet, pouvait-elle affirmer que, sous des dehors lisses, Jack Lester était un vil séducteur ? Une lueur dans ses yeux ? Une certaine inflexion dans sa voix ? Ce n'étaient pas là des arguments objectifs...

Alors, elle se remémora l'instant où elle l'avait aperçu pour la première fois, chez lady Asfordby.

— A cause de son arrogance, répondit-elle enfin. Il se conduit comme si la terre entière lui appartenait !

Un silence suivit, durant lequel les deux amies échangèrent des regards entendus.

— Je ne mets pas ta clairvoyance en doute, Sophie, objecta Clarissa. Néanmoins, en l'occurrence, je crois que tu te trompes. Si M. Lester était un don Juan, maman ne le pousserait pas à te fréquenter. Or, c'est ce qu'elle fait, tu le sais très bien. Elle était ravie de le voir ce matin, et c'est sur sa requête qu'il a partagé notre banc à l'église.

C'était, reconnut Sophie, la stricte vérité. Lucilla Webb, curieusement, semblait enchantée de la situation. Et il n'existait à cela qu'une raison plausible : sa tante l'encourageait à se faire les griffes sur Jack Lester avant d'affronter les salons londoniens. Ici, au moins, Lucilla était en mesure de contrôler la situation !

— Il n'en reste pas moins, reprit Clarissa sur sa lancée, que les beaux messieurs de Londres sont bien plus fascinants que les blancs-becs du coin !

Devinant sans peine quel « blanc-bec » sa cousine avait en tête, Sophie se crut obligée de protester.

— C'est normal, Clarissa. Il faut leur laisser le temps de mûrir. Avant d'être expérimentés, les messieurs que tu admires tant ont tous été jeunes.

Melly gloussa.

— Même M. Marston ?

A son tour, Clarissa pouffa, et Sophie ne put s'empêcher de sourire. Tandis que ses deux compagnes passaient en revue les hommes de leur connaissance et les imaginaient à vingt ans, elle s'efforça de visualiser Jack Lester à cet âge. Mais curieusement, elle ne parvint pas à se le représenter sans cet œil sagace et ce fin sourire qui semblait proclamer : « Fuyez-moi comme la peste, car je personnifie tous vos fantasmes les plus ataviques. Je suis le Grand Satan ! »

Découragée, Sophie prit un autre vêtement dans la corbeille.

Nul doute qu'au berceau déjà, Jack Lester était un séducteur patenté !

3.

« Décidément, la Providence me sourit ! » pensa Jack Lester quand, le surlendemain, alors qu'il rentrait au village dans son élégant tilbury, il aperçut sur le versant opposé de l'étroite vallée un équipage qui venait en sens contraire. Une silhouette familière en pelisse framboise marchait sur le bas-côté, tenant par la bride un vieux cheval attaché à une carriole. Une fillette d'une dizaine d'années trottinait près d'elle.

— Ces dames semblent avoir un problème, Jigson, dit Jack à son groom, qui était assis derrière lui.

— J'en ai bien l'impression, monsieur, acquiesça Jigson. D'après ce que je vois, le cheval a dû perdre un fer.

Puis, comme Jack s'engageait dans un petit sentier qui reliait les deux routes, il questionna avec surprise :

— Vous allez par là, monsieur ? Il m'avait semblé comprendre que nous rentrions au village.

Jack lui jeta un regard faussement sévère.

— Qu'est donc devenue ta galanterie, Jigson ? Nous ne pouvons pas laisser une dame en détresse !

Et surtout pas *celle-ci*.

Certes, il savait bien que, d'un point de vue stratégique, il aurait dû quitter la scène. C'est assurément ce que son beau-frère lui aurait conseillé. « Les femmes aiment être inspiratrices et non point gibier ! » répétait volontiers Jason. Il avait raison, Jack n'en doutait point. Sauf que dans le cas présent, il préférait ignorer la voix de l'expérience pour se fier à sa propre intuition — laquelle lui soufflait que laisser le champ libre à Philip Marston était une très mauvaise idée !

D'après Hodgeley, son palefrenier en chef, Marston était un riche propriétaire terrien, proche voisin des Webb. La rumeur le disait acharné au travail et âpre au gain. On prétendait aussi qu'il cherchait une femme — et avait jeté son dévolu sur miss Winterton.

Alarmé par cette pensée, Jack fronça les sourcils. N'avait-il rencontré sa perle rare que pour la perdre aussitôt ? Non, c'était impossible ! Le destin ne pouvait se montrer aussi cruel ! En outre, selon Jigson qui fréquentait l'auberge locale, Philip Marston n'avait pas prévu d'aller passer la Saison à Londres. C'était là un élément plutôt rassurant...

Négociant habilement le virage en épingle à cheveux qui débouchait sur la route, Jack rattrapa Sophie au tournant suivant.

La jeune fille leva la tête, et aperçut deux chevaux noirs qui se rapprochaient. Alors qu'elle prenait la main d'Amy, par prudence, elle fut surprise de voir le bel équipage s'arrêter à leur hauteur.

Alors seulement, elle reconnut Jack Lester.

Tandis qu'il passait les rênes à son groom et sautait à terre, Sophie eut tout loisir d'inspecter le splendide attelage. Puis Jack s'approcha, son long manteau à cape battant le haut de ses bottes, sa cravate neigeuse nouée avec art. Son expression indiquait clairement le plaisir que lui procurait cette rencontre.

— Bonjour, miss Winterton.

Envahie d'une douce chaleur, Sophie lui sourit.

— Bonjour, monsieur Lester. Comme vous le voyez, nous sommes bien ennuyées. Basile, notre cheval, a perdu un fer.

Jack examina l'animal avec soin. Puis, se redressant, il demanda :

— Y a-t-il un maréchal-ferrant au village ?

— Oui. Justement, je l'y amenais.

— Fort bien... Jigson, dit Jack à son groom, tu vas conduire le cheval de miss Winterton à la forge, puis tu iras m'attendre à Webb Park.

— Mais je ne comptais pas rentrer ! protesta Sophie. J'allais voir la vieille nurse de ma mère, qui habite à l'autre extrémité du village. Je lui rends visite chaque lundi.

A ces mots, Jack s'inclina de façon théâtrale.

— Dans ce cas, miss Winterton, je suis votre serviteur ! Et aussi le vôtre, bien sûr, gente demoiselle, ajouta-t-il en regardant Amy qui, bouche bée, fixait le réchampi cerise du tilbury.

— Oh ! mais...

Confuse, Sophie ne sut quoi bredouiller d'autre. De toute façon, Jack ne lui en eût pas laissé le loisir. Il s'était tourné vers Amy avec son sourire le plus enjôleur.

— Et vous, miss Amy, que diriez-vous d'un petit tour dans mon tilbury ?

Ravie, la fillette sauta de joie.

— Oh, oui ! Georges et Jérémy n'en reviendront pas... Je m'appelle Amy, monsieur, ajouta-t-elle gravement en tendant la main à Jack.

— Enchanté, miss Amy, dit Jack sur le même ton.

Il ébaucha une courbette pleine de solennité et, à l'expression d'Amy, Sophie comprit qu'il venait de s'en faire une amie pour la vie. Résignée, elle cessa de protester. Au fond, elle n'avait pas très envie de rentrer à pied...

— Je veillerai à ce que le maréchal-ferrant prenne bien soin de votre cheval, mademoiselle, assura Jigson en s'éloignant.

— Merci, lui répondit Sophie avec gratitude.

Puis, comme Jack hissait Amy dans le tilbury, elle dit hâtivement :

— Si vous voulez bien me laisser monter la première, monsieur Lester, Amy s'asseoiera entre nous.

Les yeux bleus de Jack se mirent à pétiller.

— Vous avez raison, miss Winterton, acquiesça-t-il au terme d'un intolérable instant de silence. C'est fondamental !

Sophie, très gênée, s'abstint de tout commentaire. Jack Lester la dévisagea un court moment puis, enserrant sa taille, la souleva telle une plume. Eperdue, la jeune fille retint son souffle. Des effluves d'ambre gris lui parvinrent. C'était une odeur plaisante, virile, qui la suffoqua un peu.

Puis Jack la déposa sur la banquette. Leurs regards s'accrochèrent une nouvelle fois. Furieuse de sentir une roseur traîtresse envahir ses joues, Sophie fit mine d'arranger ses jupes, puis s'écarta pour laisser Amy s'asseoir.

Alors que Jack s'emparait des rênes, elle se remémora soudain le but initial de son expédition.

— Le panier ! s'écria-t-elle. Le panier que j'apportais à Mildred... Il est resté dans la carriole !

Aussitôt, Jack héla son groom, et le panier fut promptement transféré dans le tilbury.

— Et maintenant, lança-t-il gaiement, quelle direction dois-je prendre ?

— Il faut faire demi-tour et suivre la route du château d'Asfordby. Mildred habite un petit cottage à l'écart du village. Elle n'en sort que rarement. Elle est très âgée, voyez-vous.

— C'était la nurse de votre mère, m'avez-vous dit. Dois-je en déduire que votre famille maternelle est native de la région ?

— Non, répondit Sophie. Maman et tante Lucilla ont grandi dans le Sussex. Mais comme ma tante était la cadette, Mildred l'a suivie à Webb Park après son mariage.

Charmé par la voix chantante de sa compagne, Jack l'observa à la dérobée. Non, décidément, il n'avait jamais rien vu de plus frais, de plus exquis, que ce délicat profil au front légèrement bombé, et ce petit nez droit avec juste ce qu'il fallait d'impertinence pour que perfection ne devînt pas monotonie.

— Ainsi, reprit-il avec intérêt, vous visitez Mildred chaque lundi ?

— Oui. Ma tante aimerait s'y rendre elle-même, mais elle n'en a pas le temps. Ses deux plus jeunes enfants — des jumeaux — n'ont que six ans.

— Et ils sont remuants, je suppose ?

— « Remuants » est un qualificatif un peu faible, assura Sophie avec une grimace expressive. Ce sont de vraies tornades !

Jack se mit à rire.

— Si je comprends bien, votre pauvre tante est débordée, et c'est vous qui la secondez.

— J'en ai l'habitude, expliqua posément Sophie. Après la mort de maman, c'est moi qui tenais la maison. Comme elle était très tarabiscotée, et que nous avions peu de personnel, cela n'avait rien d'une sinécure !

— Et maintenant, qui s'en occupe?

— Elle est fermée. J'ai réussi à convaincre papa d'y laisser juste un gardien. A quoi bon laisser courir des frais inutiles? Après tout, mon père ne sera peut-être pas de retour avant un an...

Jack la considéra avec curiosité.

— Pardonnez mon indiscrétion, mais cela n'a pas l'air de vous affecter beaucoup.

— C'est vrai, reconnut Sophie. En fait, je suis contente qu'il voyage de nouveau. Il était si malheureux après la mort de maman qu'il serait vraiment égoïste de ma part de lui dénier sa seule source de satisfaction! Je crois que son travail l'aide à oublier sa peine. Et puis, ajouta la jeune fille en souriant, il faut bien avouer que papa n'est pas toujours commode — même si je l'aime beaucoup!

— Je comprends, affirma Jack. Mon père non plus n'a pas un caractère facile.

Sophie saisit l'occasion de détourner la conversation.

— Etes-vous fils unique? questionna-t-elle.

— J'ai deux frères, Harry et Gérald, et une sœur, Lenore. Durant des années, c'est elle qui s'est occupée de notre domaine, et je dois avouer que lorsqu'elle nous a quittés pour épouser le duc d'Eversleigh, je n'étais pas du tout prêt à assumer de telles responsabilités.

— Mais à présent, cela va mieux, n'est-ce pas?

Jack sourit, de ce sourire lumineux qui ne manquait jamais de plonger Sophie dans un émoi profond.

— Par chance, j'apprends vite, et je me suis familiarisé avec la gestion des comptes. Ce sont plutôt les problèmes domestiques qui me donnent du souci. Comme la vôtre, notre maison est une sorte de château hanté, avec des recoins et des couloirs partout!

— De telles demeures ne sont pas très fonctionnelles, c'est certain, murmura Sophie, pensive. Néanmoins, elles possèdent une âme. Là, sans doute, est l'essentiel.

— Je suis bien d'accord, approuva Jack avec chaleur.

Leurs regards se croisèrent, brillant du même éclat. Eclat du trouble et de l'émotion chez Sophie. Scintillement indéchiffrable chez Jack.

Au même instant, la route se divisa.

— Prenez sur votre gauche, indiqua Sophie d'une voix sourde.

Jack obéit, évitant avec soin les oies qui se dandinaient sur la chaussée. Une lumière vibrante frissonnait sur le hameau silencieux, dont le cœur semblait battre au ralenti.

Le temps qu'ils traversent le village, Sophie s'était ressaisie.

— Le cottage de Mildred se trouve à la hauteur des peupliers, juste avant le virage, signala-t-elle. Nous sommes presque arrivés.

Peu après, Jack arrêtait le tilbury devant une haie touffue qui abritait des regards un petit jardin. Une palissade basse s'ouvrait sur une allée bordée de fleurs.

Jack sourit à Sophie.

— Je vous aiderais volontiers à descendre, mais si je lâche les rênes, je crains que les chevaux ne nous faussent compagnie.

— Je comprends...

Regroupant ses jupes, Sophie sauta prestement à terre et prit son panier. Puis elle tendit la main à Amy.

— Oh, non ! gémit la fillette. Chaque fois que je vais la voir, Mildred veut me peigner et elle me tire les cheveux !

Sophie laissa fuser son rire frais. « On dirait un grelot d'argent ! » songea Jack, sous le charme.

— Dans ce cas, miss Amy, proposa-t-il, restez donc avec moi. Vous me tiendrez compagnie.

— Soit, concéda Sophie. Mais sois sage, Amy. N'ennuie pas M. Lester !

Et sur cet ultime conseil, elle alla frapper au portail qui s'ouvrit aussitôt. Mildred aperçut le tilbury et, agrippant le poignet de sa visiteuse, l'attira précipitamment à l'intérieur. Durant la demi-heure qui suivit, la vieille dame ne cessa de sermonner Sophie qui, amusée, s'évertua en vain de la persuader de la respectabilité de Jack Lester.

Quand enfin elle sortit, Jack initiait Amy au maniement des rênes. Elle déposa son panier vide à l'arrière du tilbury, puis se hissa sur la banquette.

— Et maintenant, direction Webb Park ! lança Jack d'un ton enjoué. A condition, évidemment, que miss Amy veuille bien me rendre les rênes !

Amy s'exécuta de bonne grâce et babilla gaiement tandis que les chevaux allongeaient leur foulée.

C'était une journée idéale. Le soleil brillait dans un ciel du bleu des faïences, et une brise joueuse véhiculait des senteurs d'herbe naissante et de terre fécondée.

— Dites-moi, miss Winterton, qu'espérez-vous au juste de votre séjour à Londres ? questionna Jack quand, enfin, Amy daigna se taire. Rêvez-vous de danser jusqu'à l'aube, d'aller au théâtre ou de proférer des médisances à l'Almack chaque mercredi soir ?

Ravie, Sophie tourna vers lui un regard malicieux.

— Je rêve de tout cela, en effet... et de bien d'autres choses encore !

— Vraiment ? Lesquelles ?

— J'irai chez les modistes, bien sûr ! J'imagine déjà des flots de dentelles et de rubans... Mais il y a aussi la vie culturelle. La peinture me passionne, et j'ai la ferme intention de passer mes après-midi dans les musées !

— Voilà tout un programme ! commenta Jack en souriant. Comptez-vous aussi parader à Hyde Park ?

— Bien entendu ! Mes jeunes cousins adorent l'équitation, et je suis sûre qu'une fois sur place, mon oncle fera venir ses chevaux.

— Alors, je n'ai aucune chance de vous apercevoir dans un phaéton rutilant ?

Sophie soupira.

— Hélas, non. Cela me plairait bien, mais je ne sais pas diriger un attelage.

— Eh bien, c'est le moment ou jamais d'apprendre !

Sans crier gare, Jack tira sur les rênes.

— Co... comment ? balbutia Sophie, stupéfaite. Maintenant ?

— Pourquoi pas ? C'est l'occasion idéale : la route est déserte ! Voulez-vous bien me laisser votre place, miss Amy, que je puisse donner une première leçon à votre cousine ?

La fillette s'exécuta avec empressement et, l'instant d'après, Sophie se retrouva assise à côté de Jack Lester, les rênes en main.

Troublée par la proximité de son compagnon, elle eut d'abord peine à contenir les chevaux. Mais quand elle constata que Jack, contre toute attente, s'en tenait à son rôle de professeur, elle oublia ses craintes et se concentra sur sa tâche.

Le trajet jusqu'à Webb Park lui parut trop court. Enchantée, Sophie remonta l'allée principale de la propriété et arrêta le phaéton devant le perron. L'excitation avivait le rose de ses pommettes et faisait briller ses yeux.

— Ma foi, dit Jack en sautant à terre, voilà des débuts prometteurs !

Troublée par cette phrase ambiguë, Sophie s'empourpra. D'autant que Jack la prit par la taille pour la déposer à terre.

— Merci pour votre aide, monsieur, murmura-t-elle. Et merci aussi pour la leçon. Vous êtes un excellent professeur.

— Tout le mérite en revient à l'élève, affirma galamment Jack.

Ce timbre de voix ! songea Sophie. Pourquoi fallait-il que la nature l'ait doté d'un accent si profond ? Pourquoi fallait-il que ses moindres paroles en soient colorées d'une intonation plus chaleureuse — plus captivante, aussi ?

Oppressée, elle proposa très vite :

— Voulez-vous entrer une minute ? Je suis sûre que tante Lucilla sera ravie de vous voir.

— Non, je vous remercie. C'est l'heure du déjeuner, et je préfère ne pas l'importuner.

Luttant pour garder sa contenance, Sophie opina.

— Alors, je vous souhaite une bonne journée, monsieur. Et merci encore pour tout.

— Je vous en prie. Ce fut un plaisir... Au revoir, miss Winterton.

Il sourit de nouveau — et le charme agit, plus sûr qu'un élixir.

Le sourire de Jack Lester avait quelque chose de fascinant et de singulier. Il n'illuminait pas brusquement son visage, mais semblait hésiter un instant avant de gagner ses yeux, ces deux lacs d'eau claire ; et là, il s'attardait. Il avait déjà disparu de ses lèvres qu'il irradiait encore le regard de Jack... Néanmoins, sous la trompeuse indolence de ce dernier, une force incroyable se percevait

Oui, songea Sophie, Jack Lester était bien le félin qu'elle avait pressenti dès le premier abord.

S'immobilisant en haut des marches, elle le regarda se hisser à bord dans le tilbury. Après avoir agité une dernière fois la main, il s'empara des rênes, et l'attelage s'ébranla dans un nuage de poussière blonde.

L'esprit en tumulte, Sophie poussait la porte quand la petite main d'Amy se glissa dans la sienne.

— Est-ce que M. Lester te courtise, Sophie? s'enquit la fillette de sa voix flûtée.

Sophie sursauta.

— Bien sûr que non! protesta-t-elle. Quelle drôle d'idée!

Et, très vite, elle se détourna pour cacher ses joues en feu.

4.

Durant les jours suivants, le destin continua à favoriser les projets de Jack Lester.

Cet après-midi-là, en voyant au loin un groupe de cavaliers, Jack eut un sourire satisfait. Jigson, qui en serviteur zélé continuait à fréquenter assidûment l'auberge locale, avait appris que les enfants Webb, escortés par leur sœur Clarissa et par miss Winterton, effectuaient quotidiennement une promenade à cheval en forêt. Et cette passionnante information n'était pas tombée dans l'oreille d'un sourd !

Comme la petite troupe s'enfonçait dans le sous-bois, le sourire de Jack s'élargit. Sophie était exquise dans sa robe d'amazone vert mousse qui moulait sa gorge ronde et s'évasait en plis amples sur ses bottines. Un minuscule chapeau empanaché d'une touffe de plumes de coq, posé de côté sur ses boucles blondes, lui donnait un petit air crâne tout à fait charmant.

— Prêt, Percy ? lança Jack à son fidèle ami qui, juché sur son alezan, était plongé dans ses réflexions.

Percy sursauta.

— Hein ? Oh ! oui. Allons-y.

Et tous deux quittèrent l'ombre du chêne où ils étaient demeurés jusque-là.

Sophie, occupée à surveiller ses facétieux cousins, ne les vit pas tout de suite. Clarissa, pour sa part, avait la tête tournée dans la direction opposée. Derrière elle, Jérémy et Georges, âgés respectivement de treize et douze ans, ne cessaient de se chamailler. Amy, juchée sur une jument placide, fermait la marche. Les jumeaux, quant à eux, trop jeunes pour participer à l'expédition, étaient restés à la maison.

Constatant que tout se passait bien, Sophie se détendit et s'abandonna au plaisir de l'instant. L'air circulait comme une eau vive sous les grands arbres tutélaires. Sous les jeunes rameaux, dont les feuilles avaient la fragilité, la transparence, de la soie, circulait, sensible comme une présence, une odeur d'humus et de mousse.

— Miss Winterton, attendez-nous ! cria soudain une voix familière.

Le cœur battant, Sophie pivota.

Jack Lester était là, d'une rare et désinvolte élégance dans sa jaquette en tweed gris bleu. Son assiette était si parfaite qu'on l'eût cru né centaure. Il devait avoir des jarrets d'acier pour maintenir sur place, comme en se jouant, son cheval superbe à la robe de soie brillante, qu'il ne laissait qu'imperceptiblement danser entre ses jambes.

Rosissante, Sophie lui tendit sa main gantée.

— Bonjour, monsieur.

Jack s'inclina sur ses doigts avec son aisance coutumière, puis déclara posément :

— Nous vous avons aperçus de loin et avons pensé que, peut-être, nous pourrions nous joindre à vous.

— Quelle bonne idée ! s'exclama Clarissa.

— Comme vous voudrez, monsieur, répondit dignement Sophie en retirant sa main.

Le sourire dont Jack la gratifia alors l'emplit d'une ivresse qui avait goût de péché.

— Permettez-moi de vous présenter mon ami, lord Percy Almsworthy, reprit-il en désignant son compagnon.

Sophie posa un regard méfiant vers lord Percy — et se trouva aussitôt rassurée. Le jeune homme n'avait rien d'un séducteur chevronné ! Elle le salua aimablement puis, à son tour, présenta ses cousins. Surexcités, Jérémy et Georges attendirent à peine qu'Amy ait prononcé un timide « bonjour, monsieur » pour s'extasier en chœur sur le cheval de Jack.

— Comme il est beau ! s'écria Jérémy. Il ressemble aux destriers des chevaliers d'antan !

— Où l'avez-vous loué, monsieur? renchérit Georges. Est-ce que c'est un pur-sang?

Jack se mit à rire.

— Bien sûr, que c'est un pur-sang ! Balthazar est le fils du célèbre Eclair, le vainqueur du derby. Et je ne l'ai pas loué. Il appartient à Harry, mon frère cadet. C'est lui qui s'en occupe depuis sa naissance.

Impressionnés par cette révélation, les deux frères observèrent un silence respectueux. Puis Jérémy s'enquit d'un ton suppliant :

— Croyez-vous que nous pourrions rencontrer votre frère, monsieur?

— Pas en ce moment. Il n'habite pas ici. Mais vous le verrez à Hyde Park, pendant la Saison.

— Formidable ! s'écria le garçonnet, ravi.

Puis, sans transition, il désigna un gros chêne au bout de l'allée.

— Le premier arrivé au bout de l'allée ! s'écria-t-il à l'adresse de son frère.

Et ils partirent au galop.

— Pardonnez-leur, dit Sophie à Jack. Quand il s'agit de chevaux, ces garnements ont toutes les audaces !

— Je les comprends très bien. A leur âge, Harry et moi étions pareils.

Sophie acquiesça d'un sourire. En bruit de fond, elle entendait Clarissa deviser avec lord Percy. Bien que personne ne les chaperonnât, la jeune fille ne jugea pas pour autant la situation inconvenante. La seule présence des enfants, lui semblait-il, conférait une certaine innocence à la promenade.

— Dites-moi, miss Winterton, circulez-vous toujours sans groom ? s'enquit abruptement Jack Lester, comme s'il avait deviné ses pensées.

Décelant une note de reproche dans sa voix, Sophie rétorqua d'un ton défiant :

— Généralement, oui. Mes cousins sont d'excellents cavaliers. Et je vois mal la vieille jument d'Amy s'emballer soudain !

— Certes. En revanche, je ne serais pas surpris que votre cheval vous réserve de mauvaises surprises. Cet animal semble nerveux. Votre oncle sait-il que vous le montez ?

Sophie se raidit. De quoi Jack Lester se mêlait-il ?

— Ecoutez, monsieur Lester, je monte à cheval depuis ma petite enfance et, ne vous en déplaise, je suis parfaitement capable de maîtriser Sheikh.

— Permettez-moi d'en douter, miss Winterton. Cette bête possède à l'évidence une force colossale qu'une femme, aussi experte soit-elle, ne peut prétendre contrôler.

Cette fois, Sophie fronça les sourcils. De quel droit ce despote la sermonnait-il ?

— Je crois, monsieur, lui dit-elle de sa voix la plus

froide, qu'il serait préférable d'abandonner cette discussion et de rejoindre nos compagnons.

Sur ces mots, elle pressa les flancs de sa monture et rejoignit ses cousins, qui attendaient près du chêne. Clarissa et lord Percy, quant à eux, cheminaient au pas en échangeant leurs impressions sur la mode du moment. La confection des chapeaux semblait n'avoir aucun secret pour lord Percy. Avec amusement, Sophie nota que Clarissa buvait ses paroles comme du petit lait !

Ses griefs oubliés, la jeune fille mit sa monture au trot et s'engagea dans une allée. En ce mois de mars, l'explosion du renouveau était éclatante. La force débridée de la vie jaillissait de toutes parts. De chaque feuille, de chaque brin d'herbe, de chaque fleur, montait une présence amicale et complice. Les oiseaux semblaient ivres de reconnaissance, et se répandaient en roulades, pépiements et ramages.

Enhardie, Sophie laissa filer les rênes. Elle traversait un taillis quand, soudain, un coq de bruyère s'envola dans un grand claquement d'ailes. Affolé, Sheikh se cabra, rua... Déséquilibrée, Sophie parvint à rester en selle, mais ne put apaiser sa monture, qui partit au galop. La jeune fille tenta désespérément d'arrêter sa course — en vain. Le sol se mit à défiler sous ses yeux à une allure vertigineuse. Et avec effroi, elle comprit qu'elle n'avait pas assez de force pour maîtriser l'animal paniqué.

Elle se croyait perdue quand, miraculeusement, Jack surgit à son côté. En cavalier expérimenté, il exerça une pression progressive sur les rênes pour éviter d'effrayer davantage le cheval. Cette fois, Sheikh réagit à son ordre et ralentit sa course pour s'arrêter au bout de l'allée.

Des étoiles se mirent à danser devant les yeux de Sophie, laquelle serait tombée de selle si deux bras puissants ne l'avaient rattrapée à temps. Dans une sorte de brouillard, elle sentit qu'on la soulevait pour la déposer délicatement à terre. L'odeur d'ambre gris qu'elle associait à Jack lui parvint, et elle en conçut un soulagement ineffable.

— Je ne comprends pas ce qui s'est passé, murmura-t-elle. Sheikh s'est emballé, et je... j'ai eu très peur.

Le choc nerveux l'avait privée de toutes ses défenses. Aussi son aveu lui était-il venu naturellement. Encore tremblante, elle commença à prendre conscience des mains de Jack sur ses épaules — chaudes, fortes, rassurantes. Doucement, il se mit à masser sa nuque crispée, et Sophie sentit monter en elle une euphorie, une exaltation étranges, comme si les gestes de Jack, dissipant sa frayeur, la révélaient à elle-même.

C'était merveilleux, inattendu, bouleversant...

— Je vous remercie infiniment, monsieur, dit-elle d'une voix altérée. Sans vous, je n'ose imaginer ce qui serait arrivé.

— Au lieu de me remercier, miss Winterton, je préférerais que vous me promettiez de ne jamais plus monter ce cheval.

Devant tant d'arrogance, Sophie sentit aussitôt renaître ses griefs. Certes, elle s'était surestimée en croyant pouvoir contrôler Sheikh. Mais ce n'était pas une raison pour la réprimander comme une petite fille !

— Vous exagérez, monsieur ! rétorqua-t-elle. Après tout, il ne s'agit que d'un malencontreux accident...

— Non. Vous saviez que cette bête était fougueuse et, en décidant de la monter quand même, vous avez pris des risques inconsidérés. Si à l'avenir, je vous surprends à recommencer, je vous donnerai une bonne fessée !

— Comme c'est romanesque ! s'exclama Sophie d'un ton railleur. Je n'en attendais pas moins de vous, monsieur.

Jack fronça les sourcils. Il avait cette expression féroce, captivante, qui ajoutait au feu de son regard et donnait envie d'aller plus loin encore, jusqu'au bout de cette rage, pour voir à quelles violences celle-ci le conduirait.

— Sophie ? appela soudain Clarissa d'une voix anxieuse. Sophie, tu vas bien ?

Arrachée à sa fascination, Sophie rassembla ses esprits.

— Oui, répondit-elle. Ne vous inquiétez pas. Il y a eu plus de peur que de mal.

Pour confirmer ses dires, elle fit quelques pas dans l'allée, et Jack la suivit, prêt à la soutenir en cas de besoin. Bien que son visage restât fermé, une lueur d'inquiétude couvait dans son regard. Sophie comprit alors que lui aussi avait eu très peur.

Cette pensée la troubla infiniment.

— Vous sentez-vous capable de rentrer à cheval ? questionna-t-il avec sollicitude.

— Oui. Cela devrait aller.

Il l'aida à se hisser en selle, et le petit groupe prit le chemin du retour. Très choquée par l'incident, Clarissa insista pour rester près de sa cousine ; et lord Percy, qui chevauchait à sa gauche, entretint agréablement la conversation sur des sujets inoffensifs.

Quant à Jack, même s'il n'adressa plus la parole à Sophie, celle-ci sentit son regard peser sur sa nuque tout au long du trajet.

⁂

Cette nuit-là, Sophie eut du mal à trouver le sommeil.

Elle tenta bien de lire, mais les petits caractères dansaient devant ses yeux tandis qu'une question lancinante revenait la hanter. Quels sentiments Jack Lester nourrissait-il à son égard ? Au début, elle le croyait sincèrement épris d'elle, et s'était laissée aller à rêver d'une issue heureuse à leur relation. Mais ce qu'elle avait décélé dans ses yeux cet après-midi avait si peu de rapport avec le mariage qu'elle en était restée toute pantelante. L'amour, tel qu'elle le concevait, était une douce émotion basée sur l'affection et le respect mutuels. Les relations de son oncle et de sa tante, tout comme celles, jadis, de ses parents, étaient fondées sur cette base. Aussi pensait-elle tout naturellement que la sérénité allait de pair avec l'amour.

Or, quand Jack Lester la contemplait, son regard reflétait tout sauf la quiétude !

Quelle conclusion fallait-il en tirer ?

La jeune fille ignorait que Jack, de son côté, était en proie aux affres du doute.

En courtisant Sophie, il pensait la forcer à sortir de sa réserve, quand lui-même resterait prudemment à l'abri de sa tour d'ivoire. Il n'avait pas prévu d'être atteint en retour, comme par ricochet, d'une émotion aussi violente. Et soudain, il comprenait pourquoi son beau-frère Jason avait longuement hésité avant de rendre les armes et d'avouer ses sentiments à Lenore.

L'amour — le vrai — rendait vulnérable. Beaucoup trop vulnérable, même, à son goût...

Parvenu à ce stade de ses réflexions, Jack résolut de quitter le village dès le lendemain matin. Cela lui permettrait à la fois de prendre du recul et d'éviter les ragots. Car à n'en pas douter, son intérêt marqué pour miss Winterton commençait à faire jaser.

A Londres, heureusement, tout serait différent. Là-bas, la jeune fille serait dûment chaperonnée et, à condition de respecter l'étiquette, Jack serait libre de la courtiser sans que quiconque y trouvât à redire.

Oui, décida-t-il à regret, mieux valait ne pas tenter de revoir Sophie avant le début de la Saison.

Cela serait préférable pour tous les deux.

5.

Tandis qu'elle gravissait le perron brillamment éclairé de l'hôtel particulier de lady Entwhistle, Sophie songea qu'en quatre ans Londres n'avait pas changé. Les réceptions, comme chaque acte de la vie mondaine, obéissaient toujours à un protocole strict. Des laquais poudrés et armés de hautes cannes se tenaient sur les marches et, en haut de l'escalier menant à l'étage noble, les maîtres de maison accueillaient les invités dont un huissier clamait les noms.

D'abord un peu oppressée, Sophie se détendit très vite et promena un regard amusé autour d'elle. Là non plus, rien n'avait changé. La rivalité des élégantes, leurs minauderies, demeuraient autant de caricatures à fustiger, tout comme le parler traînant, la nonchalance affectée des dandys.

Ballottée par la foule, la jeune fille offrit machinalement ses sourires et sa main à baiser, avec l'impression d'être emportée dans un tourbillon.

Depuis leur arrivée dans la capitale, le temps avait filé très vite en essayages de toute sorte : bottier, lingère, corsetière, modiste... Chaque après-midi pendant une semaine, une couturière de renom était venue chez les Webb pour constituer un trousseau complet à

Sophie et Clarissa. Abricot, émeraude, ciel ou lilas, à ruchés ou à rotonde, les robes avaient semblé se multiplier à l'infini. Toutes ces tenues, accompagnées de châles ou de spencers en velours, demandaient des monceaux de tissu. C'est ainsi que des flots de satin, linon fin, drap, tulle, s'amoncelaient sur le lit. Il y avait eu d'interminables discussions sur la largeur d'une jupe ou le nombre de volants à lui ajouter, des conciliabules fiévreux sur les mérites comparés de la mousseline et de la soie pour la confection d'une écharpe, des débats sur la nuance exacte d'un bleu destiné à une cape de soirée ou sur la quantité de rubans dont il convenait d'orner un chapeau pour le rendre élégant sans être ostentatoire.

Ce soir, cependant, le résultat était à la hauteur des espérances de tous. Sophie resplendissait dans sa toilette vaporeuse en mousseline vert d'eau alors que Clarissa, vêtue de rose tendre, était plus appétissante qu'un bonbon fondant. Lucilla, pour sa part, sa chevelure lustrée ornée de camélias, était plus éthérée que jamais dans sa robe en satin lilial. Elle était la féminité incarnée.

— C'est fantastique, non? chuchota Clarissa à l'oreille de sa cousine. Les hommes sont exactement comme je les imaginais... De vraies gravures de mode! Certains sont très beaux, ne trouves-tu pas?

Tout en parlant, elle croisa le regard d'un jeune dandy qui, flatté par son évidente admiration, la jaugea sans vergogne. Clarissa piqua un fard et se réfugia derrière son éventail.

Amusée, Sophie glissa un bras sous le sien.

— Toi aussi, ma chérie, tu es très belle, dit-elle doucement. Il faut donc t'attendre à être courtisée. Cependant, sache que le meilleur moyen de répondre aux œillades est encore de les ignorer.

— Absolument ! renchérit Lucilla, qui avait l'ouïe fine. La réputation d'une femme est son bien le plus précieux, ne l'oublie jamais, Clarissa. Tu dois...

Elle n'eut pas le temps d'achever sa phrase car, au même instant, lady Entwhistle fondit sur elle. Elle était suivie de M. Millthorpe, un grand dadais blond qu'elle présenta comme son neveu.

— Vos protégées sont à croquer, ma chère Lucilla ! proclama lady Entwhistle avec son allant coutumier. Les prétendants vont affluer comme des abeilles autour d'un pot de miel ! Je suis sûre que, cette fois, votre Saison sera concluante, miss Winterton, ajouta-t-elle en braquant son face-à-main sur Sophie.

Et son air entendu exprimait clairement ce qu'elle entendait par « concluante ».

Impassible, Sophie acquiesça, puis se tourna vers M. Millthorpe.

Gauche et efflanqué, le jeune homme était manifestement très impressionné de se trouver là. Il répondit au salut de Sophie par quelques mots inaudibles et devint rouge comme une cerise à la vue de Clarissa.

— Je... je suis très heureux de vous rencontrer, miss Webb, bredouilla-t-il en tortillant sa cravate. J'espère que vous aurez quelques minutes à m'accorder quand... enfin, quand j'aurai semé le dragon en jupons !

Et, ingénument, il désigna sa tante qui devisait avec une amie.

Déconcertée, Clarissa eut un sourire timide M. Millthorpe se plut à y voir un encouragement, et sa figure s'épanouit... jusqu'à ce que le dragon le rappelle à ses devoirs d'un ton péremptoire.

Clarissa en profita pour s'éclipser et rejoindre Sophie dans l'entrée de la salle de bal, dont les perspectives tout en miroirs réfléchissaient la moire des étoffes claires et la braise des joyaux. Les portes-fenêtres ouvertes sur le parc offraient un spectacle de jets d'eaux, que l'abondance des illuminations transformait en une véritable féerie.

Relevant le friselis de ses jupes, Sophie traversa la pièce dans le sillage de sa tante sans pouvoir s'empêcher de chercher du regard un certain visage.

« Tu es folle ! se gourmanda-t-elle. Tu es ici pour trouver un mari, et, aussi captivant soit-il, Jack Lester n'a pas du tout le bon profil ! »

Galvanisée par cette pensée, elle afficha un air résolu... qui s'évanouit quand un regard très bleu capta le sien.

Sophie s'immobilisa, le souffle coupé. Suprêmement élégant dans son habit sombre dont la rigueur exaltait l'ordonnance hiératique de ses traits, Jack Lester emplissait tout son champ de vision. Elle voyait sa bouche, étirée en un sourire sensuel. Elle voyait ses yeux, fixés sur elle avec une troublante intensité.

Il attendait, patient, sûr de son effet. Tant d'assurance la fit frissonner.

— Bonsoir, miss Winterton, dit-il en s'inclinant.

Eperdue, Sophie se tourna vers Lucilla — et découvrit avec consternation que sa tante se trouvait déjà à l'autre bout de la pièce. A côté d'elle, son carnet de bal à la main, Clarissa ne savait manifestement plus où donner de la tête.

Recouvrant tant bien que mal ses esprits, Sophie dit poliment :

— Bonsoir, monsieur. Je ne pensais pas vous rencontrer ce soir.

— Vraiment ? C'est aussi ce que m'a dit notre hôtesse. Elle semblait très surprise qu'autant de monde ait répondu à son invitation. Il est vrai que, d'ordinaire, mes amis chasseurs quittent rarement la campagne avant la fin avril. Mais cette année, le dégel précoce les a poussés à partir plus tôt. Ils n'avaient pas envie de patauger dans la boue !

Sophie acquiesça, amusée.

— Je n'avais pas pensé que le temps pût être à l'origine de leur migration, commenta-t-elle plaisamment.

— Il n'y est pour rien dans la mienne, je puis vous l'assurer, affirma Jack d'une voix basse et suggestive.

Puis, sans transition, il demanda :

— Comment trouvez-vous la haute société après quatre ans d'absence ? Les salons mondains vous semblent-ils toujours aussi fascinants ?

Une note cynique perçait dans sa question, sur laquelle Sophie médita un instant.

— Fascinants ? répéta-t-elle, la tête légèrement penchée de côté. Je ne crois pas que ce soit là le mot exact, monsieur Lester. « Distrayants » me paraîtrait plus approprié. Car chacun sait bien que tout cela est factice. Nous sommes ici comme au théâtre. Quand le rideau tombe, on se retrouve face à soi-même.

Jack eut un sourire énigmatique.

— Vous êtes très sage, ma chère.

— Disons que je m'y efforce. Et vous, monsieur Lester ? ajouta Sophie avec audace. Je doute fort que, dans ce domaine, vous partagiez mon opinion. Pour atteindre les... heu, objectifs que se fixent la majorité des hommes, la Saison constitue une bénédiction.

Si, par cette réflexion perfide, elle espérait le décontenancer, Sophie fut déçue. Jack Lester ne cilla pas.

— C'est exact, admit-il d'un ton posé. Cependant, vous auriez tort de croire que de tels *objectifs* motivent ma présence ici à cette époque de l'année.

— Ah oui ? J'imagine, alors, que l'ennui y est pour quelque chose.

— Du tout, miss Winterton.

— Vraiment ?

Refusant de perdre la face, Sophie rassembla son courage et se força à affronter le regard de Jack Lester. Ses yeux bleus scintillaient comme deux étoiles sous ses sourcils très bruns, plantés net, qui soulignaient comme un trait l'architecture régulière de son visage.

— Je sais ! s'exclama-t-elle d'un ton faussement enjoué. C'est la perspective de voir vos précieux chevaux s'embourber dans les chemins creux qui vous a poussé à regagner Londres plus tôt que prévu.

Jack rit de bon cœur.

— Encore perdu, miss Winterton !

— Dans ce cas, je ne vois plus que l'attrait fatal des salles de jeu pour vous avoir conduit ici.

— Je suis victime, en effet, d'une attraction fatale. Mais pas de celle du tapis vert.

— De laquelle, alors ? s'enquit Sophie avec une feinte ingénuité.

Le regard de Jack effleura les boucles blondes de la jeune fille, puis revint capter ses yeux.

— Celle de l'or, très chère, répondit-il d'un ton mystérieux.

Fidèle à son jeu, Sophie leva les sourcils.

— Dois-je comprendre que vous êtes venu chercher fortune ?

— Non, miss Winterton. En tout cas, pas dans le sens où vous l'entendez. Le joyau que je convoite est d'une espèce très particulière.

Il ne souriait plus. Il la contemplait, le visage contenu, impatient, et Sophie comprit qu'elle venait de se prendre à son propre piège. Jack Lester ne se contenterait pas d'un semblant de victoire. Il la pousserait dans ses ultimes retranchements, jusqu'à la plus totale reddition.

Eperdue, elle leva vers lui un regard suppliant.

Aussitôt, l'expression de Jack s'adoucit.

— Entendez-vous cette valse? s'enquit-il avec une exquise urbanité. C'est ma préférée. La vôtre aussi, si mes souvenirs sont bons... Me ferez-vous l'honneur d'être ma cavalière, miss Winterton?

Et sans même attendre sa réponse, il entraîna Sophie sur la piste.

Vaincue, la jeune fille se laissa emporter au rythme de son pas. Comme la première fois, la danse s'écoula sans qu'ils échangent une parole. Sophie tournoyait dans une brume d'extase avec l'impression de flotter, flotter à la dérive vers un univers magique.

Elle reprit contact avec la réalité quand, la valse terminée, Jack insista fort diligemment pour la raccompagner auprès de sa tante.

Plusieurs gentlemen se pressaient autour de Lucilla, attendant avec impatience de pouvoir inviter sa jolie nièce. Si leur zèle agaça Jack, il n'en laissa cependant rien paraître. S'inclinant une dernière fois devant Sophie, il dit simplement :

— A plus tard, miss Winterton.

Et une petite lueur dans ses yeux laissait entendre que Sophie n'aurait pas à patienter longtemps.

Jack Lester fit en effet preuve d'une remarquable suite dans les idées. Ainsi, dès le lendemain après-midi, il se présenta chez les Webb sous le prétexte de faire découvrir Hyde Park à Sophie.

— Il fait un temps splendide, et j'ai pensé qu'après

l'agitation d'hier soir, le calme du parc n'en serait que plus agréable, expliqua-t-il avec naturel.

— C'est une excellente idée, approuva Lucilla. A cette heure, le parc est enchanteur... Va vite te changer, ma chérie, dit-elle à une Sophie médusée. Et toi, Clarissa, sois gentille de monter surveiller les jumeaux. Je n'ose imaginer quelle sottise ces petits diables sont encore en train de commettre !

Rieuse, Clarissa gravit l'escalier en courant, suivie avec davantage de pondération par Sophie. Restée seule avec Jack, Lucilla eut un soupir las.

— Les jumeaux n'ont que six ans, murmura-t-elle. Et quand il s'agit d'inventer des bêtises, ils ont une imagination débordante ! Il suffit que je tourne le dos une minute pour retrouver la maison sens dessus dessous !

Jack compatit poliment, avant de dire avec conviction :

— Permettez-moi de vous complimenter sur votre fille aînée, madame Webb. J'ai rarement vu tant de beauté s'allier à une aussi heureuse nature. Les prétendants vont se bousculer à votre porte.

Très fière de sa fille, Lucilla s'épanouit.

— C'est probable, en effet. Mais en réalité, ses débuts dans le monde ne sont destinés qu'à... élargir son horizon. Car, de vous à moi, Clarissa est déjà officieusement promise à l'un de nos voisins, Ned Ascombe.

Elle marqua une pause, avant de poursuivre, sur le mode confidentiel :

— Ned est un garçon charmant, que mon mari et moi apprécions beaucoup. Néanmoins, nous pensons qu'il n'est pas bon pour une jeune fille de s'engager avec un homme sans avoir eu... disons, quelque élément de comparaison. C'est pourquoi nous avons tenu à ce que Clarissa passe tout de même une Saison à Londres.

Un silence suivit, lourd de sous-entendus. Puis Jack s'enquit d'un ton neutre :

— Et vous tenez le même raisonnement pour votre nièce, je présume ?

— Absolument. Même si Sophie a déjà été présentée, elle n'a passé que trois semaines à Londres. C'est évidemment très insuffisant. J'entends bien que, cette fois, elle profite de sa Saison jusqu'au bout.

Jack saisit l'avertissement.

— Je comprends fort bien, dit-il sur le ton du regret. Vos arguments sont irréfutables, madame.

Gracieuse, Lucilla approuvait d'un sourire quand Sophie réapparut. Un petit pardessus court en faille rose cendré l'habillait, laissant voir la guimpe de linon plissé, les manchettes de dentelle et les grands volants de la jupe dont l'enroulement gracieux montait jusqu'aux basques du pardessus, bordées d'une passementerie ton sur ton.

Le temps de saisir son ombrelle, de jucher une minuscule paille d'Italie sur ses boucles blondes, et la jeune fille se retrouva bientôt dans l'élégant tilbury de Jack Lester.

— J'avais hâte de vous revoir, murmura celui-ci en engageant son équipage dans la large avenue qui menait au parc.

Sa voix avait pris une inflexion incroyablement tendre. Sophie, envoûtée, en écouta l'écho en elle sans oser lever les yeux.

De nouveau, le sortilège agissait...

« Qu'en est-il de ta dignité ? se reprocha-t-elle dans un sursaut de lucidité. Comment peux-tu te compromettre ainsi avec un homme dont tu n'as rien à attendre? Tu devrais te rebeller, ordonner qu'il te ramène chez toi sur-le-champ! »

Mais elle n'en éprouvait ni le courage... ni l'envie, ce qui était plus grave.

Soucieuse de cacher son trouble, elle répondit d'un ton léger :

— Puisque nous voilà ensemble, monsieur Lester, je vais profiter de votre présence pour m'instruire. Qui est donc cette dame, là-bas, avec la capeline mauve? Et cette autre, à sa gauche, qui tient un caniche sur ses genoux? Je serai sûrement amenée à les rencontrer durant la Saison.

Comme Jack répondait de bonne grâce, Sophie, soudain détendue, observa avec intérêt les équipages qui les entouraient.

Victorias, landaus, coupés, dog-carts convergeaient à petite allure vers les nappes ondulantes de verdure, que délimitait le tracé des arbres s'allongeant en perspective vers le parc. Des rires fusaient dans l'air léger. L'œil se perdait dans des fouillis de soie, des mousses de dentelles; le soleil ruisselait sur les joyaux, sur l'argent des harnais, allumait les boutons de cuivre des livrées... à tel point que l'on eût dit qu'un grand fleuve paresseux et scintillant coulait dans l'avenue.

Irrésistiblement, le regard de Sophie s'envola vers Jack Lester, s'attardant sur le menton volontaire, les mains carrées et viriles qui tenaient fermement les rênes. Et une nouvelle fois, l'impression de commettre une exquise folie s'empara d'elle.

Bientôt, ils franchirent les grilles de Hyde Park, où toute la haute société semblait s'être réunie. Certains préféraient se montrer à cheval. Les hommes en pantalon à sous-pied, redingote et chapeau haut-de-forme, avec des gants ajustés et une cravache tenue comme un cierge; les femmes en jupe d'amazone traînant jusqu'à terre, coiffées d'un chapeau rond garni d'un voile ou d'une plume d'autruche. Tout ce beau monde paraissait se connaître, et la parade équestre fournissait l'occasion à moult propos légers, plaisanteries faciles ou encore regards langoureux, le tout accompagné des plus cérémonieux saluts.

— Hé, Jack! appela soudain une voix joyeuse.

Surprise, Sophie pivota et vit surgir une étrange carriole aux roues basses et aux rondelles découpées dans le tronc d'un chêne, tel un char mérovingien. Aux commandes de ce singulier équipage se tenait un garçon d'une vingtaine d'années, aux mèches brunes rebelles et aux yeux malicieux, qui ressemblait à Jack d'une façon frappante.

— Miséricorde! s'écria ce dernier, consterné. Où diable as-tu déniché cette horreur?

— C'est un ami qui me l'a prêtée. Elle est originale, non?

— C'est un euphémisme! Gérald, ajouta aussitôt Jack, je te présente miss Sophie Winterton. Miss Winterton, voilà Gérald, mon plus jeune frère.

Sophie et Gérald échangèrent un sourire. Puis Gérald reprit avec enthousiasme :

— Mon ami voudrait vendre cette carriole, et j'ai bien envie de la lui acheter. Peinte en jaune, elle serait fantastique! Est-ce que je peux, Jack?

Son aîné soupira. Gérald ne pourrait disposer librement de son argent qu'après ses vingt-cinq ans. D'ici là, c'était à lui, Jack, qu'il incombait d'approuver ses transactions.

— Je doute que ce soit une bonne affaire, dit-il en scrutant la carriole d'un air suspicieux. Elle risque fort de tomber en pièces au premier virage!

— Bah ! je la réparerai ! Je suis bricoleur, tu sais bien... Oh ! Jack, je t'en prie, accepte !

— Bon, c'est d'accord, dit Jack d'un ton bourru. Je te donnerai une lettre de change.

— Merci ! Je passerai chez toi tout à l'heure...

Et, agitant sa cravache, Gérald s'éloigna dans son attelage bringuebalant, sous le regard éberlué des promeneurs.

Jack souriait avec indulgence quand il avisa une matrone au buste généreux pressé contre la portière de son phaéton qui agitait frénétiquement la main dans leur direction. Poliment, Jack s'arrêta à sa hauteur.

— Sophie, ma chère petite ! s'écria lady Osbaldestone. Quelle joie de vous revoir ! Votre tante s'est donc décidée à regagner Londres ?

— Oui, madame, répondit Sophie en se penchant pour lui serrer la main. Nous y passerons toute la Saison.

— Quelle *merveilleuse* nouvelle ! Vous commenciez à nous manquer...

Et après avoir adressé un bref salut à Jack, elle se lança dans un interminable monologue destiné exclusivement à Sophie, qu'elle paraissait très bien connaître. Résigné, Jack ne broncha pas. Néanmoins, quand lady Osbaldestone, avec le plus parfait naturel, parla à Sophie du « succès foudroyant » qu'elle n'allait pas manquer de remporter auprès de la gent masculine, il ne put s'empêcher d'éprouver une crispation de jalousie...

A peine la matrone se fut-elle éloignée qu'il observa avec une pointe d'ironie :

— Cette personne semble désireuse de vous voir faire un grand mariage.

Sophie se mit à rire. Chère lady Osbaldestone, toujours dévorée d'ambition ! Ne caressait-elle pas le vœu insensé de lui voir épouser le duc d'Hungtington ?

— Les anciennes amies de ma mère sont incorrigibles ! répondit-elle gaiement. Elles me couvent comme des mères poules et veulent toutes me marier avec un prétendant de leur choix !

De nouveau, elle égrena son rire frais qui resta sans écho. Surprise, Sophie regarda Jack — et se noya dans les profondeurs de ses yeux. Un long moment s'écoula sans qu'ils fassent un geste. Ils semblaient tous deux plongés dans un état d'hypnose.

— Sophie..., dit soudain Jack d'une voix rauque.

A le voir, si proche d'elle, la jeune fille éprouva une sorte de vertige, l'impression d'être entraînée, emportée par quelque chose de plus fort que sa volonté. Face au regard de Jack, ce regard qui ressemblait au feu d'une caresse sur ses épaules, sur sa gorge, elle se sentait fragile, vulnérable. Un trouble inexplicable la saisit, violent et intense, qui lui fit imaginer... que Jack allait peut-être l'embrasser.

Mais, se détournant, il dit d'un ton bref :

— Nous allons rentrer. Votre tante doit commencer à s'inquiéter.

Il cravacha les chevaux, et tous deux regagnèrent les grilles sans échanger autre chose que des banalités. Aussi, lorsque Jack quitta le parc, Sophie ne sut-elle trop si elle devait s'en réjouir ou le déplorer.

6.

Le lendemain, Sophie s'éveilla avec l'espoir confus que Jack Lester viendrait la chercher pour une autre promenade.

Mais la journée s'écoula sans qu'il apparaisse et, déçue, la jeune fille se résigna : sans doute ne le reverrait-elle pas avant la fin du mois. D'ici là, songea-t-elle, Clarissa aurait effectué ses débuts officiels dans le monde, et toutes deux assisteraient à la ronde de réceptions brillantes auxquelles, à n'en pas douter, Jack Lester serait présent.

Pour l'heure, il lui fallait se contenter de réunions informelles chez des amies de sa tante...

Au fil de ces visites, Sophie découvrit avec amusement que toutes les demeures se ressemblaient. Les intérieurs offraient une décoration identique, à base de peinture claire et de boiseries foncées qu'égayaient des rideaux pesants, ornés de passements, des tapis turcs, des chinoiseries et des bronzes d'art. C'était partout la même débauche de luxe, le même scintillement d'argent et de cristaux. La profusion, qui atteignait souvent la démesure, était à la mode !

Un après-midi, Mme Morgan-Stanley, une amie d'enfance de Lucilla Webb, les convia à prendre le thé dans sa résidence cossue des environs d'Hyde Park. A peine arrivée, Lucilla rejoignit le petit cercle de matrones assemblé près de l'âtre tandis que Clarissa se dirigeait d'emblée vers la fenêtre où, à l'abri des doubles rideaux en brocart, trois débutantes échangeaient des confidences à mi-voix. Sophie, pour sa part, se mêla à un groupe de jeunes femmes de son âge, qui se préparaient à entamer leur seconde Saison.

Elle dégustait des muffins en leur compagnie quand, au beau milieu d'une discussion sur les notables de Londres, miss Billingham, la fille unique d'un richissime banquier, lui jeta un regard aigu en disant :

— Je vous assure que M. Lester est déjà arrivé ! D'ailleurs, miss Winterton va pouvoir vous le confirmer. Je l'ai aperçue, l'autre jour, dans son tilbury.

— Vraiment ? s'écria miss Chessington, une sympathique brunette. Voilà qui est surprenant... D'ordinaire, Jack Lester ne se donne jamais le mal de promener une femme.

— Jusque-là, non, confirma miss Billingham d'un air supérieur. Mais apparemment, il a compris qu'il fallait réviser sa stratégie. Maman l'avait déjà remarqué, l'année dernière...

Elle marqua une pause, ménageant son effet, avant d'expliquer :

— Jack Lester doit faire un riche mariage. Très riche même, car il a deux frères, et nul n'ignore que les Lester ont des problèmes d'argent. Ils possèdent certes de bonnes terres et une lignée sans faille. Mais, de nos jours, cela ne suffit pas !

A ces mots, le cœur de Sophie chavira. Elle s'efforça de se composer une mine impassible, tout en sachant qu'elle devait être aussi pâle qu'un linge.

— L'année dernière, reprit miss Billigham, il a

passé toute la Saison à chercher l'oiseau rare. Depuis, il semblerait qu'il ait rabaissé ses prétentions...

Son regard se fixa sur Sophie tandis qu'elle concluait avec malveillance :

— Je suppose que, la Saison n'ayant qu'à peine débuté, il a voulu s'amuser — se faire la main, si je puis dire — en vous promenant dans son attelage, miss Winterton.

Devant tant de perfidie, ses compagnes échangèrent des regards gênés. Sophie vit une lueur de triomphe briller dans les yeux de son adversaire, et son orgueil lui insuffla la force de rétorquer d'un ton suave :

— Il faut croire que M. Lester n'a trouvé personne à sa convenance parmi les riches héritières. Puisque, comme vous le mentionnez si justement, je ne roule pas sur l'or.

L'allusion réjouit les autres jeunes filles, qui gloussèrent sous cape. Mortifiée, miss Billingham vira quant à elle au rouge betterave et alla se réfugier auprès de sa mère, à l'autre bout de la pièce.

— Ne prêtez pas attention à elle, dit miss Chessington à Sophie. Elle est furieuse que Jack Lester ne s'intéresse pas à elle. L'année dernière, elle avait jeté son dévolu sur lui sans aucun succès.

Sophie lui rendit vaillamment son sourire.

— Vous devez avoir raison. Mais vous, Bella? Avez-vous un petit faible pour quelqu'un?

Rieuse, Bella Chessington secoua la tête.

— Oh, non! Pour l'instant, j'ai surtout envie de m'amuser. J'ai bien le temps de fonder une famille.

Songeant que quelques mois plus tôt elle tenait le même raisonnement, Sophie réprima un petit soupir. Elle bavarda agréablement avec Bella Chessington jusqu'à l'heure du départ.

Mais une fois dans la calèche de sa tante, des pensées déprimantes l'assaillirent de nouveau. Elle dut fermer les yeux pour cacher sa détresse.

— Tu ne te sens pas bien, ma chérie ? s'enquit Lucilla avec sollicitude.

— Ce n'est rien, ma tante. Juste une légère migraine... L'atmosphère de ce salon était si confinée !

Cette excuse fallacieuse fut la seule qui lui vint à l'esprit. Par chance, Lucilla parut s'en contenter. Tapotant maternellement la main de sa nièce, elle lui dit avec douceur :

— Je n'ai pas le sentiment que notre emploi du temps soit exagérément chargé. Néanmoins, si l'une de vous se sent fatiguée, il faudra qu'elle soit raisonnable et n'hésite pas à me le dire. C'est promis ?

Sophie acquiesça, aussitôt imitée par Clarissa.

Comme l'attelage remontait la longue avenue, Sophie s'exhorta à l'optimisme. Même si elle aimait jouer les entremetteuses, Lucilla avait un naturel protecteur et se révélait en outre très perspicace. Tout portait donc à croire que si elle avait jugé un mariage impossible entre eux, sa tante ne l'aurait pas laissée fréquenter Jack Lester.

Se pouvait-il que miss Billigham se trompât ? Sophie l'espérait de tout son cœur...

Ses illusions s'envolèrent le soir même, lors d'une soirée musicale donnée chez lady Matcham, l'une des douairières dont l'approbation constituait l'indispensable sésame pour accéder aux hautes sphères de la société londonienne. Un groupe d'invités triés sur le volet se pressait dans le somptueux salon où des centaines de bougies brillaient sur les lustres, les appliques et les candélabres. De nobles dames surchargées de bijoux, des jeunes personnes à l'éblouissante carnation et des dandys efféminés écoutaient religieusement le récital d'un ténor.

Lors d'une pause, alors qu'elle s'approchait du buffet en quête d'un rafraîchissement, Sophie fut attirée par la voix aigre de son hôtesse. Octogénaire, lady Matcham souffrait de surdité et refusait d'admettre que ses commentaires péremptoires fussent autre chose que des chuchotements.

— Jack Lester a tout pour lui, c'est certain ! proclamait-elle à la cantonade. Evidemment, il n'est pas très riche, mais je lui fais confiance pour remédier à cet inconvénient. Avant la fin de la Saison, une héritière lui tombera dans les bras !

Sophie n'écouta pas la réponse de sa compagne. Autour d'elle, le décor s'assombrit, comme si un vent froid en avait dispersé l'enchantement et soufflé les lumières. Ainsi, miss Billingham avait raison. Jack Lester n'était pas pour elle. Il cherchait une femme riche, dont la fortune lui permettrait d'assurer l'avenir de ses frères. Qui pourrait l'en blâmer ?

Tout ce que cette découverte comportait de désillusions et de rêves brisés s'abattit sur Sophie comme une vague d'eau sale. Un dégoût affreux la submergea.

Quand enfin, après cette soirée interminable, elle put se réfugier dans le secret de sa chambre, elle se laissa aller au désespoir. Le visage enfoui dans son oreiller, elle ne chercha point à endiguer le déferlement de ses larmes, qui semblaient couler tout droit depuis son âme...

Peu à peu, pourtant, elle se calma et tenta d'analyser lucidement la situation. Jack Lester, elle en était sûre, ne voulait pas la faire souffrir. Depuis le début, il ne voyait en elle qu'une amie agréable avec qui se distraire en attendant l'ouverture officielle de la Saison. C'était elle qui, de façon stupide, s'était méprise sur ses intentions.

Le cœur dévasté, Sophie passa une nuit blanche.

Elle montra une si piètre figure au petit déjeuner que Lucilla, inquiète, la crut souffrante.

— Dieu que tu es pâle ! s'écria-t-elle. Il faut te reposer, ma chérie. Cette ronde de visites t'a épuisée... Non, inutile de protester ! Nous ne sortirons pas aujourd'hui.

Connaissant son intransigeance, Sophie n'insista pas et regagna docilement sa chambre.

Une heure plus tard, elle méditait dans un fauteuil quand la cloche d'entrée retentit. Prise d'un curieux pressentiment, la jeune fille s'approcha de la fenêtre — et ne tarda pas à voir Jack Lester descendre le perron, visiblement contrarié.

Accablée, Sophie laissa retomber le rideau.

7.

Aux commandes de son tilbury, Jack traversait Londres en méditant cet indéniable constat : depuis quelques jours, Sophie lui échappait.

En un sens, c'était peut-être préférable. Car en sa présence, il éprouvait le plus grand mal à refréner ses ardeurs. La jeune fille lui plaisait tant qu'il eût volontiers brûlé les étapes ! Il s'était pourtant promis d'être patient, de prendre le temps de l'apprivoiser — une promesse qu'il avait été très près de rompre pendant leur promenade au parc...

S'il voulait obéir aux injonctions de Lucilla Webb et laisser Sophie profiter pleinement de sa Saison, mieux valait qu'il se ressaisisse et garde ses distances. Ce dernier point, songea-t-il avec ironie, ne posait pas vraiment problème puisqu'il n'avait pas revu la jeune fille depuis leur tête-à-tête, une semaine plus tôt. Après sa conversation avec Lucilla, il s'était tenu en retrait aussi longtemps qu'il l'avait pu — c'est-à-dire jusqu'à vendredi, où il s'était présenté chez les Webb pour apprendre que Sophie était souffrante.

Cette nouvelle l'avait fortement ébranlé. L'espace d'un instant, il avait même douté de sa véracité. Mais, très vite, il s'était reproché cette vilaine pensée. Sophie éprouvait une sincère amitié pour lui, il en était sûr. Sans cela, comment expliquer la petite lueur joyeuse qui s'allumait dans ses yeux bleus chaque fois qu'ils se rencontraient ?

Fort de cette certitude, Jack avait dépêché son valet chez le fleuriste. Et le jour même, deux douzaines de roses jaunes avaient été livrées à Mount Street, accompagnées d'une carte de visite anonyme souhaitant à miss Winterton un prompt rétablissement.

Le week-end suivant, il avait vainement parcouru Hyde Park à sa recherche et, en désespoir de cause, il s'était de nouveau présenté chez les Webb, ce matin même. On lui avait appris que miss Winterton était sortie avec ses cousins. La Providence, semblait-il, abandonnait Jack. Et malgré le temps radieux, son humeur s'assombrissait au fil des jours...

Morose, il franchit péniblement un carrefour bondé. Sur le trottoir d'en face, la foule massée autour d'un orgue de barbarie bloquait le passage au grand dam des marchands ambulants et des piétons pressés. Jack détourna la tête... C'est alors qu'une chevelure blonde, que la clarté du matin faisait briller comme un chapeau de lumière, capta son attention.

Tirant sur les rênes, il balaya la foule du regard et aperçut enfin Sophie. Aidée par Clarissa, elle poussait devant elle Georges, Jérémy et Amy, visiblement captivés par l'orgue de barbarie. Le petit groupe s'arrêta devant un bâtiment dans lequel Sophie entra la première.

Jack leva les yeux. Quand il découvrit l'enseigne enluminée placée au-dessus de la porte, il sourit.

— Occupe-toi des chevaux, Jigson ! lança-t-il en s'arrêtant sur le bas-côté. Je reviens tout de suite.

Et, sautant à terre, il se fraya tant bien que mal un chemin jusqu'à la boutique.

Après l'agitation du dehors, le calme habituel de la bibliothèque n'en semblait que plus reposant. Ici, le silence était de rigueur !

Sans se laisser impressionner par le regard réprobateur d'un employé, Jack traversa la pièce d'un pas décidé. Mais malgré la paix relative qui y régnait, la bibliothèque était bondée, et il ne trouva pas tout de suite Sophie. Dépité, il arpentait les allées au hasard quand un rire étouffé s'éleva sur sa droite. Jack tourna la tête, et son visage s'éclaira. Agglutinés devant la fenêtre, Jérémy, Georges et Amy observaient la cohue du dehors. Sophie, assurément, ne devait pas être bien loin...

Galvanisé par cette pensée, Jack s'éclipsa à pas de loup.

Pendant ce temps, hissée sur la pointe des pieds, Sophie tentait d'attraper le livre qui l'intéressait. Par un hasard fâcheux, celui-ci était placé au sommet d'un rayonnage. Et comme elle répugnait à demander de l'aide au bibliothécaire, lequel avait un regard salace des plus déplaisants, elle devrait se débrouiller seule. Coûte que coûte !

Dans un ultime effort, elle tentait d'agripper la couverture en cuir rouge quand une main secourable se posa sur la sienne.

— Permettez-moi, très chère...

Sophie sursauta. Retirant précipitamment ses doigts, elle fit volte-face et manqua défaillir.

— Oh ! balbutia-t-elle. Je... heu...

Elle recula d'un pas, décontenancée. Puis, recouvrant ses esprits, elle dit d'une voix raffermie :

— Merci, monsieur Lester. En vérité, la bibliothèque est bien le dernier endroit où je pensais vous rencontrer.

— Pour être honnête, je suis moi-même très surpris de m'y trouver. Mais je vous ai vue entrer, et un désir irrépressible de vous suivre m'a saisi. Une sorte de transe, si vous préférez... C'est étrange, non ?

— Très étrange, en effet, confirma Sophie sans ciller.

Dignement, elle prit le livre qu'il lui tendait, puis ajouta d'un ton bref :

— Je vous remercie pour votre aide, monsieur Lester. Je ne voudrais pas vous retarder plus longtemps...

— Rassurez-vous, j'ai tout mon temps. J'ai déjà trouvé ce que je cherchais.

L'inflexion enjôleuse de sa voix décupla le trouble de Sophie. Elle croisa son regard très bleu et comprit brusquement que l'amitié entre eux était — serait toujours — impossible. Jack Lester aimait le flirt et les joutes verbales. Or, comment pourrait-elle jamais lui expliquer que ce qu'il considérait comme un simple jeu la mettait au supplice ?

— Vraiment ? rétorqua-t-elle avec ironie. Pourtant, j'aurais juré que la lecture vous ennuyait.

— Il est vrai, admit plaisamment Jack, que je suis davantage un homme d'action que de réflexion. J'aime le concret, comprenez-vous.

Oh ! oui, Sophie comprenait. Pourtant, elle choisit d'ignorer l'allusion, et répliqua du tac au tac :

— Compte tenu de vos activités, c'est peut-être aussi bien. Gérer un domaine nécessite un grand pragmatisme.

— C'est exact, approuva-t-il, l'œil malicieux.

— Sophie, tu es là ? Oh ! bonjour, monsieur...

Clarissa venait d'apparaître, une pile de livres sous le bras.

— Bonjour, miss Webb, lui répondit Jack. Vous avez dévalisé les étagères, à ce qu'il semble ?

— Oui, j'ai de quoi lire des semaines entières ! Et toi, Sophie, as-tu trouvé ton bonheur ?

Sophie faillit répondre par la négative, mais elle se ravisa en songeant qu'au lieu de partir, Jack Lester se ferait un malin plaisir de l'assister dans ses recherches. Alors qu'elle cherchait, sans grand succès, un moyen de se dérober, son regard tomba sur ses jeunes cousins qui, le nez collé au carreau, se chamaillaient copieusement.

— Je crois qu'il est temps de rentrer, marmonna-t-elle. Si cela continue, Jérémy va tomber par la fenêtre !

Et, bien décidée à éconduire son tourmenteur, elle donna le signal du départ.

Mais une fois dehors, Jack congédia son groom et insista pour les raccompagner à pied jusqu'à leur domicile. Faute de trouver une excuse plausible à lui opposer, Sophie y consentit. Durant tout le trajet, Jack se montra le plus charmant des compagnons, si bien que, déchirée entre des sentiments contradictoires, Sophie s'évertua à paraître enjouée. Jack Lester n'était manifestement pas conscient de la faire souffrir ; et de son côté, elle répugnait à se montrer trop cassante avec lui.

Une fois à destination, elle attendit que Clarissa se fût éloignée avec les enfants pour prendre congé.

— A bientôt, monsieur Lester, déclara-t-elle aimablement. Je suppose qu'après l'ouverture officielle de la Saison, nous aurons l'occasion de nous croiser souvent.

Jack lui rendit son sourire.

— Je crains, ma chère, que vous ne surestimiez ma patience ! Verriez-vous une objection à ce que, d'ici là, nous fassions d'autres promenades dans le parc ?

Sophie se raidit. Dieu qu'il était difficile de refuser une offre qu'on mourait d'envie d'accepter !

Comme Jack la fixait, quêtant sa réponse, elle dit très vite :

— Ce serait avec plaisir, monsieur. Malheureusement, mon temps ne m'appartient pas toujours. Ma tante a décidé d'organiser plusieurs réceptions, et elle compte sur moi pour l'aider.

Le sourire de Jack ne faiblit pas.

— C'est tout naturel. Néanmoins, je suis certain que Mme Webb vous octroiera quelques heures de liberté.

Prenant la main de Sophie, il voulut la porter à ses lèvres.

Mal lui en prit...

— *Non* !

Eperdue, Sophie dégagea sa main comme si elle s'était brûlée. Puis, incapable de soutenir le regard stupéfait de son compagnon, elle baissa piteusement la tête en bredouillant :

— Bonne journée, monsieur Lester.

Jack eut l'impression d'avoir reçu une gifle. Il ébaucha un salut contraint tandis que Sophie, à bout de nerfs, tournait les talons et s'engouffrait dans la maison.

Resté seul, Jack demeura un instant prostré sur le trottoir. Puis il s'éloigna rapidement, les traits crispés.

Quelle mouche avait donc piqué Sophie ?

Cette question lancinante le hanta une partie de la semaine.

Sans doute l'aurait-elle obsédé plus longtemps encore si, contre toute attente, Lucilla Webb ne l'avait invité au premier bal de Clarissa. D'abord surpris, Jack sentit vite renaître son bel optimisme. Certes, il ferait figure d'ancêtre parmi ce bouquet de débutantes... Mais au moins pourrait-il revoir Sophie et, qui sait, éclaircir le malentendu qui les séparait.

Ainsi qu'il était prévisible, Lucilla Webb n'avait pas ménagé sa peine pour que les débuts de sa fille aînée fussent une réussite. Au milieu de l'immense pièce, un kiosque s'élevait. Huit colonnes soutenaient le chapiteau en forme d'ombrelle, tendu d'étoffe cramoisie, dont les pans relevés par des guirlandes de fleurs encadraient le buffet, une plate-forme circulaire montée sur tréteaux, somptueusement illuminée de bougies rassemblées en bouquets ardents. Sous ces flammes, le kiosque s'embrasait, les dentelles rosissaient, et des auréoles scintillaient autour des grands plats d'argent et de vermeil.

En digne reine de la fête, Clarissa était radieuse dans sa toilette en mousseline blanche. Mais, s'il la complimenta avec sincérité, Jack reporta très vite son intérêt ailleurs. Tandis qu'il sirotait sa coupe de champagne, il suivait du coin de l'œil l'évolution de Sophie. Celle-ci, exquise dans sa robe en soie pêche piquetée de reflets d'or, alternait polkas et mazurkas dans les bras de jeunes gentlemen visiblement fort émoustillés.

Profitant d'une pause, Jack suivit la jeune fille qui, escortée par son cavalier, avait rejoint miss Chessington près du buffet. Sophie riait, d'un rire léger et insouciant. Puis elle croisa le regard de Jack — et son comportement changea. Elle pressa ses mains l'une contre l'autre en un mouvement convulsif, et son sourire se crispa quelque peu.

Un froncement de sourcils impérieux suffit à Jack pour congédier son cavalier. Confus, le jeune homme s'inclina et bredouilla quelque excuse avant de s'éloigner avec miss Chessington.

— C'est très mal d'agir ainsi, observa Sophie d'un ton réprobateur en pivotant vers Jack. Sous prétexte que vous êtes plus âgé, vous vous croyez tout permis !

Jack soupira.

— Je crains, ma chère, que mon... heu, *expérience* ne me colle irrévocablement à la peau. Pour tout vous avouer, j'ai l'impression d'être le loup du proverbe dans la bergerie !

Déconcertée, Sophie leva les yeux vers lui. La lumière du grand lustre sous lequel il se trouvait se concentrait sur son jabot, découpant en triangle le haut de l'habit. Cette blancheur éclatante accentuait la gravité de ses traits, et la mâle assurance qui émanait de lui semblait se communiquer à la pièce entière, à l'air même que Sophie respirait.

Oppressée soudain, la jeune fille sentit peser sur elle une angoisse imprécise, mais aussi lourde qu'une chape de plomb. Avait-elle peur de Jack — ou d'elle-même ? La réponse, hélas, n'était que trop évidente.

— Pourquoi cet air contrarié ? questionna-t-il, attentif à ses moindres réactions. Auriez-vous préféré rester avec vos jeunes amis ?

— Non, dit Sophie très bas.

— Tant mieux. Alors, dansons...

Il l'entraîna sur la piste. Dès leur premier tour de valse, cependant, il comprit que quelque chose n'allait pas. Sophie avait beau sourire, elle n'avait pas la même souplesse, la même grâce que d'habitude. Au lieu de ployer tel un rameau entre ses bras, elle était tendue comme la corde d'un arc.

Soucieux de crever l'abcès, Jack dit doucement :

— Pardonnez-moi, mais j'ai omis de vous demander des nouvelles de votre santé. Vous êtes complètement rétablie, j'espère ?

Devant cette sollicitude, un élan de culpabilité assaillit Sophie. Jack semblait si sincère...

— Oui, murmura-t-elle. En fait, je n'avais rien de sérieux. Juste une légère migraine.

Jack la considéra avec attention. Se pouvait-il qu'en réalité, la jeune femme n'ait jamais été malade ? Non, décida-t-il aussitôt. Sophie, *sa* Sophie, était incapable de mentir !

— Je voulais vous remercier pour les fleurs, enchaîna-t-elle en hâte. Votre geste m'a beaucoup touchée...

Puis, prise d'un doute, elle s'enquit anxieusement :

— Car c'est bien vous qui m'avez envoyé ces roses jaunes, n'est-ce pas ?

— C'était moi, oui. J'espère qu'elles ont embelli votre journée... tout comme vous illuminez la mienne.

Ces propos galants, énoncés à mi-voix, résonnèrent tel un glas dans l'esprit de Sophie. Soudain, le désespoir l'envahit. Pourrait-elle continuer à cacher ses sentiments à Jack ? Non, jamais elle n'y parviendrait ! Elle allait se trahir, et...

Au même moment, la musique se tut. Le soulagement de Sophie fut éphémère car, prenant sa main, Jack la posa sur son bras en disant :

— Venez, nous allons marcher un peu.

— Oh, non ! Clarissa doit me chercher et...

— Elle se passera de vous ! coupa Jack d'un ton impérieux. Il y a une fenêtre ouverte au fond de la pièce. Un peu d'air frais vous fera du bien.

Tout en parlant, il la guida vers une banquette placée près des doubles rideaux qui ondulaient sous la brise légère.

— Et maintenant, déclara-t-il en s'asseyant près d'elle, vous allez m'expliquer ce qui ne va pas.

Gênée, Sophie agita frénétiquement son éventail.

— Rien, je vous assure. L'atmosphère de cette pièce est étouffante, et je... je supporte mal la chaleur.

Un sourire figé aux lèvres, elle fit mine d'observer l'assemblée. Son regard tomba alors sur sa cousine qui, entourée d'une horde de galants, semblait au bord de l'asphyxie.

— Qu'y a-t-il ? s'enquit Jack, toujours à l'écoute de ses émotions.

— C'est Clarissa, murmura Sophie. Je crains que la pauvre ne soit quelque peu dépassée par les événements ! En dépit des apparences, c'est quelqu'un d'assez timide, qui n'aime pas être harcelée.

A son tour, Jack observa Clarissa. Il sourit à la vue des soupirants qui se disputaient ses faveurs.

— Dans ce cas, assura-t-il, votre cousine ferait mieux de quitter Londres tout de suite. Car avec son physique, je vous garantis qu'elle n'aura pas une minute de paix !

— J'en ai bien peur, en effet. Et je me demande... Oh, Seigneur ! s'exclama soudain Sophie, horrifiée, en portant une main à sa bouche.

Surpris, Jack suivit son regard, et vit un grand jeune homme — tout droit issu de sa province natale, à en juger par sa mise — fondre avec détermination sur le petit groupe qui entourait Clarissa. Il s'approcha de celle-ci et l'invita à danser en ignorant superbement ses rivaux — ce qui lui gagna le respect immédiat de Jack.

Sa hardiesse, hélas, ne parut pas émouvoir Clarissa. La jeune fille lui tourna ostensiblement le dos.

— Oh ! mon Dieu, murmura Sophie. Pourvu qu'il ne l'ait pas encore appelée Clara !

— En tout cas, commenta plaisamment Jack, une chose est sûre : le pauvre a fait chou blanc !

Sophie soupira.

— Tous deux ne cessent de se quereller. Ils se connaissent depuis l'enfance, vous comprenez.

— Ah...

De nouveau, Jack observa les intéressés, et les souvenirs d'une certaine conversation avec Lucilla Webb lui revinrent en mémoire.

— Ce garçon... Ne serait-ce pas Ned Ascombe, par hasard ?

— Si, répondit Sophie, étonnée. Comment le savez-vous ?

— Votre tante m'a parlé de lui, expliqua Jack en regardant Ned s'éloigner d'une démarche raide. Mais j'ignorais qu'il devait venir à Londres.

— Apparemment, ma cousine l'ignorait aussi. Et le moins qu'on puisse dire, c'est qu'elle n'a pas l'air ravie de le voir.

— J'avais pourtant cru comprendre qu'un mariage était dans l'air.

— Oh ! pour cela, il est probable qu'ils finiront quand même par convoler. Clarissa a un naturel paisible et, même si, pour l'instant, la vie mondaine l'amuse, cela ne devrait pas durer. Ma tante pense qu'à la fin de la Saison elle aura hâte de retrouver sa chère campagne.

— Et Ned Ascombe ?

— Et Ned, confirma Sophie.

Comme Jack haussait un sourcil sceptique, Sophie, peu désireuse d'approfondir le sujet, dit très vite :

— Maintenant, monsieur Lester, si vous voulez bien m'excuser, je dois rejoindre mes amies.

D'abord tenté de protester, Jack se contint et se leva en silence.

Lorsque Sophie prit son bras, il s'aperçut que les doigts de la jeune fille tremblaient, et il nota avec consternation qu'une pâleur diffuse avait envahi ses joues.

— Sophie, ma très chère, murmura-t-il, croyez bien que si je vous ai peinée, j'en suis le premier contrit.

Le cœur de Sophie chavira. Des larmes noyèrent ses yeux, qu'elle refoula héroïquement. Elle voulut détromper son compagnon, mais n'y parvint pas. La gorge nouée, elle détourna précipitamment la tête dans l'espoir — vain lui aussi — de lui cacher sa détresse.

Jack l'accompagna auprès de ses amies puis, très civilement, se retira.

La mort dans l'âme, il s'attarda un moment près du buffet. Sophie refusait de se confier à lui... Cette pensée, tout en blessant son orgueil, réveillait son instinct protecteur et lui donnait envie de la prendre dans ses bras pour la consoler. En même temps, le fait de devoir rester à l'écart augmentait encore sa frustration...

Désœuvré, il flâna dans la grande salle. Son errance l'amena près de l'alcôve où Ned Ascombe s'était réfugié pour espionner sa dulcinée.

En le voyant, le jeune homme sursauta.

— Oh ! excusez-moi, monsieur, bredouilla-t-il, gêné.

— Je vous en prie. C'est moi qui vous ai dérangé...

Souriant, Jack lui tendit la main.

— Je suis Jack Lester, un ami des Webb. Il me semble vous avoir déjà vu chez lady Asfordby.

Ainsi qu'il l'escomptait, la seule évocation de ces relations respectables suffit à vaincre la réserve de Ned, qui confessa sans vergogne :

— J'espérais beaucoup de cette soirée. Mais si j'avais su, je serais resté chez moi !

— Je comprends, affirma Jack d'un ton sincère. J'ai assisté à la scène. Et je peux vous prédire sans risque de me tromper que votre stratégie actuelle est vouée à l'échec !

Sous le regard stupéfait de Ned, il extirpa de sa poche une carte de visite qu'il lui tendit.

— Si vous voulez rétablir la situation et conquérir Clarissa Webb, passez me voir demain en fin de matinée.

Il n'y avait nulle trace de paternalisme dans son discours. Fort de son expérience avec ses frères cadets, Jack connaissait la susceptibilité des jeunes gens.

— Pourquoi faites-vous cela ? balbutia Ned, médusé. Vous ne me connaissez même pas !

Jack haussa les épaules.

— Disons que c'est par solidarité. Croyez-moi, vous n'êtes pas le seul à vous sentir rejeté ce soir.

Et, sur ce constat laconique, il s'éloigna.

Resté seul, Ned le suivit pensivement du regard, la précieuse carte de visite serrée dans sa main.

— Qu'y a-t-il, ma chère ? Vous semblez songeuse. Jack Lester vous aurait-il déçue ?

Adossé à ses oreillers, son journal à la main, Horatio Webb observa son épouse qui, assise près de lui, dégustait comme chaque matin un chocolat onctueux.

Lucilla secoua la tête.

— Bien sûr que non, mon ami. Qu'allez-vous imaginer ? Les choses suivent leur cours normal... du moins, je l'espère.

Posant son journal, Horatio la considéra par-dessus ses lunettes cerclées.

— Vous n'avez pas encore comploté, au moins ?

— Non, non ! protesta Lucilla en s'empourprant. « Comploter » n'est pas le mot juste... Mais je ne pouvais pas laisser M. Lester demander la main de Sophie avant même l'ouverture officielle de la Saison ! Après la vie morose qu'elle a menée durant des années, Sophie a besoin de s'amuser...

— Humph ! Ma chère, combien de fois devrai-je vous répéter de ne point vous mêler de la vie d'autrui, fût-ce avec les meilleures intentions du monde ? Qui sait : peut-être Sophie serait-elle ravie de voir sa Saison écourtée — pourvu que Jack Lester en fût responsable !

— Ma foi, c'est bien possible...

Perplexe, Lucilla réfléchit longuement à cette hypothèse. Puis, sans transition, elle s'enquit :

— Quand vos chevaux doivent-ils arriver à Londres, Horatio ?

— Demain matin. J'ai fait préparer les écuries à cet effet... Mais quel rapport avec Jack Lester ?

— Aucun, affirma Lucilla d'un ton innocent. C'était juste pour savoir !

Posant sa tasse sur la table de chevet, elle se pelotonna sous la couverture, un sourire satisfait aux lèvres. Horatio la considéra un moment, l'air soupçonneux. Puis il prit son journal et, ajustant ses lunettes, laissa son épouse à sa rêverie.

8.

— Si j'en crois miss Winterton, vous aimeriez que miss Webb vous regarde d'un œil... disons, plus chaleureux, c'est cela ?

Confortablement installé dans son fauteuil, Jack observa son visiteur. Ned Ascombe s'était présenté chez lui à 11 heures précises avec la mine défaite d'un futur perdant ; et, plutôt que de tourner autour du pot, Jack avait préféré aborder tout de suite le vif du sujet. Plus vite Ned comprendrait qu'il devait réviser sa stratégie, mieux cela vaudrait !

— C'est bien cela, oui, répondit le jeune homme. Je sais que Sophie est désolée pour moi. Elle a toujours été une très bonne amie.

— Assurément. Et je reconnais qu'en effet, les choses se présentent mal. D'après ce que j'ai vu hier soir, miss Webb semble dans de mauvaises dispositions à votre égard.

L'expression de Ned s'assombrit encore.

— Je ne la comprends pas, marmonna-t-il. Elle a passé tout son temps à encourager une bande de flatteurs et de gommeux insignifiants !

— Vous ne lui avez pas dit cela, au moins ? s'enquit Jack avec inquiétude.

Ned but une gorgée de café et secoua la tête.

— Pas en ces termes, évidemment...

— A la bonne heure ! Je préfère cela. En fait, mon ami, ajouta Jack d'un ton sévère, il semblerait que vous ayez besoin de conseils sur la façon dont mener votre campagne.

— Une... une *campagne* ? balbutia Ned.

— Bien sûr ! Celle que tout homme doit mener pour conquérir le cœur d'une femme.

Ned s'empourpra.

— Mais le cœur de Clarissa m'appartient depuis toujours, objecta-t-il piteusement.

— Je ne demande qu'à le croire. Encore faut-il qu'elle en prenne conscience... Or, si vous persistez dans la voie que vous avez suivie jusque-là, je ne donne pas cher de votre succès.

— Je ne sais pas m'y prendre, avoua Ned avec un geste d'impuissance. Quand j'assiste à une réception, j'ai l'impression d'être un éléphant dans un magasin de porcelaines ! Est-ce ma faute si je me sens plus à l'aise à cheval que sur une piste de danse ?

Amusé, Jack réprima un sourire.

— La grande majorité des hommes est dans le même cas, affirma-t-il gravement. Seulement, il faut savoir ce que l'on veut. Les femmes se plaisent en société et, jusqu'à nouvel ordre, on les rencontre plus aisément autour d'une tasse de thé que dans les concours hippiques ! Par conséquent, si vous souhaitez vraiment conquérir Clarissa Webb, j'ai bien peur qu'il ne faille vous résigner à écumer tous les bals de la Saison.

— Papa ne voulait pas que je vienne à Londres, expliqua Ned en plissant le front. Il m'a conseillé d'attendre tranquillement le retour de Clarissa. Il pense qu'elle finira par se lasser de la vie mondaine et suppliera ses parents de la ramener à la campagne.

— Loin de moi l'idée de remettre en cause la sagacité de votre père. Néanmoins, en l'occurrence, n'avez-vous pas l'impression de montrer un peu trop d'aplomb en considérant que Clarissa vous est acquise d'avance ?

— Si, murmura Ned, confus. C'est justement pour cela que je suis venu la rejoindre.

— Judicieuse initiative, ma foi ! Clarissa est très jolie, et il est certain qu'elle va remporter un franc succès. Or, même si ses préférences vont à la province, vous ne serez pas le seul à partager ses goûts. Tous les hommes qui aiment la campagne seront des rivaux potentiels. Et croyez-moi, cela en fait beaucoup !

Le visage de Nick s'allongea. Il médita un instant avant de questionner d'un ton incrédule :

— Etes-vous en train de me dire que Clarissa pourrait bien m'échapper ?

Jack opina. Durant les minutes qui suivirent, Ned parut porter toute la misère du monde. Puis, se reprenant, il dit avec gratitude :

— Je vous remercie, monsieur. Votre jugement m'incite à réfléchir... Malheureusement, conclut-il d'un ton fataliste, je vois mal comment remédier à la situation.

— Fi donc ! Tout n'est pas perdu, loin de là. Je me targue d'avoir une certaine expérience dans ce domaine, et je suis tout disposé à vous en faire profiter — si vous le souhaitez, bien entendu.

— Mais pourquoi ? s'enquit Ned avec curiosité. Vous me connaissez à peine ! Pourquoi tenez-vous ainsi à m'aider ?

— Je vous l'ai déjà dit, par solidarité. En outre, je

suis moi aussi très attiré par un membre de la famille Webb.

L'allusion était si limpide qu'un voile se déchira devant les yeux de Ned.

— Il s'agit de Sophie, n'est-ce pas? murmura-t-il.

Jack acquiesça et, comme il l'espérait, Ned parut estimer que son penchant pour Sophie suffisait à justifier son amitié pour lui... Or, même s'il éprouvait une sincère compassion pour Ned, c'était surtout dans son propre intérêt que Jack avait décidé de le prendre sous son aile. A son goût, Sophie était beaucoup trop préoccupée par les chamailleries des deux tourtereaux. Pour être réceptive à sa cour, la jeune fille devait avoir l'esprit totalement disponible. Et, pour cela, il importait que Clarissa et Ned se réconciliassent...

— Je veux bien me battre, dit Ned d'un ton conquérant. Mais encore faut-il que je puisse lutter à armes égales ! Croyez-vous pouvoir me transformer en parfait dandy, monsieur?

Jack se mit à rire.

— Sûrement pas ! Mais rassurez-vous, cela n'a aucune importance. Vous ne devez pas avoir honte de vos origines, Ned. Il n'y a aucun mal à posséder un domaine agreste. Des membres éminents de la haute société sont aussi de gros propriétaires terriens — et je puis vous assurer qu'ils n'en font aucun complexe.

— Moi, si, confessa Ned. Comment l'avez-vous deviné ?

— Tout simplement parce que je connais bien le problème. Je possède moi aussi des terres, sans que cela m'empêche de me plaire à Londres. Les deux ne sont pas incompatibles.

— Oh...

Apprendre que, comme lui, Jack demeurait très attaché à sa province natale acheva visiblement de rassurer Nick.

— Alors, questionna celui-ci avec entrain. Par quoi dois-je commencer ?

— Tout d'abord, vous allez vous rendre chez le tailleur et chez un bon coiffeur. Puis je vous introduirai dans les établissements sélects qu'un gentleman est censé fréquenter. Pour le reste, nous aviserons en temps voulu...

Jack eut un sourire malicieux et conclut :

— Vous allez découvrir que déchiffrer l'âme féminine exige la ruse d'un renard et la dévotion d'un épagneul !

— Eh bien, soit ! lança Ned. Je suis prêt à tout pour que Clarissa cesse de faire les yeux doux à cette bande d'empaillés !

Amusé, Jack se leva.

— Dans ces cas, allons-y ! Il n'y a pas une minute à perdre.

Pendant que Ned modifiait son apparence, Lucilla Webb, pour sa part, poursuivait ses propres desseins.

Les chevaux de son époux venaient d'arriver à Londres, lui fournissant un prétexte idéal pour favoriser l'idylle de Jack et Sophie. Tous deux ne partageaient-ils pas la même passion pour l'équitation ? Certes, les convenances exigeaient que sa nièce fût chaperonnée. Mais qu'à cela ne tienne : elle les suivrait en calèche, voilà tout !

Fine mouche, Lucilla s'arrangea donc pour rencontrer Jack Lester et lui glisser dans la conversation qu'« elle cherchait quelqu'un de confiance pour escorter chaque après-midi sa petite famille dans Hyde Park ».

— Je suis moi-même une piètre cavalière, expliqua-t-elle innocemment. Quant à mon mari, son emploi du temps chargé lui interdit de monter autant qu'il le souhaiterait.

Si Jack devina d'emblée le pot aux roses, il n'en laissa rien paraître et proposa tout naturellement ses services. Tant et si bien que, chaque jour après le thé, il eut désormais l'insigne honneur de jouer les maîtres d'équitation auprès des enfants Webb — et de courtiser discrètement Sophie.

D'abord gênée, car le projet de sa tante était un peu trop transparent à son goût, la jeune fille finit cependant par prendre goût à ces promenades équestres, au point de les attendre avec impatience. « J'aime Hyde Park, se répétait-elle comme pour s'en persuader. En cette saison, la nature est si belle ! » Mais au fond, elle savait bien que le décor importait peu ; chaque moment passé en compagnie de Jack, ici ou ailleurs, lui était infiniment précieux...

Un après-midi, elle eut la surprise de le voir arriver en compagnie d'un Ned Ascombe méconnaissable. Savamment décoiffé comme l'exigeait la mode, le jeune homme portait un costume d'équitation cintré du dernier cri et des culottes moulantes enfoncées dans de hautes bottes.

Son amusement devant une telle métamorphose n'eut d'égale que la stupeur de Clarissa qui, à la vue de son soupirant, resta bouche bée.

— Bonjour, Sophie ! lança-t-il gaiement. Je suis bien content de vous voir.

— Moi aussi, Ned, répondit la jeune fille en cachant tant bien que mal son étonnement. Comptez-vous rester à Londres durant toute la Saison ?

— Oui. J'ai enfin pris conscience des nombreuses

distractions qu'offre la capitale. Aussi ai-je la ferme intention d'en profiter.

Il s'exprimait sans regarder Clarissa ni lui prêter la moindre attention. Mortifiée d'être tenue à l'écart, celle-ci dit timidement :

— Bonjour, Ned.

— Bonjour, miss Webb. Vous êtes rayonnante. Votre séjour se déroule-t-il comme vous le souhaitez ?

La ruse porta.

Clarissa, déconcertée par ces propos formels qui ressemblaient si peu au Ned qu'elle connaissait, resta coite. Sophie, quant à elle, se mordit la lèvre. Son regard croisa celui, malicieux, de Jack. Mal lui en prit ! Un fou rire la saisit, qu'elle eut le plus grand mal à refréner.

Ce fut Lucilla qui sauva la situation en les rejoignant. Elle salua Jack comme un vieil ami, complimenta Ned sur son élégance et orienta habilement la conversation sur des sujets d'ordre général.

Une heure durant, la promenade se poursuivit de la plus agréable façon. Sophie et Jack cheminaient côte à côte, suivis par Georges, Jérémy et Amy, lesquels étaient juchés sur leurs montures respectives. Clarissa et Ned fermaient la marche.

— Votre cousine semble subjuguée ! chuchota Jack à Sophie. Apparemment, les efforts de Ned portent leurs fruits !

— J'en ai l'impression, en effet. Clarissa ne l'avait jamais vu aussi élégant. Mais il est vrai qu'à la campagne, Ned a d'autres préoccupations.

— Et vous, miss Winterton, si vous aviez le choix, préféreriez-vous vivre en ville ou à la campagne ?

— A la campagne, répondit Sophie sans hésiter. Londres m'amuse, mais seulement pour une courte période. C'est le contraste qui est plaisant... Et vous, monsieur Lester, séjournez-vous souvent en province ?

— La majeure partie de l'année, oui. Et au risque de vous surprendre, je m'y plais beaucoup. Certes, le travail ne manque pas. Si l'état du manoir est excellent, celui du domaine, en revanche, laisse à désirer... Depuis le départ de ma sœur, j'essaie d'apporter des améliorations dans la mesure de mes moyens. Ce n'est pas toujours facile. Néanmoins, j'ai bon espoir d'y parvenir un jour.

Les doigts de Sophie se crispèrent sur les rênes. Par expérience, elle connaissait le coût des rêves de Jack. Et elle savait aussi quel était l'unique moyen de les concrétiser...

Soudain déprimée, elle eut toutes les peines du monde à réprimer un soupir.

Au détour d'une allée, le petit groupe se trouva face à Philip Marston. Ignorant ostensiblement Jack, celui-ci s'adressa d'emblée à Sophie.

— Bonjour, miss Winterton. Je suis bien aise de vous revoir.

— Monsieur Marston ! lança la jeune fille en s'efforçant de masquer sa contrariété. Connaissant votre aversion pour Londres, je ne pensais vraiment pas vous y rencontrer...

— J'exècre la frivolité de la vie citadine, en effet. Et je sais, ma chère, que vous ne l'appréciez pas non plus. Aussi me suis-je fait un devoir de venir vous tenir compagnie durant la Saison.

Agacée, Sophie fronça les sourcils. De quoi Marston se mêlait-il ? Elle n'avait nul besoin de sa compagnie !

— C'est fort aimable à vous, monsieur, répondit-elle sèchement, mais je vous assure que vous vous trompez. J'aime m'amuser, et rien ne m'enchante davantage que de danser jusqu'à l'aube.

— Fi donc, ma chère ! Vous ne me ferez pas croire cela...

Son regard réprobateur s'envola vers Georges, Jérémy et Amy, qui surgissaient au galop.

— Eh bien, jeunes garnements ! lança-t-il d'un ton sévère. Ignorez-vous qu'il est très imprudent de galoper ainsi dans les allées ? Vous pourriez renverser quelqu'un !

Lucilla voulut protester, mais Jack la devança.

— N'exagérons rien, Marston. J'admets qu'en milieu d'après-midi leur conduite serait répréhensible. Mais à cette heure, le parc est quasi désert. En outre, les petits Webb sont d'excellents cavaliers.

Rassurés, les enfants lui sourirent avec gratitude et se mirent à trotter à son côté, le plus loin possible de Philip Marston. Sophie se surprit à les envier — et se reprocha aussitôt cette vilaine pensée.

Mortifié, Marston rétorqua d'un ton aigre :

— Evidemment la discipline n'est pas votre fort, Lester ! Comme vous ne vous refusez jamais rien, vous avez du mal à concevoir que les autres s'imposent certaines limites.

— Vraiment ? fit Jack avec nonchalance. Pour ma part, je ne trouve pas que ma vie soit si différente de celle de mes pairs...

Philip Marston eut un rire condescendant.

— Sans doute serez-vous surpris d'apprendre que, pendant que vous dilapidez votre argent à Londres et profitez des plaisirs de l'existence, nous devons faire face aux aléas des récoltes et la difficile gestion des comptes.

Sophie le fixa, excédée. Avait-on idée d'être aussi rabat-joie ? Incapable de se contenir, elle répliqua suavement :

— Vous m'étonnez, monsieur. Je croyais le mot « plaisir » absent de votre vocabulaire.

L'ironie du ton et du propos échappa à Philip Marston.

— J'abhorre la superficialité, c'est exact, répondit-il avec solennité. A mon sens, seul le travail... Oh !

Une ruade de son cheval l'interrompit. Las de piaffer sur place, l'animal secoua violemment la tête et manqua projeter son cavalier à terre.

Prise d'une furieuse envie de rire, Sophie saisit l'occasion.

— Je crois, monsieur, que vous feriez bien de ramener cette bête aux écuries, déclara-t-elle d'un air faussement timoré. J'ai toujours eu peur des chevaux, et j'avoue humblement que ses ruades me rendent nerveuse !

Philip Marston n'eut d'autre choix que de s'exécuter. Sur un bref salut, il s'éloigna vers les grilles.

— Bon débarras ! murmura Ned.

— Je suis vraiment navrée, dit Lucilla à Jack. M. Marston n'a jamais été un boute-en-train mais, d'ordinaire, il n'est pas aussi agressif.

— Cela n'a aucune importance ! affirma Jack, tout sourire. Je ne lui en veux absolument pas !

C'était la stricte vérité. En réagissant de la sorte, son rival lui avait rendu un grand service. Car il était clair, à présent, que Sophie n'éprouvait aucune sympathie pour lui !

Fort de cette certitude, il afficha un air satisfait.

Déconcertée, Sophie l'observa à la dérobée. Certes, Philip Marston était odieux. Néanmoins, force était d'admettre que, sur certains points, il n'avait pas tout à fait tort. Jack Lester, en effet, ne regardait guère à la dépense. Il aimait les pur-sang, les beaux attelages, les vêtements dispendieux, et son frère Harry — qu'elle avait eu l'occasion de croiser récemment — ne semblait pas plus économe. En somme, et c'était là chose répandue dans leur milieu, les Lester vivaient largement au-dessus de leurs moyens. Cela ne pourrait durer qu'à la condition que Jack fasse un riche mariage...

Sa joie envolée, Sophie mit sa monture au trot et demeura silencieuse durant tout le trajet de retour.

9.

Si, après l'épisode du parc, Jack eut l'impression d'avoir marqué un avantage décisif, il déchanta vite. Philip Marston, hélas, n'était pas le seul soupirant de Sophie. La jeune fille était toujours très entourée et, bien qu'elle n'accordât la préférence à personne, elle ne se montrait pas aussi distante qu'il l'eût souhaité.

Aussi décida-t-il de la surveiller attentivement durant le grand bal que Lucilla Webb donnait à la fin du mois...

Ce soir-là, toute l'aristocratie londonienne était réunie chez les Webb. La Saison, désormais, battait son plein, et nul ne manquait à l'appel. Après un succulent repas — bisque d'écrevisses, saumon à la vénitienne, épigrammes d'agneau aux pointes d'asperges, truffes au champagne et fondus à la fraise —, les invités se pressèrent dans la salle de bal, que Lucilla avait tenu à décorer elle-même. Des guirlandes de fleurs, soutenues par des treillis légers, grimpaient le long des murs. La soie des tentures se moirait de nuances irisées et, sous les feux croisés des lustres, la peau des femmes prenait des teintes de beaux fruits chauffés au soleil.

Clarissa ouvrit le bal avec son père qui, malgré son embonpoint, était un excellent danseur.

— Tes débuts dans le monde se passent à merveille, ma chérie, lui dit-il en souriant. Tu es contente, j'espère ?

— Oh, oui ! répondit la jeune fille avec enthousiasme. Je m'amuse tellement !

Une polka succéda à la valse, et Clarissa regarda autour d'elle — pour voir Ned Ascombe inviter une autre cavalière. Aussitôt, son expression s'assombrit.

— Je te laisse avec tes admirateurs, dit posément Horatio Webb. Mais par pitié, garde-toi d'en accumuler un trop grand nombre. Je ne saurai auquel accorder ta main...

La-dessus, il escorta sa fille auprès de ses galants et s'éloigna sans rien ajouter.

— Vous valsez divinement, miss Webb, déclara lord Swindon, un rouquin dégingandé. A vous voir évoluer, on croirait que vous avez dansé toute votre vie !

— Désirez-vous un rafraîchissement, miss Webb ? offrit lord Thurstow, toujours zélé.

Refusant d'être en reste, un troisième larron ajouta, la main sur le cœur :

— Ah ! miss Webb, vous êtes si belle ! Je voudrais être troubadour pour vous fêter comme il convient !

Clarissa les considéra avec une soudaine consternation. Ces jouvenceaux à peine plus âgés que ses frères, qui la pourchassaient de leurs assiduités, ne ressemblaient en rien au prince charmant de ses rêves !

Fidèle à son rôle, elle répondit gracieusement à leurs compliments — et reconsidéra ses options.

Quand, enfin, Ned daigna l'inviter pour un quadrille, elle lui avoua timidement :

— Je suis bien contente de danser avec toi, Ned. Les autres garçons sont trop envahissants !

Impassible, Ned haussa les épaules.

— Bah ! tu t'y habitueras... Ta mère peut être fière, ajouta-t-il d'un ton enjoué. Son bal est une entière réussite. J'avais rarement vu autant de jolies filles réunies un même soir !

A ce moment, l'évolution du quadrille les sépara, empêchant Clarissa de répondre. Mais quand, un peu plus tard, un pas de deux les réunit, elle darda sur son cavalier un regard belliqueux.

— Tu as raison ! répliqua-t-elle, le nez en l'air. J'apprendrai vite à répondre aux louanges de mes cavaliers. D'ailleurs, je demanderai conseil à maman !

De nouveau, l'exécution d'une série de figures les sépara, évitant la catastrophe. Quand la danse s'acheva, Ned s'inclina d'un air guindé, puis disparut à l'autre bout du salon, laissant Clarissa furieuse avec ses sigisbées.

Jack Lester, de son côté, n'était pas plus heureux.

Un véritable escadron de galants gravitait autour de Sophie. Et chaque fois qu'il tentait de s'interposer, la jeune fille lui jetait un regard pour le moins dissuasif...

A la fin, n'y tenant plus, il la saisit d'autorité par le poignet et l'entraîna sur la terrasse. Là, il s'appuya à la balustrade dont les dorures reproduisaient les enroulements de fleurs et de feuillages sculptés sur la façade de la demeure, et s'enquit d'un ton abrupt :

— Puis-je savoir, miss Winterton, dans quel but vous aguichez tous ces messieurs ?

Sophie fronça les sourcils. Que Jack, depuis le début de la soirée, tentât d'intimider ses rivaux pouvait sembler flatteur : cela signifiait qu'il était jaloux. Mais le problème, hélas, restait entier. Car bien qu'aucun de ses soupirants ne lui plût vraiment, c'était pourtant parmi eux qu'elle devait trouver un mari. Et Jack n'avait aucun droit de l'en empêcher...

— Comme vous le savez déjà, répliqua-t-elle, ma tante souhaite que je me marie à la fin de la Saison. Or, pour cela, il n'existe pas cinquante moyens.

La mâchoire de Jack se contracta.

— En effet.

— Par conséquent, enchaîna Sophie avec un cynisme qui l'affligea elle-même, il faut bien que j'attire les hommes !

A son tour, Jack fronça les sourcils.

— Pourquoi ?

— Par... pardon ? balbutia la jeune fille, déconcertée.

— Pourquoi *les* hommes ? Un seul ne vous suffit-il pas ?

— Bien sûr que non ! Je refuse d'épouser un homme qui ne posséderait pas les qualités que j'estime importantes.

Le regard de Jack se fit inquisiteur.

— Ah, oui ? Et quelles sont-elles, s'il vous plaît ?

— Ma foi, il faudra qu'il aime la campagne, les enfants, qu'il sache monter à cheval et... et...

— Qu'il valse bien, c'est cela ?

Une lueur enjôleuse dansait dans ses yeux. Craignant de faiblir, Sophie décréta d'un ton hautain :

— Bref, il est certaines vertus que j'estime fondamentales chez mon futur mari !

— Certes. Mais est-ce là une raison pour vous disperser ?

— Evidemment ! s'exclama Sophie, excédée. Comment voulez-vous que je fasse le bon choix si je n'ai aucun élément de comparaison ? Pour me faire une idée, je suis bien obligée de danser avec plusieurs hommes — et je trouve injuste de votre part d'essayer de m'en empêcher !

Un silence suivit.

— Pourtant, ma chère Sophie, j'ai la ferme intention de continuer, déclara Jack la plus calmement du monde.

Sophie se mit à trembler. Jack était tout près d'elle à présent. Elle respirait sur lui l'odeur familière d'ambre gris, et ces effluves suffisaient à faire naître en elle des vagues vertigineuses, capables de fracasser les fragiles digues élevées avec tant de peine.

— C'est odieux ! balbutia-t-elle. Ne comprenez-vous donc pas que je veux me marier ?

— Si, mais...

— Et que, de ce fait, je dois choisir parmi mes soupirants ?

L'expression de Jack s'assombrit.

— Sans doute, mais...

— Dans ce cas, fort de votre *immense* expérience, peut-être sauriez-vous m'indiquer comment choisir le bon ?

— C'est très simple, ma chère. Il suffit d'opter pour celui que vous préférez.

— Vraiment ? s'enquit Sophie d'un ton railleur. Et comment suis-je censée l'identifier ?

Lentement, Jack esquissa un sourire. Puis son regard se fixa sur la bouche de la jeune fille.

— Comme cela, ma douce...

Et, tel un aigle fondant sur sa proie, il captura ses lèvres.

Trouble, surprise, choc... Un instant, Sophie se raidit face à cet assaut. Mais, très vite, un plaisir délicieux coula dans ses veines, auquel elle n'eut pas longtemps envie de résister. La terre sembla fuir sous ses pieds, et elle se sentir tomber, en une chute exquise, dans un abîme de félicité.

Jack, bientôt, affirma son pouvoir en posant les mains sur ses reins, ses hanches. De se sentir ainsi désirable, caressée, étreinte, bouleversa Sophie. Un feu fulgurant l'embrasait toute, la possédait.

Et ce feu, soudain, la terrifia.

Tout allait trop vite ! Elle avait peur... Peur du désir que cet homme lui inspirait. Peur d'avoir pu oublier qu'un jeu de séduction n'est pas de l'amour, et qu'elle ne s'engagerait pas dans une relation avec Jack sans souffrir. Or, c'était justement une souffrance inexplicable qui lui serrait le cœur, lui nouait la gorge.

Eperdue, elle recula d'un bond.

— Non ! balbutia-t-elle. Non, il ne faut pas...

— Pourquoi ? Ne me reprochez pas de vous avoir embrassée, Sophie. Vous en aviez envie. Et vous en aurez encore envie — même si vous ne voulez pas vous l'avouer maintenant. Même si cela vous effraie. En attendant, essayez de ne pas vous mentir à vous-même. Et sachez que j'ai envie, moi, de vous embrasser encore...

De nouveau, il cueillit sa bouche, força la barrière de ses lèvres avec passion. Les sens de Sophie réagirent aussitôt. Comme s'ils ne lui obéissaient plus, ses bras se fermèrent autour du cou de Jack.

Envahie d'une plénitude à laquelle elle refusait de s'abandonner tout à fait, elle implora dans un souffle :

— Arrêtez...

— Arrêter quoi ? Depuis la première minute où je vous ai aperçue, j'ai envie de vous faire l'amour et vous voudriez que, maintenant, je ne vous désire plus ? Je ne le puis, et vous non plus. Alors, cessez une bonne fois pour toutes de nier l'évidence...

Ils se dévisagèrent, leur poitrine se soulevant au rythme d'un souffle trop rapide. Puis Jack reprit, d'une voix altérée :

— Sophie, je conçois que vous ayez besoin de temps pour prendre une décision. Mais je n'ai pas une nature très patiente. Si vous pouviez trouver un moyen d'écourter cette... heu, phase, je vous en serais éternellement reconnaissant.

Très pâle, Sophie opina.

— J'essaierai, murmura-t-elle.

— Merci. Mais souvenez-vous bien d'une chose : malgré toutes vos dénégations, vous êtes mienne et le resterez.

A ces mots, une vague d'indignation souleva la jeune fille. De quel droit Jack présumait-il de ses sentiments pour lui ? Et comment osait-il affirmer qu'elle ne pouvait rien, ne pourrait jamais rien, contre cette passion qui la consumait ?

— Jack...., commença-t-elle.

Mais il l'interrompit.

— Venez, ordonna-t-il en lui prenant le bras. Je vais vous ramener auprès de votre tante. Elle doit vous chercher partout.

L'espoir, de nouveau, gonflait le cœur de Jack. Certes, il n'avait pas encore gagné, mais au moins avait-il remporté un semblant de victoire. Pour la première fois — et sans même en avoir conscience —, Sophie l'avait appelé par son prénom.

— Quelque chose ne tourne pas rond, observa Lucilla d'un ton soucieux.

Assis dans le lit conjugal, Horatio Webb regarda son épouse qui, installée devant sa coiffeuse, brossait ses longs cheveux d'un blond argenté.

— Pourquoi dites-vous cela, ma chère ? s'enquit-il placidement.

Lucilla plissa le front.

— Sophie n'est pas heureuse.

— Fi donc ! Avec sa horde de soupirants, elle a pourtant toutes les raisons d'être satisfaite.

— Mais ce n'est pas le cas. Et même si cela paraît absurde, j'ai l'intuition que Jack Lester en est responsable. Ce garçon est pourtant fou d'elle, cela crève les yeux ! Vraiment, conclut Lucilla en soupirant, je ne vois pas ce que Sophie peut espérer de mieux. Beaucoup de femmes donneraient cher pour être à sa place !

— Hum...

Horatio fronça les sourcils.

— Etes-vous bien sûre, au moins, que c'est ce Lester qu'elle préfère ?

— Certaine ! Depuis le premier jour, elle n'a d'yeux que pour lui.

— Alors, conclut Horatio avec optimisme, les choses s'arrangeront d'elles-mêmes. Ne dit-on pas que l'amour finit toujours par triompher ?

— Certes. Néanmoins, ne croyez-vous pas que je devrais, pour plus de sûreté, essayer de... mieux cerner le problème ?

— Non, ma douce. Les jeunes gens doivent faire leurs propres expériences. Comment voulez-vous qu'ils apprennent, sinon ?

— Vous avez raison, mon ami. Comme toujours...

Lucilla réfléchit un instant, puis elle reprit d'un ton enjoué :

— Que diriez-vous d'un petit séjour à la campagne, pour nous changer les idées ? Nous pourrions inviter une quinzaine d'amis — dont Ned et Jack — et passer quelques jours dans notre manoir du Sussex. Cela permettrait à nos tourtereaux de passer un moment ensemble et — qui sait ? — de réparer leurs erreurs.

Horatio réprima un sourire. Décidément, sa femme était une redoutable entremetteuse !

— Comme vous voudrez, ma chérie, murmura-t-il.

Une semaine s'écoula, durant laquelle Sophie broya du noir.

L'idée que Jack désirait la voir mariée le plus vite possible la déprimait. Et la façon dont il envisageait leurs relations futures la consternait plus encore. « Vous êtes mienne et le resterez ! » avait-il affirmé avec arrogance. La signification de cette petite phrase était claire : Jack Lester voulait faire d'elle sa maîtresse. Cela ne prouvait-il pas, s'il en était besoin, qu'il ne l'aimait pas — ou, du moins, pas comme elle l'eût souhaité.

Rongée par le chagrin, elle errait comme un fantôme de bal en bal. Les choses, les êtres étaient les mêmes. Tout était pareil. Sauf qu'elle était insensibilisée par les larmes qu'elle ne parvenait pas à verser; sauf qu'elle avait froid sans parvenir à se réchauffer, et que les vagues du désespoir roulaient toujours sous son crâne et la ballottaient à l'écart d'une réalité qu'elle était incapable de regarder en face. Si le simple bon sens lui soufflait de ne plus penser à Jack Lester, il restait toujours quelque coin de son cerveau qui refusait de lui obéir.

Sophie ignorait que, de son côté, Jack vivait la période la plus sombre de son existence.

Non seulement la jeune fille n'avait toujours pas daigné lui donner une réponse, mais elle le fuyait ostensiblement durant les réceptions...

Un soir, pourtant, il réussit à l'attirer dans une alcôve, à l'abri des regards indiscrets.

— Combien de temps vais-je devoir attendre, Sophie ? lui demanda-t-il d'une voix rauque. Combien de temps encore allez-vous me faire souffrir ?

A ces mots, un élan de colère souleva Sophie. Comment Jack pouvait-il se montrer aussi égoïste ? Ne comprenait-il pas combien son attitude était cruelle ? Non content de l'humilier en lui proposant une liaison, voilà qu'il la poussait dans les bras d'un autre homme !

— Je crains que les choses ne soient pas si simples, répondit-elle froidement. Il se trouve que, parmi mes soupirants actuels, aucun ne me plaît vraiment.

Jack eut l'impression de recevoir une gifle.

— Aucun, vous en êtes sûre ?

— Oui. Et cela m'ennuie fort, car je dois absolument me fiancer avant la fin de la Saison.

Oppressé, Jack hésita. Puis il dit tout à trac :

-- Pourquoi pas avec moi ?

— Ne dites pas de sottises ! s'exclama Sophie. C'est impossible, vous le savez bien.

— Pourquoi ? N'ai-je pas toutes les qualités que vous recherchez chez un homme ? Je possède des terres, j'aime la campagne et j'aspire à fonder une famille. C'est ce que vous vouliez, non ?

Sophie le fixa, médusée. Se pouvait-il qu'il fût sérieux ? Cela semblait incroyable, et pourtant...

— En outre, poursuivit Jack, il existe entre nous des concordances délectables... N'est-ce pas, ma douce ?

Prenant la main de Sophie, il la porta à ses lèvres. Il la frôla de sa bouche close, remonta sans hâte vers le poignet, puis le long du bras, jusqu'au creux tiède et satiné où, sous la mousseline, battait la veine de la saignée.

Engourdie de plaisir, Sophie ne put que balbutier :

— Mais... mais je n'ai pas de fortune.

— C'est sans importance, dit-il avec ferveur. Sophie, ma chérie...

— *Non!*

Dans un élan désespéré, elle le repoussa. Elle comprenait soudain que, par amour pour elle, Jack était prêt à sacrifier son avenir. Mais elle n'avait pas le droit d'accepter de lui un tel renoncement. Aussi douloureux cela fût-il, elle devait le décourager — une bonne fois pour toutes.

— J'ai peur que vous ayez mal compris, Jack, déclara-t-elle cyniquement. Je n'ai jamais été riche, et j'espère bien le devenir. Je ne vous l'avais jamais dit, c'est vrai, mais je pensais que cela allait de soi. Quelle femme n'est pas sensible au luxe?

Jack la fixa, interdit. En tant que financier, Horatio Webb suivait les cours de la Bourse et connaissait nécessairement sa situation. La logique aurait voulu qu'il en parle à Lucilla, qui, elle-même, se serait confiée à sa nièce. Cependant, ce n'était apparemment pas le cas. Sophie ignorait qu'il était riche...

Consterné, il observa cette femme qu'il croyait si bien connaître et dont, en réalité, il ignorait tout. Seul l'argent comptait à ses yeux. Elle était prête à épouser quiconque lui permettrait de mener grand train. Oh! certes, s'il lui révélait la vérité, Sophie se jetterait à son cou. Mais qu'éprouverait-il en sachant que seul l'intérêt la poussait dans ses bras?

— Je suis navré d'avoir contrecarré vos ambitions, miss Winterton, dit-il d'un ton sec. Désormais, vous serez libre de rechercher activement votre Crésus. Je ne vous importunerai plus.

Sur ces mots, il s'inclina et disparut dans la foule.

Restée seule, Sophie refoula ses larmes. Elle sentait se faire en elle une longue, lente, irréparable déchirure.

Elle était sûre, pourtant, d'avoir bien agi. Pourquoi, dans ce cas, n'éprouvait-elle au lieu d'un légitime soulagement qu'une profonde amertume. Le contrecoup d'un choc insupportable...

Anéantie par sa rupture avec Jack, Sophie accueillit sans enthousiasme les projets de sa tante. Celle-ci avait convié un cercle restreint de privilégiés — soit quinze invités — à se joindre à eux dans leur manoir du Sussex. Jack Lester, bien sûr, faisait partie de la liste. Mais tout laissait à craindre qu'il ne viendrait pas...

A la mi-mai, donc, la famille Webb s'exila à la campagne, dans une charmante demeure située près d'un étang couvert de nénuphars. Des saules échevelés s'inclinaient sur le plan d'eau. Le manoir lui-même était bâti dans un repli de terrain, au pied d'un mamelon verdoyant. Dès leur première visite, trois ans plus tôt, les Webb avaient cédé à l'enchantement du décor. Avec son toit de chaume et son colombage, la vieille bâtisse était tellement imprégnée de souvenirs qu'il y régnait une ambiance médiévale, aussi étrange et envoûtante.

Les travaux de réfection avaient duré plusieurs mois. Peu à peu, les plafonds avaient recouvré leurs délicates moulures, et les parquets cirés s'étaient revêtus d'épais tapis. Comme par miracle, les fenêtres avaient retrouvé leur transparence et s'étaient parées de mousseline tandis que le manteau de la cheminée accueillait les objets d'art acquis par Horatio Webb pendant ses voyages sur le continent.

La cheminée, justement, se révéla fort utile, car le temps s'était gâté. Une bruine triste tombait du ciel, ternissant la grâce fragile du printemps.

De santé délicate, Lucilla attrapa un gros rhume dès son arrivée. Elle dut s'aliter.

— Nous voilà bien ! se lamenta-t-elle. Nos invités doivent arriver demain... Il va falloir tout annuler !

— Ce ne sera pas nécessaire, assura Sophie d'un ton apaisant. Clarissa et moi pouvons parfaitement les recevoir.

— Bien sûr ! renchérit sa cousine. D'autant que papa sera là pour nous aider.

D'abord réticente, Lucilla finit par se laisser convaincre et les laissa veiller aux ultimes préparatifs.

Le lendemain matin, sous une pluie battante, Sophie accueillit les invités et leur expliqua la situation. Si la plupart se montrèrent philosophes, Philip Marston, lui, prit moins bien la chose.

— Je crains que nous ne puissions rester, déclara-t-il d'un air affligé. Avec votre tante si gravement malade, il serait fort cavalier de vous imposer notre présence. En outre, il faut songer aux convenances.

Excédée, Sophie s'exhorta à la patience.

— Je vous assure, monsieur, que ma tante ne souffre que d'un banal rhume. Elle serait très contrariée de nous voir tout annuler pour un motif aussi dérisoire. Quant aux convenances, avec mon oncle, Mme Chessington et Mme Billingham pour nous chaperonner, elles seront parfaitement sauves. A présent, ajouta-t-elle en souriant à la ronde, si vous voulez bien me suivre, je vais vous montrer vos chambres...

— Excusez-moi, miss Winterton, coupa Philip Marston avec sévérité, mais j'insiste pour parler à votre oncle. C'est une affaire sérieuse, qui impose qu'on le consulte.

A cet instant, un coup de tonnerre éclata. Des éclairs illuminèrent le vestibule, éclairant la haute silhouette d'un homme qui se tenait en retrait, près de la porte.

Stupéfaite, Sophie reconnut Jack Lester.

— Une fois de plus, Marston, vous avez tort, déclara-t-il en s'avançant dans le hall. L'indisposition de notre aimable hôtesse n'est que passagère, elle vous en voudrait de dramatiser la situation.

Fascinée, Sophie l'observa sans mot dire. Parmi tous les hommes présents, Jack était le seul à avoir eu la prévoyance de voyager en attelage fermé. Sous son manteau à cape, son habit sombre était sec et, comme toujours, impeccable.

Il s'inclina sur sa main avec son aisance coutumière.

— Bonjour, miss Winterton. Vous allez bien, j'espère ?

Aucune chaleur dans sa voix. Seulement une politesse formelle qui glaça Sophie.

Promenant un regard circulaire autour de lui, Jack sourit aux autres invités qui patientaient, trempés, au pied des marches.

— Je ne voudrais pas vous soustraire plus longtemps à vos devoirs d'hôtesse, miss Winterton, dit-il aimablement. Vos amis, semble-t-il, ont souffert du mauvais temps.

Doucement, il lui pressa les doigts. Sophie sentit son cœur s'emballer. Craignant de faiblir, elle retira sa main très vite et accrocha un gracieux sourire à ses lèvres.

— Si M. Marston et vous-même n'y voyez pas d'objection, je vais montrer leurs chambres à nos invités.

Toujours souriant, Jack acquiesça. Philip Marston fronça les sourcils puis, vaincu, capitula.

Sophie s'empressa auprès des invités de sa tante. Tandis qu'elle aidait l'un d'eux à ôter sa redingote ruisselante, elle ne put s'empêcher de se demander si

Jack Lester était arrivé en retard pour ménager son effet ou, tout simplement, parce qu'il avait hésité à venir.

Comme elle optait pour la seconde hypothèse, une angoisse sourde l'étreignit. Les jours suivants promettaient d'être difficiles...

10.

Quand Sophie s'éveilla le lendemain matin, la pluie avait cessé de tomber. Par la fenêtre, la jeune fille aperçut des trouées de ciel bleu et, soulagée, elle retomba contre ses oreillers. Ce séjour à la campagne, après tout, ne s'annonçait pas si mal...

Contrairement à ses prévisions, le dîner de la veille s'était plutôt bien passé. Certes, elle aurait préféré que ses soupirants se montrent moins pressants et que miss Billingham cesse de harceler Jack. Mais, décida-t-elle dans un élan d'optimisme, ce n'étaient pas là des raisons suffisantes pour bouder son plaisir. Le beau temps était de retour, et il convenait d'en profiter au maximum.

Mue par cette résolution, Sophie procéda à ses ablutions, puis rendit visite à sa tante. Elle la trouva assise dans son lit, une tasse de thé à la main.

— J'ai bien envie de me lever, dit Lucilla entre deux gorgées. Je me sens encore un peu faible, mais...

— Vous resterez au lit jusqu'à ce que votre fièvre soit complètement tombée ! coupa Horatio en entrant dans la chambre avec un plateau. Vous possédez une constitution fragile, et il ne faut prendre aucun risque.

Laissant Lucilla aux bons soins de son époux,

Sophie descendit prendre son petit déjeuner. A peine eut-elle franchi le seuil de la salle à manger que ses galants tentèrent de l'accaparer.

— La marmelade est délicieuse, ma chère, dit le marquis de Huntly, un grand échalas myope. Vous devriez y goûter.

— Voulez-vous du bacon, miss Winterton ? proposa M. Chartwell en soulevant le couvercle d'un plat.

Sophie leur sourit gracieusement — et s'arrangea pour s'asseoir entre Bella Chessington et sa mère qui, amusées, échangèrent un regard entendu.

De l'autre côté de la table, Jack s'entretenait avec M. Ellis tandis que Ned discutait avec lord Swindon, sous le regard subjugué de Clarissa.

Une fois rassasiée, Sophie s'éclipsa à l'étage pour embrasser ses jeunes cousins. Un silence religieux régnait dans la nurserie. Très vite, elle eut l'explication de ce calme pour le moins inhabituel : encadrés par deux grooms, les enfants étaient partis se promener en forêt. La paix du manoir, par conséquent, était assurée !

Soulagée, la jeune fille regagna le rez-de-chaussée — pour y subir de nouveaux assauts galants.

Cette fois, M. Chartwell devança ses rivaux.

— Chère miss Winterton, que diriez-vous d'un petit tour dans le parc ? Je crois que la roseraie a commencé à fleurir.

— Peut-être préférez-vous une promenade autour de l'étang ? renchérit le marquis de Huntly.

— Le pigeonnier est vraiment ravissant, ajouta lord Ainsley, un petit homme ventripotent. Si vous le souhaitez, je peux vous le faire découvrir.

Philip Marston, quant à lui, se borna à froncer les sourcils.

Invoquant mentalement tous les saints du paradis, Sophie répondit d'un ton affable :

— Je trouve vos idées excellentes, mais pourquoi ne pas aller plutôt nous promener tous ensemble ? Le parc n'est pas très grand, et nous avons amplement le temps de flâner dans la roseraie, de faire le tour de l'étang et d'admirer le pigeonnier avant midi.

Déconfits, ses sigisbées n'eurent d'autre choix que d'accepter. Sophie, elle, se résigna à subir deux heures de conversation insipide. Au moins profiterait-elle du grand air ! songea-t-elle pour se consoler.

Comme ils flânaient dans les jardins, ils croisèrent d'autres invités qui déambulaient au hasard des allées. L'on échangea des saluts courtois et des informations sur les lieux pittoresques à visiter, puis chacun poursuivit son chemin.

De loin, Sophie aperçut Jack en compagnie de Mme Ellis et de miss Billingham. Cette dernière était littéralement pendue à son bras. « Cette fille n'a vraiment pas le sens du ridicule ! se dit Sophie, excédée. Pour ma part, jamais je ne pourchasserai un homme — et surtout pas Jack Lester ! »

Mais sa bonne humeur s'était envolée et rien, pas même les réflexions parfois amusantes de ses galants, ne put la lui rendre. Par égard pour ses invités, elle se força à sourire pendant le déjeuner. Et puis, sitôt après le dessert, elle glissa son canevas dans un panier d'osier et s'éclipsa discrètement par la porte-fenêtre du salon.

Seul dans le pavillon d'été, Jack tournait en rond. Il s'était réfugié là pour échapper à miss Billingham, qui semblait convaincue qu'il allait bientôt demander sa main. Dieu sait pourtant qu'il la fuyait comme la peste ! Apparemment, cela ne suffisait pas à la décourager.

Campé devant la fenêtre en ogive, Jack exhala un soupir frustré. C'était une autre femme qui hantait ses pensées, lui imposant de prendre une décision. Une décision urgente, car les soupirants de Sophie se faisaient de plus en plus pressants. Or, s'il était clair qu'aucun ne plaisait à la jeune fille, tous étaient assez riches pour lui assurer une vie dorée. Et il était probable qu'elle finirait par accorder sa main à l'un d'eux...

Une tache jaune dans le feuillage capta soudain son attention. En observant mieux, Jack vit Sophie s'avancer sur le chemin sinueux qui menait au pavillon. Aussitôt, l'espoir naquit dans son cœur. Le destin lui souriait-il de nouveau ?

Puis il aperçut l'homme qui suivait Sophie à distance, et son humeur tomba. Un instant, il songea à s'éclipser par l'arrière du pavillon, mais il se ravisa. Ç'eût été folie que de laisser Sophie seule avec Marston. En outre, Horatio Webb venait de partir pour Southampton où l'appelaient ses affaires et, en son absence, c'était à lui, Jack, qu'il incombait de veiller sur sa nièce.

Promenant un regard circulaire autour de lui, il avisa une petite porte au fond du pavillon. Il l'ouvrit et découvrit une pièce minuscule dans laquelle étaient entreposés des maillets de croquet, des ballons et des cerceaux. En hâte, il les poussa sur le côté, cala son épaule contre une étagère et ne bougea plus...

Peu après, Sophie entra dans le pavillon.

Elle déposait son panier sur la table en rotin quand des pas résonnèrent dans son dos.

— Miss Winterton...

Avant de se retourner, Sophie s'autorisa une grimace expressive. Quand donc Philip Marston la laisserait-il en paix ?

— Permettez-moi de vous reprocher votre imprudence, miss Winterton, dit-il d'un ton sentencieux. Vous ne devriez pas sortir sans chaperon.

— Vous exagérez, monsieur. Je ne suis plus une enfant !

— Certes non. Mais vous êtes une jolie femme, et cela ne va pas sans risques — surtout avec un roué comme M. Lester dans les parages.

Sophie fronça les sourcils.

— Je vous prierais de laisser les invités de ma tante hors de cette discussion, monsieur.

— En cela, ma chère, je partage entièrement votre avis. C'est justement la volonté de rester un moment seul avec vous, loin des autres invités, qui m'a amené ici.

A ces mots, un funeste pressentiment assaillit Sophie. Elle chercha une repartie appropriée et, faute d'en trouver, se résigna à l'inévitable.

Les mains derrière le dos, M. Marston se mit à arpenter la pièce.

— Comme vous le savez déjà, commença-t-il, je n'ai jamais approuvé votre venue à Londres. Vous n'aviez pas besoin de quitter la campagne pour trouver un époux.

Sophie frémit. La menace, semblait-il, se précisait !

— Mais nous n'allons pas épiloguer là-dessus, poursuivit Philip Marston. Les choses étant ce qu'elles sont, je voudrais que vous rentriez avec moi dans le Leicestershire. Nous nous y marierons dans la plus stricte intimité. Bien entendu, ma mère...

Incapable d'en supporter davantage, Sophie l'interrompit.

— Monsieur Marston ! Il ne me semble pas vous avoir encouragé à demander ma main. Cependant, si tel est le cas, je m'en excuse sincèrement.

Philip Marston pâlit. Puis son expression devint plus austère que jamais.

— Miss Winterton...

— Hum !

Alertés par un toussotement, tous deux firent volte-face pour voir M. Chartwell et le marquis de Huntly gravir les marches du pavillon. Atterrée, Sophie les fixa un instant en silence. Puis, prudemment, elle battit en retraite derrière la table, laissant les trois hommes s'aligner de l'autre côté.

— Nous passions par là et avons... heu, entendu votre conversation, ma chère, expliqua Huntly en guise d'excuse. Je tenais à vous dire que rien ne vous oblige à épouser Marston. Je serais moi-même très heureux de...

— En fait, coupa M. Chartwell en jetant un regard belliqueux au marquis, j'attendais le moment de vous parler en privé. Vu le tour que prennent les choses, je profite de l'occasion pour demander votre main.

Sophie crut entendre un juron étouffé. Mais avant qu'elle ait pu en déterminer la provenance, Philip Marston reprit l'assaut.

— Je pense quant à moi, miss Winterton, que vous serez bien plus heureuse auprès de votre famille, dans le Leicestershire.

— Sornettes ! protesta Huntly. De nos jours, voyager n'est plus un problème. En outre, pourquoi miss Winterton se contenterait-elle d'une petite ferme quand elle peut diposer d'un splendide manoir ?

— Mon château est immense, miss Winterton, intervint M. Chartwell d'un air supérieur. Et bien sûr, vous aurez carte blanche pour le décorer selon votre goût — tout comme ma résidence londonienne.

— Le manoir de Marston, déclara Philip Marston

en toisant ses rivaux, est, comme miss Winterton le sait déjà, une demeure très cossue. Par ailleurs, mes revenus sont considérables et mes terres — qui jouxtent celles de son oncle — s'étendent sur des centaines d'hectares.

— Vraiment ? ironisa le marquis. Permettez-moi de vous apprendre que mon domaine couvre des *milliers* d'hectares et qu'en terme de patrimoine, je suis un bien meilleur parti que vous ! Par ailleurs, mon titre de noblesse a de la valeur...

— Fort peu, à en croire la rumeur, coupa perfidement M. Chartwell. Il est évident que, sur un plan financier, mon offre est la plus avantageuse.

— Ah, oui ? fit Huntly avec agressivité.

— Absolument. Je...

— Il suffit ! s'écria Sophie, furieuse. Votre attitude, messieurs, est insultante, révoltante et, pour dire les choses crûment, elle me dégoûte ! Comment osez-vous présumer de mes pensées, de mes sentiments, de mes désirs, et les commenter aussi cyniquement ?

Gênés, les trois hommes fixèrent le sol tandis que Sophie, hors d'elle, poursuivait son réquisitoire.

— Jamais, de ma vie, on ne m'a insultée de la sorte ! affirma-t-elle. Me croyez-vous vraiment capable d'épouser un homme qui me considère comme une femme vénale, intéressée uniquement par l'argent ? C'est odieux, inqualifiable !

Elle marqua une courte pause, puis conclut avec mépris :

— Vous me connaissez mal, messieurs. Toutes les femmes de ma famille se marient par amour, et par amour seulement, et je ne ferai pas exception à la règle. Or, pour être franche, je ne vous aime pas. Il est donc inutile de continuer à me harceler. Je n'épouserai aucun d'entre vous. Suis-je assez claire ?

Un silence tendu suivit. Puis, refusant de s'avouer vaincu, Philip Marston dit avec condescendance :

— Vous êtes bouleversée, ma chère — ce qui est bien compréhensible. Il est impardonnable de notre part de vous avoir soumise à une telle discussion.

— Impardonnable, grossier et, de surcroît, totalement inutile, assura Sophie d'un ton sec.

Comme ses rivaux restaient coits, Marston prit de l'assurance.

— Cela étant, ma chère, déclara-t-il d'un air supérieur, je vous conseille vivement de réfléchir encore. Dans notre milieu, on ne se marie pas par amour. Nous laissons cela aux petites gens. C'est pourquoi je ne puis croire que...

— Monsieur Marston ! coupa Sophie, exaspérée au-delà de toute mesure. Je crains que vous m'ayez mal comprise... Dans ce domaine, l'opinion d'autrui m'importe peu — et tant pis si l'on me juge ridiculement sentimentale ! Les mariages d'amour ne sont peut-être pas légion mais, en ce moment, il semblerait qu'ils soient à la mode. Or, il se trouve que cette mode me plaît. Cela peut vous surprendre, mais c'est ainsi. A présent, ajouta-t-elle pour clore l'entretien, je vous serais reconnaissante de bien vouloir me laisser seule.

— Certainement, ma chère.

— Nous vous présentons nos excuses, miss Winterton.

Conscients d'avoir perdu la partie, le marquis et M. Chartwell avaient hâte de battre en retraite. Philip Marston, lui, était plus réticent...

— Pardonnez-moi, insista-t-il, mais je ne puis me résoudre à vous laisser seule dans cet endroit désert.

— Pour l'amour du ciel, monsieur, cessez de voir des loups-garous partout ! Ce pavillon appartient à ma famille, et j'y suis en parfaite sécurité.

Le regard de Sophie s'envola vers le marquis et M. Chartwell, puis revint se poser sur Philip Marston tandis qu'elle ajoutait :

— Par ailleurs, monsieur, ayant exprimé ma volonté de rester seule, je n'hésiterai pas à demander à ces messieurs de me protéger... contre vous !

La ruse porta. Comprenant que ses rivaux se feraient une joie de le jeter dehors, Marston baissa pavillon et sortit avec eux.

Soulagée, Sophie les regarda descendre le perron. Ils s'arrêtèrent en bas des marches, échangèrent des regards hostiles puis se séparèrent, chacun empruntant un sentier différent pour regagner le manoir.

La jeune fille exhalait un soupir d'aise quand une voix familière déclara dans son dos :

— Vous avez tort, vous savez.

Poussant un cri étranglé, Sophie fit volte-face... pour se trouver face à Jack Lester.

— Que... que voulez-vous dire ? balbutia-t-elle, éperdue.

— Tout simplement, lui répondit-il en quittant sa cachette, que vous n'êtes pas si en sécurité que cela. Un grand danger vous guette...

Il sourit.

— Moi !

Sophie le dévisagea et, d'instinct, se retrancha derrière la table. Puis, le premier choc passé, elle demanda d'un ton hautain :

— Comment osez-vous m'espionner ?

— Vos propos étaient, comme toujours, fort instructifs, déclara Jack en souriant de plus belle. Mais une question me hante... A quel jeu jouez-vous, ma chère ?

Sans lui laisser le temps de réagir, il contourna la

table. Sophie recula — en vain. Les mains posées à plat contre le mur qui se trouvaient derrière elle, Jack l'emprisonna entre ses bras. Ses épaules, dont elle devinait les muscles à travers le drap du vêtement, lui fermaient le monde. Sans s'approcher d'elle davantage, sans la toucher, il la considérait avec une telle expression que, de nouveau, Sophie se sentit chavirer.

— Jack, bredouilla-t-elle, je... je vous en prie, essayez de comprendre ! Je viens d'éconduire trois soupirants, et je... je suis épuisée !

— Vraiment ? Dans ce cas, ma chère, laissez-moi vous administrer les premiers soins. Je suis un excellent médecin...

Il la saisit contre lui, écrasa sa bouche sous la sienne tout en parcourant de ses mains ardentes le corps sur la complicité duquel il savait pouvoir compter.

Le cœur de Sophie s'emballa, et elle se laissa aller contre le torse de son compagnon. Soudain, la vie en elle réclamait son dû tandis que Jack l'éveillait à la féminité en tissant autour d'elle un voile d'ivresse et de caresses. Jamais elle n'avait eu de réaction aussi intense, primitive, passionnelle. Elle oubliait ses interrogations, ses marchandages de conscience pour en venir tout simplement à aimer le dispensateur de tant d'enivrantes sensations.

— Je le savais, murmura-t-il, comme il faisait courir sur la chair diaphane de voluptueux frissons. Je savais que votre peau frémirait sous mes doigts.

De nouveau, ils s'enlacèrent dans un élan fiévreux, plein d'ardeur et de sensualité. Puis, très bas, Jack questionna :

— Voulez-vous m'épouser, Sophie ?

Cette seule phrase suffit à briser l'enchantement.

La gorge de Sophie se noua. Incapable de parler, elle fit « non » de la tête.

— Pourquoi ? s'étonna Jack. Vous affirmez vouloir vous marier par amour. Or, vous m'aimez, Sophie. Et moi aussi, je vous aime. Nous le savons tous les deux. Alors, quel est le problème ?

Comme il se penchait pour l'embrasser encore, Sophie regroupa ses ultimes défenses et balbutia :

— Je vous l'ai déjà dit. Je... j'ai besoin d'argent.

Jack s'immobilisa, la bouche contre la sienne. Lentement, il recula pour la dévisager avec attention. Puis il secoua la tête.

— Je ne vous crois pas. Vous avez dit très clairement à vos soupirants que pour rien au monde vous ne feriez un mariage d'intérêt. Certes, ils sont riches, mais vous ne les aimez pas. J'ai la chance, moi, d'avoir votre amour... Quelle importance si je suis pauvre ?

Bouleversée, Sophie ne put que répéter, comme une litanie :

— Je ne peux pas vous épouser, Jack. Je ne le peux pas !

— *Pourquoi* ?

— A quoi bon vous l'expliquer ? Vous... vous ne comprendrez pas.

— Essayez tout de même !

— Oh, Jack ! s'écria Sophie, au désespoir, vous savez bien qu'entre nous, rien n'est possible. Vos rêves sont aussi les miens, c'est vrai, mais ils ne se concrétiseront jamais si vous n'épousez pas une riche héritière.

Sa voix se brisa et, très ému, Jack l'attira contre lui en murmurant :

— Je suis désolé, ma chérie. J'aurais dû tout vous dire depuis longtemps...

— Me dire *quoi* ? s'enquit Sophie avec une soudaine méfiance.

Jack eut un sourire malicieux.

— Que j'étais riche, très riche. Horriblement riche !

Les larmes aux yeux, Sophie secoua la tête.

— Voyons, Jack ! Comment pouvez-vous mentir ainsi ?

Il la fixa, stupéfait. Sophie ne le croyait pas ! Elle pensait qu'il affabulait pour obtenir sa main.

— Je ne mens pas, mon amour, assura-t-il avec ferveur. Je vous jure que je suis très riche. D'ailleurs, votre oncle vous le confirmera.

Sophie le dévisagea avec perplexité. Horatio Webb, assurément, était un homme de parole. Même par amour, il ne cautionnerait pas un mensonge. Et pourtant, Jack semblait sûr de lui...

— Mon oncle est à Southampton, répondit-elle enfin. Et j'ignore quand il reviendra.

Jack réprima un juron. Décidément, le sort s'acharnait contre lui ! Hormis Horatio Webb, les rares personnes susceptibles de témoigner en sa faveur étaient des amis ou des domestiques, que Sophie ne croirait pas.

— Très bien, concéda-t-il, résigné. Puisque c'est ainsi, nous attendrons son retour. Ce compromis vous convient-il, ma chérie ?

Il voulut l'embrasser, mais Sophie se déroba. Si Jack la touchait encore, elle était perdue ! L'appel que ses caresses suscitaient en elle était si impérieux qu'elle n'aurait jamais le courage de lui résister. Il s'agissait d'un ouragan, d'une tornade... S'opposait-on à la tempête ?

— Non, Jack, dit-elle d'une voix altérée. Vous m'avez promis d'être patient.

Résigné, il laissa tomber ses bras.

— Soit, je vous respecterai jusqu'au retour de votre oncle — mais pas une minute de plus !

Sophie opina, vaincue. A quoi bon se rebeller ? Face à cet homme, et quoi qu'il fît, elle n'était que capitulation !

— Et vous m'épouserez trois semaines plus tard, c'est entendu ?

Il s'agissait plus d'une affirmation que d'une interrogation. Sophie le comprit bien ainsi, qui tenta de protester.

— Il va de soi, poursuivit Jack sans même l'écouter, que si je dois refréner mes élans jusqu'au retour de votre oncle, vous en ferez autant !

— *Moi* ? balbutia-t-elle, interdite.

— Oui. Désormais, vous ne badinerez plus avec vos soupirants, et vous ne valserez qu'avec moi !

— Vous êtes fou ! s'exclama Sophie en le repoussant. Je ne peux pas vous promettre une chose pareille !

— Oh ! si, vous le pouvez. Il faut être juste, Sophie. Si vous avez vos exigences, il est normal que j'aie aussi les miennes. Et j'entends désormais être le seul homme à qui vous accorderez vos faveurs... Nous sommes bien d'accord ?

Sophie s'empourpra. Jack la retenait fermement par le poignet, et son beau visage était si proche du sien qu'elle percevait son souffle sur sa joue.

— Oui, lui répondit-elle enfin, dans un murmure.

Satisfait, Jack lui offrit son bras.

Comme tous deux regagnaient le manoir, Sophie mit un point d'honneur à garder la tête haute. Son tourmenteur ne devait surtout pas deviner les pensées qui l'agitaient !

Quant à Jack, il ne cessait de l'observer à la dérobée et, peu à peu, un fin sourire se dessina sur ses lèvres. Bientôt, très bientôt, miss Winterton serait sienne pour toujours.

11.

Les Webb regagnèrent Londres au début du mois de juin et, dans les semaines qui suivirent, Jack Lester se montra si empressé auprès de Sophie que la rumeur de leurs fiançailles imminentes se répandit comme une traînée de poudre. Assurément, les deux jeunes gens n'attendaient plus que le retour de Horatio Webb pour officialiser leur relation.

Ils l'attendaient, en effet.

Car si Sophie reconnaissait désormais être tombée éperdument — et irrévocablement — amoureuse de Jack, elle doutait toujours qu'il fût vraiment riche. Elle connaissait son caractère passionné, et le savait assez épris d'elle pour avoir inventé cette incroyable histoire. Aussi eût-elle tout donné pour que son oncle réapparût...

Quoique pour une raison différente, Jack partageait son impatience.

Du matin au soir et du soir au matin, ce séducteur impénitent rêvait de l'instant où, dans l'intimité de la chambre nuptiale, il se retrouverait seul avec Sophie. Comme un lent cheminement dans un pays enchanté, ses mains ôteraient une à une les épingles qui retenaient ses cheveux, effeuilleraient ses vêtements et apprendraient au corps de Sophie, offert à la caresse de son regard, que le don de soi procure la plénitude. Mais en attendant ce moment délectable, le respect infini qu'il vouait à sa bien-aimée lui interdisait de dépasser le stade des effleurements furtifs et des chastes baisers...

Il se consolait en songeant que, comme lui, Ned Ascombe était sur le qui-vive. Les parents du jeune homme, en accord avec ceux de Clarissa, préféraient qu'il attendît la fin de la Saison pour faire sa demande — ce qui signifiait qu'il devrait ronger son frein plusieurs semaines encore... sans même être sûr du résultat final ! Selon Ned, en effet, Clarissa témoignait beaucoup trop d'intérêt à un certain capitaine Gurnard.

— Ce bellâtre ne cesse de lui tourner autour ! confia-t-il à Jack lors d'une réception. Et au lieu de l'éconduire, Clarissa se laisse prendre à son jeu ! Regardez comme elle lui sourit...

Le regard de Jack s'envola vers Clarissa qui, à l'autre bout de la salle, devisait avec le capitaine Terence Gurnard.

La quarantaine frétillante, ce dernier avait les cheveux frisés, l'œil vif, un nez charnu et une grande bouche qui semblait faite pour mordre la vie à pleines dents. Certes, son rire était un peu trop sonore, son aplomb un peu excessif, mais il émanait de lui un indéniable magnétisme — auquel, remarqua Jack, Clarissa ne semblait pas du tout sensible. Le sourire qu'elle lui adressait était purement formel. Ned n'avait donc sans doute aucune raison objective de s'inquiéter.

Mais ne dit-on pas que la jalousie va de pair avec l'amour ?

Deux jours plus tard, cependant, Jack eut la surprise d'apprendre par son frère Harry que le sémillant officier était convaincu d'avoir toutes ses chances avec Clarissa Webb.

— Je suis bien ennuyé, Jack, confessa Harry. J'ai commis l'erreur de jouer aux dés avec Gurnard, et j'ai perdu une assez jolie somme. Mais Gurnard est prêt à effacer ma dette si je lui rends un petit service : il voudrait que je lui arrange un rendez-vous avec Clarissa Webb.

— Un rendez-vous ? répéta Jack, stupéfait. Mais où donc ?

— Dans le temple de Diane, dans les jardins de Vauxhall. Gurnard sait que nous assisterons au feu d'artifice, demain soir. Je suis censé dire à Clarissa que son plus fidèle admirateur l'attendra dans le temple, à 1 heure précise. Je ne dois pas citer de nom, Gurnard trouve cela plus romanesque.

— *Romanesque* ? s'exclama Jack. Allons donc ! Terence Gurnard est tout sauf romanesque. Seule la fortune de Clarissa l'intéresse, c'est évident. Car même s'il joue les grands seigneurs, le drôle est criblé de dettes...

Il réfléchit un instant, puis son visage s'éclaira tandis qu'une idée lumineuse s'imposait à lui.

— Je crois que j'ai un plan, murmura-t-il. Sans le savoir, ce cher Gurnard va peut-être nous rendre un grand service. Mais d'abord, je dois en parler à Sophie...

— Sophie ? s'exclama Harry avec surprise. Depuis quand la consultes-tu avant de prendre une décision ?

— Depuis que j'ai résolu d'en faire ma femme ! expliqua Jack. Les convenances veulent que...

— Fi donc !

Son frère l'interrompit en riant.

— Les convenances n'ont rien à voir là-dedans !

Cette femme t'a tourné la tête, voilà la vérité. Au fond, tu ne vaux pas mieux que Jason!

— J'aime Sophie, c'est vrai, admit Jack. Et je trouve naturel de tout partager avec elle. Toi aussi, un jour...

— Moi, je resterai libre! affirma Harry avec superbe. Aucune femme, jamais, ne me mettra la corde au cou!

Et sur ce constat définitif, il s'éloigna vers le buffet tandis que Jack, amusé, allait rejoindre Sophie.

Mise au courant de la situation, la jeune fille poussa une exclamation horrifiée.

— Gurnard et Clarissa, dans le temple de Diane? C'est ridicule, voyons! Il n'est pas question de la laisser y aller...

— Je ne suis pas de cet avis, dit posément Jack. Au contraire, je compte bien l'y encourager.

Sophie le fixa, abasourdie.

— Vous... vous êtes fou!

— Du tout. Je pense au contraire qu'il s'agit là d'une occasion rêvée pour Ned de jouer les héros et de gagner définitivement le cœur de sa belle!

— *Ned*? Mais comment cela?

Devant l'expression incrédule de Sophie, Jack se mit à rire.

— C'est très simple, mon amour. Vous savez que, depuis deux mois maintenant, Ned prend des cours de boxe. Eh bien, ce sera le moment ou jamais de les mettre en application! Les femmes adorent qu'un homme se batte pour elles. Quand elle verra Ned terrasser son rival, Clarissa lui accordera sa main sur-le-champ!

— Oh, Jack! murmura Sophie, ravie. Vous êtes incorrigible!

— Je sais... C'est l'une de mes innombrables qualités !

Et enlaçant la jeune fille par la taille, Jack l'entraîna dans une polka endiablée, sous le regard attendri de Lucilla Webb et celui, furibond, de miss Billingham.

Le lendemain soir, comme prévu, la famille Webb se rendit dans les jardins de Vauxhall pour la grande fête annuelle.

Un délicieux sentiment de sérénité envahit Sophie comme elle déambulait dans les allées au bras de Jack. Le crépuscule déployait ses fastes. La tiédeur de cette fin de journée où la chaleur cédait la place à une température plus douce, cette paix vespérale parfumée de l'arôme des fleurs, ce traître mélange de suavité et d'incitation sensuelle, l'ensemble troublait la jeune fille et l'asservissait au charme de son compagnon. Il était si bon de flâner dans ce cadre enchanteur avec l'homme qu'elle aimait...

Ensemble, ils gagnèrent le somptueux buffet disposé sous un vélum au fond du parc.

Des lanternes chinoises accrochées aux arbres éclairaient les abords de la place. Sur les pelouses, on avait dressé de longues tables recouvertes de nappes blanches. Des bouquets de roses les ornaient, dont l'odeur enivrante se mêlait au fumet des victuailles exposées.

Une fois rassasiés, les convives dansèrent sur les pelouses. On plaisanta, on se bouscula, on forma des rondes qui, se défaisant, se terminaient en folles farandoles. Tout de blanc vêtue, ses cheveux blonds balayant ses reins de ballerine, Sophie évoluait avec grâce. Son corps souple se pliait avec une élégance parfaite au gré des ondulations de la danse. Jack la tenait par la main. De ses doigts, qu'elle serrait un peu plus qu'il ne convenait, une douce chaleur gagnait sa paume, montait le long de son bras...

Le branle déroulait ses méandres autour d'un gros chêne quand Lucilla Webb poussa un cri de joie.

— Regardez, les enfants... Votre père est de retour !

D'un même mouvement, Jack et Sophie pivotèrent pour voir Horatio Webb fendre la foule dans leur direction. Georges, Jérémy et Amy s'élancèrent à sa rencontre.

Leur père les embrassa avec tendresse.

— Avec tout ce monde, j'ai eu du mal à vous retrouver ! leur dit-il en souriant. Mais je suis arrivé à temps. Il paraît que le feu d'artifice va débuter d'une minute à l'autre.

Peu après, en effet, les premières fusées furent tirées, et des gerbes majestueuses se mêlèrent au scintillement des étoiles qui, par touffes d'or, fleurissaient le ciel. Mais Sophie n'y prêta qu'une attention distraite. Son regard s'envolait malgré elle vers Jack qui, resté à l'écart, discutait avec Horatio Webb. Son avenir se jouait-il en cet instant ? Sans doute ne le saurait-elle pas avant le lendemain...

Elle n'eut pas à attendre aussi longtemps.

Devinant son impatience, son oncle profita de l'attroupement causé par le feu d'artifice pour l'attirer à la limite du terrain éclairé, là où l'obscurité et la nature reprenaient leurs droits.

— J'ai cru comprendre, lui dit-il sans préambule, que tu avais quelques doutes sur la situation financière de Jack.

Sophie opina. Elle se tenait très droite, une prière silencieuse au bord des lèvres.

— Evidemment, enchaîna Horatio, Jack a eu grand tort d'agir ainsi. Il aurait dû t'avouer la vérité depuis longtemps. Mais il faut lui pardonner. Quand ils sont amoureux, les hommes ont tendance à perdre la tête !

Il tapota paternellement la main de sa nièce.

— Alors, c'est vrai ? s'écria celle-ci, les yeux brillants. Jack n'a pas besoin d'épouser une riche héritière ? Oh ! mon oncle, c'est merveilleux... Je suis si heureuse !

Folle de joie, elle se jeta au cou de Horatio Webb, qui l'étreignit avec émotion. Tous deux bavardèrent un moment, puis Horatio dit gaiement :

— Viens, maintenant. Il faut rejoindre les autres.

Sophie le suivit, le cœur en fête. De loin, elle aperçut Lucilla qui, assise près d'une amie, suivait le feu d'artifice. Amy, Georges et Jérémy étaient sagement assis un peu plus loin. En revanche, Jack, Ned et Harry avaient disparu — tout comme Clarissa.

C'est alors que, brusquement, Sophie se remémora l'affaire concernant le capitaine Gurnard. Pendant qu'elle parlait avec son oncle, Harry avait dû escorter Clarissa à son rendez-vous galant tandis que Jack et Ned se cachaient près du temple de Diane...

Très vite, la jeune fille réfléchit. Le Sentier du Diable, qui menait au temple, se trouvait non loin de là. C'était un chemin obscur et, fréquemment désert. L'emprunter seule à cette heure eût été folie. En revanche, si elle descendait l'allée principale, large et bien éclairée, elle pourrait prendre un sentier transversal et aboutir à deux pas du temple. C'était certes plus long, mais beaucoup plus sûr !

Sa décision prise, Sophie drapa son châle autour d'elle et s'éclipsa discrètement.

⁂

Tapis derrière les buissons, Jack et Harry surveillaient le temple de Diane. L'édifice, de style ionique, n'avait guère qu'un intérêt décoratif. Au fil des années, une végétation luxuriante l'avait encerclé, et du lierre serpentait le long des colonnades, accentuant son aspect romantique.

Les yeux plissés, Jack scruta la pénombre. Harry avait accompagné Clarissa à l'heure convenue tandis que Ned, dix minutes plus tôt, s'était caché derrière un pilier en attendant son heure de gloire.

Gurnard, quant à lui, se faisait désirer...

C'est alors qu'un bruit de pas sur le gravier attira l'attention de Jack. Levant la tête, il vit une silhouette d'homme s'approcher du temple. L'identifier ne fut pas difficile : la cape rouge des militaires était jetée sur son épaule.

Pendant ce temps, à l'intérieur du temple, Clarissa faisait mille projets.

Harry lui avait promis que son plus ardent soupirant — Ned, bien entendu — allait venir la rejoindre, et la jeune fille nourrissait de grands espoirs. Ce soir, elle le pressentait, sa relation avec Ned marquerait un pas décisif. Sûrement allait-il l'embrasser ! Pour quelle autre raison lui aurait-il donné rendez-vous ici ?

Rêveuse, elle se plut à imaginer la suite. A condition que Sophie n'opte pas pour de longues fiançailles, un double mariage en septembre semblait envisageable...

Elle en était là de ses réflexions quand des pas foulèrent le gravier. Le cœur battant la chamade, elle pivota... et reconnut le capitaine Gurnard.

— Que faites-vous ici, capitaine ? s'enquit-elle, fort contrariée à l'idée de voir son aparté avec Ned interrompu ou — pire — différé.

Terence Gurnard parut surpris.

— Mais... je suis venu vous parler, ma chère.

— Je crains, monsieur, d'avoir peu de temps à vous accorder, rétorqua Clarissa du ton hautain que prenait sa mère quand on l'importunait.

Gurnard la fixa, interdit. Qu'était donc devenue la douce et innocente créature qu'il connaissait? Très vite, cependant, il se ressaisit. A n'en pas douter, miss Webb feignait de résister pour mieux aiguillonner son désir!

— Voyons, ma chère, dit-il en s'approchant, nous savons tous deux que vous êtes folle de moi! Mais rassurez-vous, je suis également fou de vous.

Clarissa se raidit. Sa froideur initiale se mua en une cinglante ironie.

— Vous perdez l'esprit, monsieur! lança-t-elle. Faut-il que vous soyez présomptueux pour présumer me plaire quand des hommes comme Ned Ascombe prétendent à ma main!

Ebranlé par tant de véhémence, Gurnard marqua un temps d'hésitation. Puis il ricana.

— En tout cas, vous m'avez bel et bien encouragé à vous courtiser! Oserez-vous le nier?

— C'était pour rendre jaloux M. Ascombe, expliqua Clarissa avec perfidie. Ainsi, j'étais sûre qu'il n'irait pas voir ailleurs!

— Ainsi, vous vous êtes servie de moi? Dans ce cas, ma chère, vous devrez en payer le prix...

Il voulut l'agripper mais, habituée qu'elle était à chahuter avec ses frères, Clarissa anticipa le mouvement et réussit à se dégager partiellement.

— Laissez-moi, monsieur! s'écria-t-elle.

Son cri furieux arracha Ned à sa prostration. Il bondit dans le temple, se remémorant juste à temps les conseils de Jack pour troquer son impulsif : « Lâchez-la, espèce de brute ! » contre un placide : « Clarissa, êtes-vous là ? »

Puis, fidèle à sa stratégie, il s'avança d'un pas tranquille en disant :

— Vous voilà donc, ma chère. J'espère que vous pardonnerez mon retard, mais j'ai été retenu...

Et il lui tendit la main tout en défiant du regard le capitaine. Furieux, celui-ci se jeta aussitôt sur lui... Mal lui en prit. Un coup de poing vengeur l'expédia à terre — ou, plus exactement, sur le marbre.

En amont du temple, derrière les buissons, Jack soupira de soulagement. Harry, lui, émit un rire étouffé.

— Je suis navré, Clara, dit Ned à Clarissa. Ce n'est pas là le genre de spectacle auquel une femme doit assister. Tu ne vas pas t'évanouir, j'espère ?

— Oh ! non, non ! s'écria-t-elle, aux anges. Tu as été merveilleux, Ned ! Tu... tu m'as sauvée !

Et, sans un regard pour le malheureux capitaine étendu au sol, elle se jeta au cou de son héros.

Depuis leur cachette, Jack et Harry entendirent Ned émettre une vague protestation. Clarissa dut néanmoins se montrer convaincante, car le silence retomba. Rassuré, Jack laissa ses pensées dériver vers Sophie tandis que Harry époussetait sa veste couverte de brindilles.

Puis de tendres chuchotements leur parvinrent, et ils virent les tourtereaux quitter le temple, main dans la main.

— Nous allons les suivre, proposa Jack. Après tout, ils ne sont pas encore fiancés !

Et, discrètement, ils emboîtèrent le pas au jeune couple.

Quand ils regagnèrent la clairière, ce fut pour assister à une scène touchante. Ned, fier comme Artaban, se tenait à côté d'un Horatio Webb tout sourire tandis que Clarissa racontait avec force détails son sauvetage à sa mère. Amy, Georges et Jérémy l'écoutaient, bouche bée.

A la vue de Jack, Lucilla demanda en souriant :

— Où est Sophie ?

Ned et Clarissa tombèrent des nues.

Harry plissa le front.

Jack se figea et regarda Horatio, lequel fronça les sourcils.

— Nous avons bavardé un moment à l'écart, expliqua-t-il d'un ton soucieux. Puis, après le feu d'artifice, elle a disparu. Je ne m'en suis pas inquiété, car je la croyais avec vous.

— Elle a dû se rendre au temple, murmura Harry avec inquiétude.

— Gurnard doit toujours y être, observa Ned.

— Je la trouverai, dit posément Jack. Ne vous tourmentez pas...

Et il s'éloigna d'un pas décidé tandis que les Webb gagnaient le kiosque à musique pour le concert final.

— Voyez-vous, mon ami, dit Lucilla en s'asseyant près de Horatio, je doute que nous ayons bien fait.

— Comment cela, ma chère ?

— Sophie saura traiter avec le capitaine Gurnard, j'en suis certaine. Mais pourra-t-elle traiter avec Jack Lester ?

Horatio lui tapota la main.

— Je suis sûr qu'elle se débrouillera !

En rejoignant le Sentier du Diable, Sophie retint son souffle. Une coulée de lune éclairait les piliers blancs du temple de Diane et, au loin, l'on entendait le clapotis de l'eau. La Tamise coulait en contrebas...

A pas furtifs, la jeune fille s'approcha et scruta l'intérieur du temple.

Mais celui-ci était vide.

Sophie hésita un instant. Puis, résolument, elle gravit les marches. Peut-être Clarissa se trouvait-elle derrière une colonne ? Poussée par cette espérance, elle contourna un pilier — et sursauta quand un homme surgit à son côté.

— Tiens, tiens ! fit une voix railleuse. Vous êtes venue chercher votre cousine, je présume ?

Reconnaissant le capitaine Gurnard, Sophie recula d'un pas.

— En effet, répondit-elle. Mais puisqu'elle n'est pas là...

— Vous ferez tout aussi bien l'affaire, dit Gurnard en lui saisissant le bras.

Furieuse, Sophie se débattit.

— Lâchez-moi, voyons, c'est ridicule ! Que puis-je vous apporter ?

— De l'argent, ma chère. *Beaucoup* d'argent.

Sophie pâlit. Brusquement, le plan diabolique de Gurnard lui revint en mémoire.

— Vous oubliez un détail, capitaine, répliqua-t-elle d'un ton sec. Je ne suis pas riche.

— Non, mais vous êtes la fiancée de Jack Lester. Cela signifie qu'il paiera cher pour vous récupérer. Et il paiera plus cher encore pour vous retrouver... disons, intacte.

Il l'attira vers lui et Sophie, écœurée, reçut de plein fouet son haleine avinée.

— Vous êtes la chance de ma vie, très chère ! dit-il en ricanant. Embrassez-moi...

Comme il resserrait son étreinte, Sophie le repoussa de toutes ses forces.

— Ainsi que je vous l'ai dit, vous négligez un détail d'importance, capitaine. Je ne suis pas fiancée avec M. Lester.

— Fi donc ! Vous essayez de me berner...

— Du tout. Je vous jure sur la tombe de ma mère qu'il n'a jamais demandé officiellement ma main.

— Qu'y puis-je, s'il tarde à se déclarer ? De toute façon, ce n'est qu'une question de jours.

— Non ! cria Sophie. Je n'épouserai jamais Jack Lester... *Jamais*, vous m'entendez ?

Furibond, Gurnard la secoua.

— Sale petite menteuse ! Vous feriez mieux de...

— D'accepter stoïquement votre destin, Gurnard, coupa une voix doucereuse dans son dos.

Le capitaine fit volte-face... et un coup de poing plus violent encore que le précédent le frappa en pleine mâchoire. Le résultat fut identique à la première fois : sa tête heurta le marbre avec un bruit sourd.

— Voilà qui vous apprendra ! commenta Sophie d'un ton sévère.

Jack soupira.

— Ainsi, vous ne vous évanouissez pas non plus ? Décidément, les femmes de la famille Webb ont le cœur dur...

— Avec tout ce que nous endurons, il le faut bien. Quand je pense que ce scélérat voulait...

— Je sais, j'ai entendu.

Doucement, Jack l'attira dans ses bras.

— C'est fini, ma chérie. Gurnard ne vous ennuiera plus. Je veillerai à ce que, très bientôt, il croupisse en prison pour dettes. Maintenant, venez. Il est inutile de nous attarder ici...

Prenant le bras de la jeune fille, il l'entraîna hors du temple. Sophie le suivit, l'esprit en tumulte.

— Et Clarissa? s'enquit-elle avec curiosité. Etait-elle au rendez-vous?

— Oui...

Jack lui raconta tout, précisant que Horatio Webb avait préalablement approuvé leur plan.

— Si Clarissa n'était pas venue, expliqua-t-il, Gurnard aurait pensé qu'elle avait eu un empêchement. Il aurait de nouveau essayé de la voir seule et, cette fois, nous n'aurions peut-être pas pu intervenir. Mieux valait donc en finir tout de suite.

— Certainement, approuva Sophie. Clarissa doit être si heureuse.

— Elle l'est, je puis vous l'assurer. Si vous aviez vu avec quel enthousiasme votre cousine s'est jetée au cou de Ned... C'est simple, elle a manqué le renverser!

Ils rirent ensemble puis, enlacés, cheminèrent dans les allées désertes. Au-dessus de leurs têtes, la lune en son premier quartier mêlait sa clarté à celle des étoiles. On distinguait les formes des feuilles, des tiges, des branches, mais tout était comme décoloré par la pâleur blafarde qui coulait comme une eau paisible sur le parc.

Brusquement, Sophie s'avisa de ce qu'ils s'étaient trompés de chemin. Au lieu de regagner le kiosque, ils se dirigeaient vers l'embarcadère!

— Jack, commença-t-elle, confuse. Nous, enfin...

Il contempla son fin profil et, d'une voix douce, demanda :

— Votre oncle vous a parlé, n'est-ce pas?

— Oui. Il... il m'a affirmé que rien ne s'opposait à notre mariage.

— Et par extension, souligna plaisamment Jack, plus rien ne s'oppose à ce que nous restions seuls!

— Sans doute, murmura Sophie, toute rose d'émoi, en jetant un regard furtif par-dessus son épaule. Mais ne croyez-vous pas qu'il vaudrait mieux...

Jack lui jeta un regard sévère.

— Dois-je comprendre que je devrais vous prouver ma flamme dans un jardin public, miss Winterton ?

Sophie n'eut pas le temps de répondre. Déjà, ils avaient rejoint la berge du fleuve et l'embarcadère, devant lequel une petite flottille était amarrée. Il y avait là des bateaux de toutes les tailles, parmi lesquels certains ne contenaient que deux personnes quand d'autres pouvaient accueillir une famille entière. D'autres encore disposaient même d'un dais qui permettait aux amoureux de s'isoler.

C'est vers l'une de ces embarcations que Jack conduisit Sophie.

— Rollison, vous êtes là ? appela-t-il.

Sophie sentit les battements de son cœur s'accélérer. La tête lui tournait un peu, et elle s'abandonnait à ce vertige léger avec volupté.

Aussitôt, le batelier en charge du bateau le plus cossu se hâta à leur rencontre.

— Ah ! vous voilà, monsieur Lester ! s'exclama-t-il avec un sourire édenté. Nous avons eu votre message. Mes hommes et moi vous attendions, monsieur.

— Merci, Rollison. Si vous le voulez bien, nous...

A ce moment précis, Sophie perdit le fil de la conversation. Elle regarda autour d'elle, préférant s'intéresser au décor plutôt que de s'appesantir sur les raisons — par trop évidentes — de leur présence ici. Si elle y réfléchissait, sa pudeur l'obligerait à protester ! Or, elle n'en avait aucune envie...

Après avoir décidé de l'itinéraire avec le batelier, Jack sauta dans l'embarcation et tendit la main à la jeune fille. Leurs regards se croisèrent et, l'espace d'un instant, Sophie oublia le reste du monde pour se laisser griser par le désir fou qui brûlait entre eux. Ce que Jack lui proposait était parfaitement scandaleux... et suprêmement tentant !

Ses scrupules envolés, elle le rejoignit sur le pont.

Jack enlaça sa taille et l'entraîna vers le dais. Puis il souleva le lourd rideau en damas qui abritait les passagers des regards indiscrets.

Emerveillée, Sophie découvrit une luxueuse cabine capitonnée de velours pourpre, au sol jonché de coussins moelleux. Une bouteille de champagne et deux coupes en cristal étaient disposées sur une petite table, ainsi qu'un plateau d'argent garni de douceurs.

— Je crois que nous goûterons au caviar plus tard, dit Jack en s'étendant sur les coussins.

Dans la pénombre, ses yeux scintillaient d'un tel feu que Sophie sentit sa gorge s'assécher. Eperdue, elle balbutia :

— Vous... vous aviez tout organisé, n'est-ce pas ?

— Dans le moindre détail, avoua-t-il sans vergogne en soulevant un coin de rideau pour observer le ciel étoilé. A mon sens, un plan de séduction ne supporte pas l'à-peu-près !

— Vraiment ?

Sophie le fixa, suspicieuse, et Jack se mit à rire. Attrapant sa main au vol, il l'attira près de lui. La jeune fille hésita une seconde puis, vaincue, s'allongea sur les coussins. Appuyé sur un coude, Jack lui sourit avec tendresse.

— Je ne plaisante pas, mon amour, assura-t-il. Je n'ai même jamais été aussi sérieux...

Sans se hâter, il dégrafa sa robe, découvrit la courbe ronde des épaules, avant de dénuder sa gorge avec la même lenteur voluptueuse.

Et la pudeur des premiers instants, qu'il devina aux joues soudain plus roses de Sophie, se mua en une ivresse exaltée lorsque ses doigts, partant des chevilles, remontèrent le long des jambes et emprisonnèrent la taille souple de la jeune fille tandis que leurs lèvres se trouvaient.

Comme la vague enfle, prend de l'élan, se creuse avant d'éclater, leur baiser, tendre et tranquille d'abord, se chargea peu à peu de tension, de passion. Renversée, offerte, Sophie n'était plus qu'abandon. Elle voulait que Jack la prenne... ou plutôt qu'il la séduise... Non, elle voulait prendre et se donner, follement, complètement. Elle voulait le conquérir, le posséder.

Elle voulait l'aimer.

— Sophie, chuchota-t-il contre sa bouche, il nous reste un point à discuter.

— Discuter? bredouilla-t-elle, l'esprit délicieusement engourdi.

— Mmm. Nous devons convenir de la façon dont vous allez me dédommager de ma torture.

— Une... une *torture*?

En cet instant, Sophie découvrait ce qu'était la torture. Une exquise torture. Les yeux de Jack étaient un feu brûlant sur sa peau peu à peu dénudée, offerte à ses caresses qu'il retardait encore, jouant de son plaisir comme le virtuose joue de son violon.

Dévorée d'un désir qui appelait l'assouvissement, elle s'arqua contre lui.

— Quelle torture, Jack? murmura-t-elle.

— Celle d'avoir dû vous respecter durant des semaines, mon amour.

Sophit rit doucement.

— Vous appelez cela une torture?

— C'était pire que cela encore !

— Vraiment ? Et quel genre de... *dédommagement* espérez-vous ?

— Quant à cela, dit Jack en effleurant la pointe corail d'un sein, j'ai une idée précise sur la question. Acceptez-vous de me l'accorder ?

— Oui, murmura Sophie dans un souffle.

Amusé, Jack lui embrassa le bout du nez.

— Mais je ne vous ai même pas dit ce que je voulais ! Oh ! Sophie, ajouta-t-il avec émotion, je vous désire tellement ! Et depuis si longtemps...

— Alors, prenez-moi, chuchota Sophie, étonnée par sa propre audace.

Il se pencha et, des lèvres, lui caressa sa joue. La nudité de la jeune fille, nuancée de reflets mordorés, d'ombres qui palpitaient au rythme de sa respiration, était si éclatante qu'il s'attarda un moment à la contempler, comme il l'eût fait d'un chef-d'œuvre.

Puis il baisa avec dévotion les épaules aux attaches fines, le ventre satiné, la nuque mince où frisaient des mèches folles.

— Vous êtes belle, dit-il d'une voix enrouée. Si belle, ma mie...

Jamais Sophie n'aurait cru possibles de tels gouffres, de tels apogées. Bonheur de donner, de recevoir... Triomphante, elle sentait son pouvoir sur Jack, jouait avec ses sens.

La passion les jeta l'un contre l'autre avec une frénésie qui leur fit oublier le reste du monde. Et quand les traversa l'éclair foudroyant de l'extase, une double plainte jaillit de leurs bouches, un instant disjointes, aussitôt accolées.

Longtemps après qu'ils eurent ensemble connu l'apogée du plaisir, Jack continua à tenir Sophie dans ses bras. Ivres de fatigue et de bonheur mêlés, tous deux gisaient sur un rivage de béatitude.

— Le bateau s'est arrêté ! s'exclama soudain Sophie.

Jack sourit dans l'ombre.

— Je sais, ma douce. Nous sommes amarrés sur un ponton privé depuis plus d'une heure. Le batelier va revenir bientôt pour nous ramener à la maison. Mon attelage nous attendra devant le débarcadère.

— Vous avez vraiment pensé à tout ! commenta Sophie, ravie.

— Disons que je m'y suis efforcé. J'aime faire plaisir à ceux que j'aime. Et je vous aime, mon amour...

Leurs lèvres s'unirent en un baiser d'exquise tendresse.

— Quand allons-nous nous marier ? demanda ensuite Jack à brûle-pourpoint. Pour diverses raisons, j'aimerais que ce soit le plus tôt possible !

— Moi aussi. Mon père m'a écrit qu'il rentrerait le mois prochain... Croyez-vous pouvoir attendre jusque-là ?

— Ce sera difficile... Néanmoins, une fois de plus, je prendrai mon mal en patience !

Enchantée, Sophie se serra contre lui. Puis elle dit avec une feinte sévérité :

— Après ce qui s'est passé, vous êtes contraint de m'épouser ! Vous m'avez gravement compromise, monsieur.

— De toute façon, j'ai toujours voulu vous épouser. Je n'ai plus pensé qu'à cela depuis l'instant où je vous ai aperçue chez lady Asfordby !

— Oh ! Jack...

De nouveau, ils s'embrassèrent avec ferveur. Puis, ramenée à la réalité, Sophie s'exclama :

— Oh ! mon Dieu ! Voilà des heures que nous sommes partis. Ma famille doit me chercher partout !

Jack lui baisa la main.

— Ne vous inquiétez pas, ma chérie. Votre oncle sait que nous sommes ensemble.

— Ma tante aussi ? balbutia Sophie, stupéfaite.

— Bien sûr que non ! dit Jack en frissonnant. Si je lui avais confié mes projets, elle m'aurait donné toute une liste de recommandations — et mon ego ne l'aurait pas supporté !

Leurs rires se mêlèrent, pleins d'insouciance.

— A propos de mariage, monsieur, vous ne m'avez toujours pas demandé de vous épouser ! rappela Sophie d'un ton plaisant.

— Vous avez mauvaise mémoire, ma chère. Je l'ai fait, et vous m'avez brutalement éconduit !

— Mais, maintenant que mon oncle m'a autorisée à recevoir vos hommages, vous êtes censé insister...

Jack exhala un soupir. Puis, roulant sur elle, il dit d'un ton impérieux :

— Fort bien, miss Winterton. Pour la dernière fois, voulez-vous devenir ma femme ? Je sais que vous n'êtes pas riche, mais cela m'indiffère. Telle que vous êtes, vous incarnez tout ce dont j'ai jamais rêvé... Absolument tout ! conclut Jack en se penchant pour prendre les lèvres de Sophie.

Eperdue de bonheur, celle-ci noua les bras autour de son cou et s'appliqua à lui donner la plus fervente, la plus passionnée des réponses.

Comme la calèche des Webb quittait les jardins de Vauxhall, Lucilla se laissa aller contre le dossier de la banquette. Amy, Georges et Jérémy dormaient sur le siège opposé, un sourire angélique aux lèvres. Mais leur mère, elle, était sur des charbons ardents...

Horatio venait juste de lui apprendre que Jack ramènerait Sophie à Mount Street par un autre chemin.

Une longue minute s'écoula avant qu'elle recouvre l'usage de la parole.

— Quand je pense que vous m'accusiez de comploter ! marmonna-t-elle en jetant un regard courroucé à son époux.

Horatio Webb s'abstint de répondre. Un sourire serein étira ses lèvres tandis que la calèche franchissait le pont enjambant la Tamise.

LOUISA GRAY

L'ombre du passé

HARLEQUIN

SÉRIE ROYALE

Cet ouvrage a été publié en langue anglaise
sous le titre :
THE STANDISH INHERITANCE

Traduction française de
MARIE-CATHERINE ANOUILH

83-85, boulevard Vincent-Auriol, 75013 Paris — Tél. : 42 16 63 63

1.

— Est-ce que vous êtes mon papa? questionna Freddie, les yeux brillant d'espoir.

La voix de son benjamin arracha Luciana à sa rêverie. Assise à l'ombre d'un chêne tutélaire, la jeune femme somnolait, bercée par le chant des oiseaux et les rires joyeux de ses fils qui pataugeaient dans la rivière voisine. Trempés jusqu'aux genoux, les deux frères raclaient inlassablement la vase avec leurs épuisettes, tandis que Castor et Pollux — leurs compagnons à quatre pattes — se pourchassaient en soulevant des gerbes d'eau.

Les yeux mi-clos, Luciana songeait à l'époque lointaine où, comme ses fils aujourd'hui, elle jouait à cet endroit précis avec ses deux camarades. Elle se remémorait aussi ce bel après-midi d'août où, ici même, Freddy avait été conçu.

Elle se souvenait de tout ce qu'elle tentait si désespérément d'oublier.

Aujourd'hui pourtant, cette évocation l'affectait moins que d'ordinaire. En dépit de son chagrin, la contagion du renouveau la gagnait. Jamais la campagne ne lui avait paru aussi belle. La grâce de ce jour d'été était telle que son infinie douceur ne pouvait que la réconforter. Toute à sa rêverie, elle n'avait pas entendu le cheval fouler l'herbe fraîche. Ni vu l'homme qui s'approchait. Ce fut seulement quand Freddie s'enquit de sa petite voix flûtée : « Est-ce que vous êtes mon papa ? » qu'elle tourna la tête — et manqua défaillir.

Non, c'était impossible ! Et pourtant... *Il* lui ressemblait tant ! Sa haute silhouette se découpait, dominatrice, sur le fond clair de la pelouse tandis que Freddie le tirait par la manche, tout comme avait fait un jour Carlo lors d'une visite de son père.

L'espace d'une seconde, Luciana voulut croire au miracle.

Mais très vite, le sortilège se rompit. Philip ne riait pas ainsi. Et surtout, cette situation l'aurait terriblement gêné, alors que l'inconnu, lui, sut d'emblée détendre l'atmosphère.

— Ton père ? s'écria-t-il d'un air horrifié. Sûrement pas ! Regarde-toi, tu es couvert de boue ! Je ne voudrais pas d'un rejeton aussi crasseux !

La plaisanterie porta. Rassuré, Freddie se tordit le cou pour l'observer et, du haut de ses quatre ans, protesta avec indignation :

— Non, je ne suis pas crasseux ! C'est Carlo qui m'éclabousse tout le temps !

— Vraiment ? Et où est-il donc, ce méchant frère ? Ah, le voilà...

Il se tourna vers Carlo, qui, resté en retrait, le considérait avec méfiance. Devant sa mine fermée, Luciana sentit son cœur se serrer. Le garçonnet s'était comporté exactement de la même façon lors de la première visite de Philip. Son père n'était guère pour lui qu'un étranger et Luciana avait dû le pousser dans ses bras pour qu'il l'embrasse. Sa disparition, cependant, l'avait beaucoup marqué, et même s'il comprenait confusément ce qu'était la mort, il continuait malgré tout à espérer un impossible retour.

Bouleversée, Lucina refoula ses larmes. La souffrance de son fils lui était d'autant plus insupportable qu'elle ne savait comment l'apaiser.

Devinant son tourment, l'inconnu la devança.

— J'espère que vous me pardonnerez cette intrusion, madame, dit-il courtoisement. Si j'ai troublé votre paix, croyez bien que j'en suis navré. La bienséance aurait voulu que je me présente chez vous, mais je n'avais pas entendu rire depuis si longtemps que la gaieté de vos enfants m'a attiré ici comme un aimant.

Alors seulement, Luciana comprit. Les paroles de l'homme, voilées d'amertume, suffisaient à l'identifier. Lui aussi était soldat. Et elle devinait aisément d'où il venait, et pourquoi.

Il arrivait de Toulouse, où Rory, le beau-frère de Luciana, était mort voilà cinq mois dans une bataille inutile. L'homme commandait ce régiment maudit. Un régiment qui, l'an dernier encore, était aussi celui de Philip.

Tirée de sa prostration, Luciana se leva pour saluer son visiteur.

— Max Rivington, madame, dit-il gravement, confirmant ses présomptions.

Il ne s'inclina pas, ne sourit pas non plus, mais son regard de jais posé sur Luciana était si intense que la jeune femme sentit sa gorge s'assécher.

Au prix d'un immense effort, elle balbutia :

— Oh... oui, bien sûr, mais je croyais...

— Je vais mieux maintenant, assura-t-il d'un ton bref.

— J'en suis bien heureuse, monsieur. Philip et Rory m'ont si souvent parlé de vous.

C'était la stricte vérité. Durant leurs permissions, les deux frères évoquaient souvent leur colonel. Rory avec toute la pudeur de l'homme mûr qu'il était devenu, Philip, avec la fougue et l'enthousiasme de ses vingt ans.

— Eux aussi, madame, me parlaient souvent de vous, répondit Max Rivington.

Tout en parlant, il tourna la tête pour observer Carlo. Son visage apparut pour la première fois en pleine lumière — et Luciana réprima un cri. Une longue cicatrice barrait sa joue droite et se prolongeait dans le cou. La blessure, rouge et enflée, était atroce. Elle aurait dû le défigurer, mais, curieusement, ce n'était pas le cas.

Oppressée, Luciana baissa les yeux... pour découvrir que Max Rivington s'appuyait sur une canne. Sa détresse s'accrut et, incapable d'articuler un mot, elle se mura dans un silence consterné. Ce fut Carlo qui, contre toute attente, vola à son secours en questionnant :

— Est-ce que votre jambe vous fait mal ?

Aucune pitié dans sa voix. Seulement une saine curiosité commune à tous les enfants.

Max Rivington répondit avec sincérité :

— Parfois, oui. Surtout quand je monte un escalier.

A présent, Carlo contemplait la jambe blessée avec l'air détaché de quelqu'un qui désire simplement obtenir des informations.

— Est-ce qu'elle guérira ?

— Je n'en sais rien. Le médecin n'en est pas sûr.

— Et si ça s'aggrave, est-ce qu'on vous la coupera ?

— Carlo ! s'écria Luciana, horrifiée.

— Oh, ce ne serait pas une catastrophe ! assura placidement le garçonnet. Les pirates ont toujours une jambe de bois et ça leur va très bien !

— Dans ce cas, dit Max Rivington d'un ton enjoué, je ferais mieux de préparer dès à présent ma reconversion ! Après tout, pourquoi pas ? Je me vois assez bien en corsaire, sur un beau galion au mât orné d'une tête de mort !

L'enfant s'esclaffa et, soulagée, Luciana respira mieux. Max Rivington sourit — un sourire lumineux, très jeune, qui le transfigura. Son teint ambré accentuait la blancheur de ses dents. Fascinée, Luciana resta captive de ce regard sombre où dansaient de petites flammes d'or. La clairière semblait s'être illuminée, la campagne entière riait. Dans le cœur de la jeune femme, tout à coup, se jouait une symphonie.

« C'est étrange, songea-t-elle, grisée. Cet homme m'est apparu voilà quelques minutes et j'ai l'impression de le connaître depuis toujours. Je sais qu'il déteste l'ail et le tabac, qu'il aime les chiens et Mozart, que c'est un excellent cavalier, et tant d'autres choses encore... »

— Pourquoi avez-vous une balafre sur la joue ? s'enquit Carlo, toujours curieux.

— J'ai été blessé au combat, répondit Max, évasif.

Luciana frémit. C'était en tentant de sauver Philip que Max Rivington avait été si cruellement blessé, elle le savait. Et la mission qui l'amenait ici aujourd'hui était la plus pénible qui soit. Il venait rapporter les affaires de Rory, tombé lui aussi sous les coups de l'ennemi.

Craignant de faiblir, la jeune femme se réfugia derrière une feinte sévérité.

— En voilà assez, Carlo ! ordonna-t-elle. Il faut rentrer te laver, ainsi que ton frère.

— Mais, maman...

— Il n'y a pas de « mais » ! Lord Rivington en a

sûrement assez d'être jaugé de la sorte! Il faut le laisser tranquille.

— Mais j'ai encore des questions à lui poser!

— Ce sera pour une autre fois. A moins que...

Prise d'une idée subite, Luciana se tourna vers le visiteur.

— Accepteriez-vous de souper avec nous, milord? Après votre voyage, vous devez être épuisé.

Aussitôt, elle maudit sa maladresse. Comme tous les soldats, Max Rivington avait dormi dans la boue, la neige et le froid. Il avait somnolé en selle, cramponné à son cheval, en quête d'un peu de chaleur. Il avait vu mourir ses compagnons et enduré les pires tortures. Comme il devait la mépriser d'être si naïve, si soucieuse du confort!

Pourtant, sa voix ne contenait aucune ironie quand il répondit :

— Je ne voudrais pas vous déranger, milady, mais il est vrai que le soir va bientôt tomber. Je vous ai observés plus longtemps que je ne le croyais. Si vraiment ma présence ne vous importune pas...

Luciana n'écouta pas la suite. Ainsi, avant de se présenter, Max Rivington les avait épiés à l'abri des arbres. Cette intrusion dans sa vie privée aurait dû la contrarier, et pourtant, la jeune femme ne parvenait pas à lui en vouloir.

— Vous ne nous importunez nullement, dit-elle avec chaleur. Vous avez entendu ces garnements : ils insistent pour vous garder! Si vous ne craignez pas d'être assailli de questions incongrues...

— Alors, c'est vrai, on va dîner tous ensemble? s'écria Carlo.

— Dans la salle à manger, comme des grands? renchérit Freddie, aux anges.

Luciana faillit protester, mais ses fils la considéraient d'un air si suppliant qu'elle se laissa fléchir.

— Oui, concéda-t-elle. Juste pour ce soir. Et seulement si...

— Si nous sommes sages ! chantonna Carlo.

Luciana réprima un soupir. En grandissant, son aîné devenait un peu impertinent. Mais comment aurait-elle pu le gronder quand il affichait le sourire désarmant de son père ?

Comme les deux enfants s'éloignaient en gambadant, Luciana fixa son pas sur celui, très lent, de son compagnon. Pourtant, bien que la crispation de ses traits révélât sa souffrance, Max Rivington tourna son handicap en dérision.

— Je suis une vraie tortue ! dit-il en riant.

Devant ce stoïcisme, le cœur de Luciana se gonfla de compassion. Max Rivington ressemblait tant à Philip et à Rory ! Comme eux, il semblait ignorer la peur et le doute. Seule le poussait la volonté farouche de triompher du sort.

Dans un élan, elle dit gauchement :

— Milord, je... je voulais vous remercier pour la lettre que vous m'avez adressée à la mort de Philip. Votre sollicitude m'a beaucoup touchée. A votre place, beaucoup se seraient contentés d'expédier un message de condoléances lapidaire. Quand, plus tard, j'ai appris que vous aviez été blessé en tentant de sauver mon mari, j'aurais tant voulu vous exprimer ma gratitude... Mais je n'ai su comment m'y prendre, conclut-elle piteusement.

— C'est sans importance, milady. Vous n'avez pas à me remercier. Philip était mon ami.

— Je le sais, dit Luciana, très émue. Et je sais aussi que cette amitié lui était infiniment précieuse.

Spontanément, leurs mains se cherchèrent, s'agrippèrent. Ils demeurèrent un moment ainsi, sans prononcer un mot. Puis Luciana découvrit qu'elle pleurait... et que, très doucement, Max Rivington effaçait une larme qui roulait sur sa joue.

— Là, là, murmura-t-il. Laissez-vous aller, cela vous fera du bien. Oh, milady, vous êtes si jeune! J'ignore pourquoi, mais je vous imaginais plus mûre, moins vulnérable. Et maintenant que Rory est mort, vous voilà seule avec votre chagrin...

— Oui, articula-t-elle d'une voix étranglée.

Elle pleurait maintenant sans retenue. Comme si le flot souterrain de sa peine, après s'être trouvé la force de percer, ne pouvait plus cesser de se déverser.

— Vous aimiez Rory, n'est-ce pas? s'enquit Max abruptement.

A ces mots, un terrible sentiment de vide étreignit Luciana. Oui, elle aimait profondément son beau-frère. Il était son meilleur ami, le frère qu'elle n'avait pas eu. A la disparition de Philip, il s'était montré si affectueux, si protecteur envers elle. « C'est injuste, répétait-il sans cesse. C'est moi qui aurais dû mourir, pas lui. »

Luciana avait essayé de l'aider à surmonter son chagrin en espérant qu'un jour, tous deux parviendraient à recouvrer un semblant d'équilibre. Mais un destin cruel en avait décidé autrement. Le généreux, le solide, l'irremplaçable Rory était mort lui aussi...

Incapable de parler, elle hocha la tête.

Alors, après une infime hésitation, Max Rivington pressa ses mains entre les siennes et énonça gravement :

— C'est là la véritable raison de ma visite, milady. En réalité, je suis ici pour honorer une promesse.

— Une... une promesse ? balbutia-t-elle.

— Oui. J'avais juré à Rory de vous dire combien il vous aimait. Non pas comme une sœur, précisa-t-il aussitôt, mais comme la femme qu'il aurait voulu épouser. Vous étiez sa raison de vivre, la sève de son existence.

2.

Assise sur un vieux banc de pierre, Luciana resta longtemps prostrée, la tête entre les mains. Elle se sentait anéantie, vidée de toute énergie. Voilà une heure pourtant, elle croyait avoir recouvré un semblant de sérénité. Il lui semblait que, lentement, elle commençait à reprendre goût à la vie. Mais les révélations de Max Rivington avaient ébranlé ce fragile équilibre si chèrement acquis et la jeune femme sentait se produire en elle une longue, lente, irréparable déchirure.

Pourtant, elle ne parvenait pas à en vouloir à l'auteur de son tourment autant qu'il l'eût fallu. En la contraignant à admettre la vérité, Max lui avait assené le coup de grâce. Alors pourquoi, au lieu de le maudire, se sentait-elle rassurée de le savoir là ?

Lord Rivington s'était éloigné, respectant son besoin de solitude sans pour autant l'abandonner. Il flânait un peu plus loin et bien qu'elle ne le vît pas, Luciana percevait le réconfort de sa présence. Une présence à laquelle elle se raccrochait comme, hier, elle s'appuyait sur Rory...

A ce souvenir, le remords l'assaillit. Aveuglée par son propre désespoir, elle avait occulté la détresse de

Rory. Pas une seconde, elle n'avait soupçonné qu'il fût amoureux d'elle. Comment avait-elle pu se montrer aussi égoïste? Jamais elle ne se le pardonnerait!

Son chagrin creva d'un seul coup. Emportant toutes ses défenses, la marée grondante la submergea et elle se laissa submerger sous le déferlement de pleurs où paraissait couler son âme.

Elle se balançait lentement sur elle-même, comme le font les nourrices pour calmer un enfant dans la peine, quand Max Rivington réapparut. Il s'approchait sans hâte. Aussitôt, miraculeusement, Luciana se sentit apaisée. Le calme de Max, en se communiquant à l'air même qu'elle respirait, lui insufflait la force de s'arracher à la spirale de douleur qui l'aspirait, la broyait.

Elle le fixa, le cœur gonflé de gratitude. Jamais, depuis sa plus tendre enfance, elle n'avait cru qu'un être humain avait le pouvoir de chasser les ténèbres. Max Rivington, lui, possédait cette faculté. Et pourtant, il se contentait de sourire...

— Il va pleuvoir, milady, dit-il posément. Nous ferions mieux de rentrer.

Pour toute réponse, Luciana se remit à pleurer. De soulagement, cette fois. « Tu es ridicule! se gourmanda-t-elle, mortifiée. Que va-t-il penser de toi? Tu te conduis comme une petite fille! »

Mais déjà, Max Rivington était près d'elle.

— Allons, allons! chuchota-t-il en drapant son manteau sur ses épaules graciles. Ce n'est rien, cela va passer.

— Je... je suis navrée! bredouilla-t-elle. Je ne comprends pas ce qui m'arrive. D'habitude, je ne pleure jamais!

— Chut! C'est moi qui suis navré de vous avoir causé un tel choc. Je regrette presque de...

— D'avoir fait cette promesse à Rory ?

— Oui. Mais je lui avais donné ma parole.

— Et vous tenez toujours votre parole, n'est-ce pas ? dit-elle doucement.

Il ne répondit pas, mais Luciana n'eut aucune peine à deviner la vérité : Max Rivington était venu la trouver parce que, avant de mourir, Rory lui avait fait jurer de veiller sur elle. Elle aurait pu, *dû*, refuser cette protection. Mais elle n'en éprouvait ni le courage ni — surtout — l'envie.

— Rory avait besoin de vous, reprit-il farouchement. Lire vos lettres, évoquer les bons moments passés avec vous, tout cela l'aidait à tenir bon. Car il a vécu l'enfer, milady. Nous avons *tous* vécu l'enfer. Les troupes de Bonaparte étaient redoutables, chaque combat s'achevait dans un bain de sang...

Il s'interrompit et, impulsivement, Luciana lui prit la main pour le réconforter. « Ne sois pas stupide ! se morigéna-t-elle aussitôt. Cet homme est un roc, il n'a nul besoin de ton soutien. »

Mais il pressa ses doigts et la jeune femme comprit qu'en dépit des apparences, Max Rivington n'était pas invulnérable. Il avait seulement dû s'endurcir pour supporter l'insupportable. Et sans doute était-il le premier à le déplorer...

— J'ai vu des mercenaires pleurer de rire en écoutant Rory raconter les facéties de vos enfants, enchaîna-t-il. Ils distrayaient ces hommes au moment où cela leur était nécessaire, milady. Ce sont des souvenirs de ce genre qui leur donnent la force d'aller au combat. Aussi, n'en veuillez pas à Rory de vous avoir aimée, ne regrettez pas de lui avoir inspiré cet amour. Vous étiez son étoile au milieu des ténèbres. Vous étiez son espoir, fût-il chimérique.

— Mais...

— Pour tout être humain,. l'intérêt n'est pas de conquérir sa Terre Promise, coupa-t-il. C'est l'espérance qui fait vivre, rien que l'espérance. Une espérance que beaucoup d'entre nous n'ont même pas eu la chance de connaître.

Tant d'amertume perçait dans sa voix que Luciana en resta confondue. Accablée de remords, elle dit vivement :

— Je devine combien cette conversation vous est pénible, milord, et je suis désolée que mon attitude vous ait contraint à évoquer des choses aussi cruelles. A l'avenir, je ne pleurerai plus. Et jamais je n'oublierai ce que vous avez fait pour moi.

Aussitôt, le visage du visiteur se détendit. Médusée par sa métamorphose, Luciana comprit que l'indolence de Max Rivington, sa désinvolture, n'étaient qu'apparences. Derrière cette façade policée, se cachait un être blessé, dont la mémoire restait gravée au fer rouge par des souvenirs cruels.

Alors, brusquement, les yeux de la jeune femme se dessillèrent. Elle prit conscience de l'inestimable cadeau que Rory lui avait fait en envoyant son ami la protéger. Et elle comprit que, pour l'en remercier, elle avait le devoir d'aider Max Rivington à oublier le passé. Certes, elle voyait mal comment, mais ce n'était ni le lieu ni le moment d'y réfléchir. Le ciel s'était dégradé et de gros nuages noirs annonciateurs d'orage s'agglutinaient.

Max Rivington grimaça en les observant.

— Maudit pays ! Il y pleut sans cesse... Venez, milady, il faut rentrer.

— Je vous en prie, appelez-moi Luciana.

— Comme vous voudrez, Luciana. Maintenant, dépêchons-nous...

Promptement, il la hissa en selle. Le coursier piaffa nerveusement. Surprise, Luciana perdit l'équilibre. Lord Rivington la rattrapa et, ce faisant, effleura sa cheville nue.

Un ange passa, puis le jeune homme dit à mi-voix :

— Pas de chaussures... C'est vrai, j'aurais dû m'en souvenir !

Rosissante, Luciana rit pour masquer sa confusion.

— Décidément, j'ai l'impression que Rory a dévoilé tous mes petits secrets !

— Si le fait que vos chiens se plaisent à dévorer le contenu de vos armoires était un secret, alors, en effet, Rory vous a trahie. Toute la Péninsule le sait !

Là-dessus, il sauta en croupe et demeura silencieux, comme s'il supportait mal cet échange de banalités. Comme si lui aussi avait confusément envie d'autre chose. A moins, pensa Luciana, que l'imminence de l'orage expliquât l'étrange tension qui l'habitait.

Ils regagnèrent le château sans échanger un mot. La qualité du silence — les ondes d'une vibration intérieure — qui planait entre eux était telle que Luciana avait l'impression de dériver dans un univers magique où la souffrance était abolie. Il lui semblait revenir à la vie après une longue hibernation. Comme on remonte du fond de l'eau en frappant le sol du pied, elle se sentait émerger de sa peine par la grâce de cet après-midi d'été. Elle revenait à la surface pour constater que l'existence était belle et qu'elle pouvait encore être bonne.

Le château de Somerton se détachait sur le fond menaçant du ciel quand un éclair bleuté l'illumina, suivi d'un roulement de tambour. En quelques secondes, des trombes d'eau se déversèrent sur la campagne...

En cavalier avisé, lord Rivington mit sa monture au galop juste avant que le tonnerre n'éclate. Il glissa un bras protecteur autour de la taille de Luciana et, envahie d'une douce chaleur, celle-ci offrit avec délices son visage au vent de la course. Jamais, autant qu'en cet instant, elle n'avait goûté la violence des éléments déchaînés.

En arrivant aux écuries, elle vit Carlo et Freddie surgir en trombe. Lord Rivington gagna une stalle tandis que les deux enfants s'arrêtaient tant bien que mal... au beau milieu d'une mare de boue.

— Oh, Freddie ! s'exclama Carlo, horrifié.

— Oh, Carlo ! renchérit Freddie sur le même ton.

— Oh, Seigneur ! gémit leur mère.

Tous trois s'observèrent mutuellement, puis Carlo dit d'un ton de reproche :

— Vous auriez dû vous abriter, maman. Vous êtes trempée !

— De toute façon, je l'étais déjà avant la pluie ! répliqua Luciana. Deux affreux garnements dont j'ai oublié le nom m'avaient éclaboussée !

Carlo fit la sourde oreille.

— En tout cas, déclara-t-il, il va falloir vous changer. Freddie et moi, on a déjà pris un bain !

— Eh bien, vous n'avez plus qu'à recommencer ! dit lord Rivington, pince-sans-rire.

A ces mots, les deux garçonnets échangèrent un regard consterné et Luciana se mit à rire. Puis elle dit avec une feinte résignation :

— Ces polissons me rendront folle ! Ah, milord, vous n'imaginez pas les sottises qu'ils vont inventer !

— Oh si, milady, j'imagine très bien...

Il laissa sa phrase en suspens et le cœur de Luciana chavira. Bien sûr ! Comment n'y avait-elle pas pensé plus tôt ? Max Rivington devait avoir une femme et des enfants !

Mais il ajouta aussitôt :

— J'ai moi-même été un enfant, figurez-vous !

Etrangement soulagée, Luciana dit la première chose qui lui vint à l'esprit :

— C'est bizarre, mais j'ai du mal à le croire !

Mal lui en prit. Les traits de Max se crispèrent et Luciana comprit qu'elle avait touché son talon d'Achille.

Soucieuse de se racheter, elle dit en hâte :

— Il faut vous changer, milord. Vous êtes trempé... Les vêtements de Rory devraient vous aller, reprit-elle avec effort. Nous vous prêterons ce qu'il faut.

En revanche, pensa-t-elle, les affaires de Philip ne lui iraient pas. Son mari était plutôt frêle, alors que Max Rivington possédait une carrure d'athlète.

Ce dernier, une fois encore, la surprit par son tact.

— C'est inutile, assura-t-il posément. Ma chemise sera bientôt sèche. Evidemment, elle est un peu tachée, mais il faut bien que mon valet justifie sa fonction ! En outre, j'essaierai de ne pas salir vos tentures...

Un sourire lumineux éclaira son visage tandis qu'il ajoutait :

— Pour être honnête, j'ai bien peur d'avoir oublié les usages du monde civilisé ! Mais heureusement, vos fils seront là pour me servir de guide.

— Bien sûr ! approuva Freddie, flatté d'être traité en adulte. Mais d'abord, il faut mettre votre cheval à l'abri !

Luciana les regarda traverser la cour et son cœur se serra quand Liam, le vieux palefrenier, surgit d'un box en claudiquant sur sa jambe de bois. Sa figure amaigrie s'éclaira comme il s'exclamait :

— Colonel Max ! Oh, mon Dieu, est-ce possible ? Moi qui vous croyais mort...

Bouleversée, Luciana les regarda se congratuler. Presque un an s'était écoulé depuis leur dernière rencontre, sur le champ de bataille.

« Ce jour-là, pensa-t-elle, Max Rivington a sauvé la vie de Liam. Et, bien que différemment, il vient de commencer à sauver aussi la mienne. »

Assise à sa coiffeuse, Luciana observait son reflet avec attention sous l'œil surpris de sa servante. Son apparence, d'ordinaire, lui importait peu. Ce soir cependant, tout était différent...

Pour la première fois depuis longtemps, la jeune femme tenait à se montrer à son avantage. Non qu'elle souhaitât plaire à son visiteur — cette pensée ne l'effleura même pas — mais Max Rivington avait eu la bonté de louer son courage et elle ne voulait surtout pas le décevoir.

Seulement, elle était si pâle ! L'adolescente souriante au teint de lis et de rose que Philip aimait tant et dont le portrait la défiait encore, accroché au-dessus du lit, n'était plus. Depuis son double deuil, elle était devenue l'image même d'une créature rescapée d'un désastre, qui conservait sur toute sa personne le reflet, et comme le relent, du malheur.

Aujourd'hui, cependant, elle se trouva changée. Il lui semblait revoir son visage d'antan, certes amaigri par la peine, dépouillé de ses grâces duveteuses de fruit, mais toujours lisse et pur. Le halo de chagrin qui l'entourait s'était miraculeusement estompé et ses prunelles couleur d'iris brillaient d'un éclat neuf. Même ses cheveux blonds semblaient avoir recouvré leur brillance. Elle ne ressemblait peut-être plus à la Vénus de Botticelli si chère à Philip — elle était devenue trop frêle — mais une lueur d'espoir couvait dans ses yeux.

Rassurée par cette découverte, Luciana drapa une mantille blanche sur sa chevelure et sourit. Ses aïeux, bien qu'irlandais, avaient le plus souvent vécu en Italie où les appelait leur métier de soldat et, en leur mémoire, elle se plaisait à respecter les vieilles traditions italiennes. Aussi, malgré son deuil, s'habillait-elle souvent de blanc. C'était — elle en était sûre — ce que Philip et Rory auraient souhaité.

Ainsi parée, Luciana gagna le rez-de-chaussée... et, entendant des cris guerriers, poussa une exclamation d'effroi. Ses enfants se livraient à un simulacre de combat dans le précieux salon élisabéthain ! Sous la houlette de Max Rivington, Carlo menaçait son cadet qui, retranché derrière le sofa, brandissait une figurine en porcelaine en guise d'arme défensive.

— Doux Jésus ! s'écria Luciana, horrifiée. Cette statuette est du XVIe ! Veux-tu la reposer immédiatement ?

— Mais, maman, protesta le garçonnet, il faut bien que je me défende ! Si je pose mon arme, Carlo va gagner la bataille !

— Et si tu ne la poses pas, tu vas recevoir une bonne fessée ! assura sa mère en lui prenant la figurine des mains. Combien de fois dois-je vous répéter de ne pas toucher aux bibelots ?

— C'est ma faute, intervint Max Rivington. Je leur ai raconté l'assaut du fort de saint Sébastien et...

— Et mes soldats en herbe ont transformé la pièce en champ de bataille, je le vois bien ! Encore dois-je m'estimer heureuse que le vase chinois soit resté intact !

Amusé, Max sourit.

— J'ai eu tort, c'est vrai, admit-il de bonne grâce. Mais il faut dire à ma décharge que j'ai plus souvent exercé mon autorité sur des mercenaires que sur des enfants !

— Justement, grand-père faisait partie d'une troupe de mercenaires ! s'écria Carlo, enchanté. Ils s'appelaient les Canards Sauvages !

Luciana regarda Max qui, de toute évidence, luttait pour garder son sérieux.

— Je crois que tu te trompes de palmipède, mon garçon, rectifia-t-il. Il s'agissait des Oies Sauvages, pas des Canards !

— Evidemment ! s'exclama Freddie. Que tu es bête, Carlo !

— Et toi, tu es un gros nigaud !

— C'est pas vrai !

— Si !

— Non !

— En voilà assez ! s'insurgea Luciana, pressentant l'orage. Vous allez me faire le plaisir de retourner dans votre chambre et d'y rester jusqu'au dîner. Mais auparavant, remerciez lord Rivington d'avoir bien voulu jouer avec vous.

— Merci, murmura Freddie.

— Merci, *sir*, ajouta Carlo, zélé.

— Je vous en prie, répondit Max, réprimant visiblement un fou rire.

— Maintenant, disparaissez ! ordonna Luciana. Et tâchez d'être sages ou, au lieu de souper avec nous, vous dînerez dans la nursery !

La menace porta. Les deux garçonnets s'enfuirent aussitôt... frôlant au passage un vase en cristal qui vacilla dangereusement sur son guéridon.

— Ce sont de vraies tornades! soupira Luciana quand ils furent sortis. En un sens, je m'en félicite, mais ce n'est pas de tout repos!

Max Rivington acquiesça. Un silence suivit, puis il dit abruptement :

— Je vous présente mes excuses, milady. J'ai conscience d'avoir commis une erreur.

— Laquelle? s'enquit Luciana, surprise. Si vous pensez à mes bibelots, c'est sans importance. Le pire a été évité!

— Je ne parlais pas de cela. J'ai raconté la guerre à vos fils. Je leur ai relaté les combats, la souffrance des soldats, l'inquiétude des familles. Et avec le recul, je crains d'avoir eu tort. Sans doute, au contraire, vous efforciez-vous de leur cacher ces épisodes cruels.

— Non, répondit-elle, je ne leur ai jamais rien caché. Que penseraient-ils si, chaque fois qu'on évoque le sujet, je leur ordonnais de quitter la pièce? Ils croiraient que non seulement la guerre est horrible, mais qu'en plus, elle est honteuse. Ils en déduiraient que leur père est mort pour une mauvaise cause. Or, je souhaite exactement le contraire. Je veux qu'ils soient fiers de lui, comme je le suis moi-même. Pour cela, ils ont besoin de comprendre ce qui s'est passé, de poser des questions et d'écouter vos récits, aussi pénibles soient-ils.

Des larmes noyèrent ses yeux et aussitôt, les mains de Max Rinvington se posèrent sur ses épaules. Des mains fortes, douces, rassurantes. Luciana perçut leur chaleur à travers l'étoffe de sa robe et se sentit mieux.

— J'aimais Philip, reprit-elle, et d'une certaine façon, je lui en veux de nous avoir quittés pour partir se battre. Mais je sais aussi que c'était son devoir de soldat. Aussi, milord, je *veux* que vous parliez de lui à ses fils, que vous les aidiez à mieux le connaître. J'espère qu'ainsi, ils grandiront en désirant lui ressembler...

Sa voix vibrait de ferveur quand elle conclut :

— Je vous suis sincèrement reconnaissante, milord, il faut me croire. Mes fils ont tant besoin d'une présence masculine ! Car même si je fais de mon mieux, je ne peux prétendre remplacer un père. Philip aimait tellement chahuter avec eux ! Lors de sa dernière visite, il a joué au cricket avec Carlo. Le petit s'en souvient, d'ailleurs. Confusément, bien sûr, mais il s'en souvient.

— J'en suis certain, affirma Max.

Encouragée, Luciana enchaîna en soupirant :

— Depuis ce jour, chaque fois qu'un visiteur se présente à la maison, Carlo se précipite dans le vestibule en espérant voir son père. Il lui manque, je le sais, et malgré mes efforts, je ne pourrai jamais combler ce vide.

— Oh, Luciana, pourquoi dites-vous cela ? Vous êtes si courageuse. A votre place, nombre de femmes auraient surprotégé leurs fils, les auraient gardés dans un cocon ouaté. Au lieu de cela, vous les avez poussés à affronter la réalité. Et si, aujourd'hui, tous deux sont épanouis, c'est à vous qu'ils le doivent.

— Il n'empêche qu'ils ont besoin de... d'un ami comme vous. Oh, milord, je suis si heureuse que vous soyez là ! J'espère que vous nous ferez l'amitié de revenir — mais je ne sais même pas où vous habitez ! conclut-elle piteusement.

— En vérité, répondit Max d'un ton bourru, je n'ai pas vraiment de chez-moi. Officiellement, j'habite Rivenal.

L'expression de Luciana s'éclaira. Bien sûr ! Comment avait-elle pu oublier? Rory et Philip lui avaient pourtant dit que le domaine de Rivenal, propriété du père de Max, jouxtait Somerton.

— C'est étrange, dit-elle pensivement. Comment se fait-il qu'étant voisins, vous n'ayez jamais fréquenté Rory dans votre enfance?

Se détournant, Max alla se camper devant la fenêtre, mais Luciana devina qu'il ne regardait pas le paysage. Ce qu'il voyait en cet instant appartenait à son monde intérieur. Un monde secret, auquel elle n'avait pas accès.

— Je l'ignore, répondit-il brièvement. C'était ainsi, voilà tout.

Et Luciana comprit qu'il serait dangereux d'insister. Dieu sait pourtant qu'elle en mourait d'envie! Mais en brûlant les étapes, elle risquait de tout gâcher.

— Vous nous connaissez un peu, maintenant, dit-elle simplement. Et j'espère que vous reviendrez voir les enfants. Ils en seront si heureux!

— Moi aussi, assura Max, radouci, en pivotant pour lui faire face. Si vous êtes sûre que cela ne vous importune pas...

— Nous importuner? Quelle drôle d'idée! Au contraire, chaque minute que vous aurez la bonté de nous consacrer nous sera infiniment précieuse.

— Oh, Luciana...

Dans un élan, Max prit ses mains et l'attira vers lui. Encore un pas en avant, et leurs corps se toucheraient. Comme s'ils attendaient ce moment d'intimité depuis toujours...

Luciana ferma les yeux. La tête lui tournait un peu et elle se laissait aller à ce vertige léger avec volupté. Le plaisir — ce plaisir qu'elle croyait désormais réservé aux autres — baignait son âme d'une chaleur lumineuse, d'une langueur impatiente qui la poussait vers Max Rivington, qui l'enserrait dans un halo de bonheur.

L'esprit tout entier tourné vers ce fragile miracle, Luciana se concentrait pour ne pas en perdre la plus infime palpitation, pour ne pas l'effrayer de peur qu'il disparaisse à jamais au plus profond de son être, d'où il était sorti pour l'émerveiller, quand Max Rivington déclara d'une voix rauque :

— J'espère me montrer digne de votre confiance, milady.

— Vous l'êtes déjà, assura-t-elle très bas.

Max Rivington eut un sourire mitigé et, de nouveau, Luciana eut le sentiment d'avoir touché une corde sensible. Se reprenant toutefois, l'homme dit d'un ton enjoué :

— Vous accomplissez des prodiges, milady ! Grâce à vous, je me félicite d'être rentré chez moi. Dieu sait pourtant que j'appréhendais ce moment... Jamais je ne vous remercierai assez, conclut-il avec dévotion.

Et brusquement, Luciana se retrouva entre ses bras. Serrée, écrasée contre lui. Ils restèrent un long moment ainsi, aussi étroitement enlacés que le chèvrefeuille au tronc de l'arbre qu'il étreint. Sans un mot échangé. Sans un geste. S'être enfin rejoints leur suffisait.

C'est alors qu'une voix aigre s'éleva du vestibule, brisant l'enchantement.

— C'est insupportable, ma cousine ! *Intolérable*, m'entendez-vous ? Et, croyez-moi, je ne suis pas disposé à en rester là !

Parfumé et poudré selon son habitude, Lysander Standish surgit sur le seuil. Il affichait une mine outragée et tenait sous son bras un caniche noir qui aboyait frénétiquement.

Eperdue, Luciana s'arracha une fraction de seconde trop tard aux bras de Max Rivington. Lysander, médusé, les fixait en silence. Luciana devina aisément ses pensées et un frisson d'appréhension la parcourut. Comme si, soudain, un nuage était passé sur le soleil.

Son regard inquiet glissa vers Max Rivington, puis revint se poser sur son cousin. Avec son gilet vert laitue, son énorme cravate et son stupide petit chien, Lysander Standish était ridicule. Pourtant, malgré son irruption théâtrale, Max ne riait pas. Avait-il deviné que sous le masque grotesque du dandy se cachait un être odieux et vindicatif ? Tout indiquait que oui.

Lysander avait commencé à la harceler à la mort de Rory, mais elle avait refusé de se laisser impressionner par ses menaces. Son cousin n'avait aucun droit sur Somerton. Carlo était le marquis de Standish et, en attendant sa majorité, Luciana était fermement décidée à lutter pour préserver ses droits et ceux de Freddie.

Son contentieux avec Lysander, cependant, ne datait pas d'hier et parfois, la jeune femme regrettait de ne pas s'être confiée à Rory pendant qu'il était temps. Mais elle n'avait pas voulu l'inquiéter. Et puis, ne mettait-elle pas un point d'honneur à toujours se débrouiller seule ?

Pourtant, reconnut-elle avec honnêteté, force était d'admettre qu'aujourd'hui, elle était bien aise de pouvoir s'appuyer sur Max Rivington.

3.

— Vous ne connaissez pas notre cousin, milord, dit Luciana d'un ton posé. Permettez-moi de vous présenter sir Lysander Standish. Mon cousin, sans doute avez-vous déjà deviné que mon visiteur n'est autre que lord Rivington, venu tout droit de Toulouse ?

En réalité, la jeune femme savait très bien que Lysander n'avait rien deviné de tel, mais elle n'était pas fâchée de rappeler à son bourreau que Rory comptait beaucoup d'amis fidèles, dont lord Rivington. Peut-être, ainsi, hésiterait-il à la tourmenter en sa présence.

Lysander, en effet, dut tirer les conclusions qui s'imposaient, car il observa Max avec méfiance avant d'ébaucher une courbette obséquieuse. Max Rivington répondit par un sourire si suave qu'il en était presque injurieux.

Réprimant un fou rire, Luciana invita Lysander à s'asseoir :

— Vous serez sûrement ravi de bavarder avec lord Rivington, mon cousin.

— Certainement, certainement ! marmonna Lysander en rattrapant le caniche qui tentait de lui échapper. Vous avez fait bon voyage, j'espère, milord ?

— Excellent, merci. J'ai toujours aimé naviguer, répondit Max Rivington d'un ton si compassé que Luciana se détourna pour cacher son sourire.

— Et vous êtes venu pour... heu...?

— Pour voir si tout allait bien, ainsi que Rory m'en avait prié.

— Ah ! Je... heu... enfin...

— Je ne vous le fais pas dire ! répliqua Max, tout miel.

Décontenancé, Lysander resta coit. Dieu qu'il était piteux avec sa jaquette étriquée et son pantalon à carreaux qui n'eût pas détonné dans un carnaval ! pensa Luciana. Mais elle était bien placée pour savoir que derrière cette apparence clownesque, se cachait un être vil et malfaisant.

— Si je comprends bien, reprit Lysander, vous avez attendu que la guerre tourne à notre avantage pour rentrer chez vous ?

— C'est exact, dit sèchement Max. A défaut de servir mon pays, j'espère me rendre utile ici.

L'allusion était si claire que Lysander pâlit de rage. Et Luciana s'empressa de retourner le couteau dans la plaie...

— Rivenal, le domaine de lord Rivington, jouxte Somerton, enchaîna-t-elle d'un ton enjoué. N'est-ce pas là une merveilleuse coïncidence, mon cousin ? Je trouve très réconfortant de savoir que le meilleur ami de Rory et Philip habite tout près d'ici. Quant aux enfants, inutile de vous dire qu'ils sont fous de joie ! Je crains fort que, désormais, nous ne cessions plus d'importuner le pauvre lord Rivington.

— Du tout, du tout ! affirma Max, se prenant au jeu.

Une petite flamme malicieuse dansait dans ses prunelles. Goûtant sa vengeance, Luciana reprit avec une feinte innocence :

— Oh, mais j'y pense... Lord Rivington sera aussi votre voisin !

Puis, gracieuse, elle susurra :

— Au fait, mon cousin, étiez-vous venu pour m'exposer quelque doléance ?

— En effet, oui. Mais l'affaire est si... si délicate à présenter que je ne sais par où commencer !

« Quant à cela, vous trouverez bien ! » pensa Luciana avec ironie. Comme s'il devinait ses pensées, Max Rivington lui adressa un sourire complice. Un frisson d'excitation parcourut Luciana, qui ajusta sa mantille pour cacher ses joues en feu.

Troublée, elle ne prêta qu'une attention distraite au véhément réquisitoire de Lysander, qui conclut sa tirade en ces termes :

— Bref, j'ai découvert que la malheureuse était grosse, et j'accuse votre affreux bâtard d'être responsable de son infortune !

Arrachée à sa rêverie, Luciana tressaillit.

— Pardonnez-moi, Lysander, mais je vois mal...

— Où je veux en venir ? C'est pourtant simple, madame ! Antigone a été violée !

— Par... pardon ? bredouilla Luciana, médusée.

Max Rivington émit un rire bref, vite déguisé en quinte de toux. Furieux, Lysander Standish plaça son caniche dans les bras de Luciana en criant :

— Antigone... ma chienne, évidemment ! Pas la fille d'Œdipe !

A ces mots, un voile se déchira devant les yeux de Luciana qui s'écria :

— Ah, je comprends ! Pollux a fécondé votre chienne. Quel polisson ! ajouta-t-elle avec indulgence. Il aurait pu se contenter d'être le père des chiots de Castor !

Cette fois, ce fut au tour de Max Rivington d'avoir l'air héberlué.

— Castor? répéta-t-il. Ce n'est pas plutôt un nom de mâle?

— Si, expliqua dignement Luciana. C'est Carlo qui l'a baptisé et il s'est trompé de sexe! Je m'en suis aperçue voilà peu.

— Evidemment! riposta Lysander. Vous ne voyez jamais rien! Vous laissez votre sac-à-puces errer n'importe où, et voilà le résultat : je vais me retrouver avec une portée de bâtards sur les bras!

— Quelle importance? Ces chiots seront adorables...

— Adorables? coupa-t-il, ulcéré. Adorables, avec les longues oreilles et le poil jaunâtre de votre Pollux? Ce n'est pas mon avis! Je les noierai de mes propres mains — tous jusqu'au dernier!

— Certainement pas! Je vous défends de les toucher... Ils ne vous ont rien fait!

— *Rien fait*?

Lysander s'étrangla d'indignation.

— Depuis trois ans, Antigone faisait ma fierté. Je la destinais à Apollo, le caniche mâle d'un ami. Vos affreux bâtards feront de moi la risée du pays!

— Oh, vous et votre orgueil! dit Luciana avec dédain. Je ne vois pas en quoi des chiots innocents peuvent nuire à votre prestige...

— Moi, si! Je refuse de les laisser salir mon image...

— Ne soyez pas stupide! s'insurgea-t-elle, excédée. Nous parlons de chiens, pas de votre chair ni de votre sang!

— C'est la même chose! Je refuse d'être tourné en ridicule.

— Votre honneur est bien précaire pour être si aisément menacé, rétorqua Luciana, railleuse.

— Au moins ai-je un honneur, madame — ce qui n'est pas votre cas, à en juger par l'indécence de la scène que j'ai surprise lors de mon arrivée, dit-il d'un ton mauvais.

Luciana blêmit. Elle chercha une réplique cinglante, mais Max Rivington la devança.

— Pleurer ensemble un être cher n'a rien d'indécent à mes yeux, rétorqua-t-il, glacial. J'avoue en revanche être choqué par votre indélicatesse, sir. Votre cousine est en deuil et, au lieu de la réconforter, vous déversez votre fiel ! C'est là, vous en conviendrez, une attitude fort incivile.

Sa voix était calme, dangereusement tendue. Inquiet, Lysander Standish le dévisagea en silence. Puis, refusant de s'avouer vaincu, il objecta d'un ton doucereux :

— Pardonnez-moi, sir, mais je ne vois pas en quoi...

— En quoi cette affaire me concerne ? C'est pourtant clair. Quand on me calomnie, j'ai l'habitude de me défendre. Je ne hais rien tant que la médisance, et si vous souhaitez rester en bonnes relations avec moi, je vous conseille de nous épargner vos odieuses insinuations.

Le « nous » réchauffa le cœur de Luciana. Comme il était bon, après des mois de lutte solitaire, de se sentir épaulée par un homme comme Max Rivington !

Forte de ce soutien, elle parla d'un ton glacial :

— A présent, Lysander, veuillez nous laisser. Votre comportement est tout à fait déplacé — d'autant que je ne me souviens pas vous avoir invité !

— Comment, vous osez... ?

— Si vous insistez, j'ordonnerai à mes domestiques de vous interdire l'accès à cette maison ! C'est mon droit le plus strict, vous le savez fort bien. Aussi, n'abusez pas de ma patience.

Une lueur haineuse s'alluma dans les yeux chafouins de Lysander. Il parut sur le point d'ajouter quelque chose, mais se ravisa et traversa la pièce d'une démarche raide.

— Vous oubliez votre précieux toutou, sir ! dit Max Rivington en lui tendant le caniche.

Lysander revint et lui arracha l'animal avant de sortir en claquant la porte.

Oppressée, Luciana croisa les bras sur sa poitrine en un geste instinctif de protection. Mouvement inconscient qui la trahit...

— Depuis quand ce scélérat vous tourmente-t-il, Luciana ? questionna gravement Max Rivington.

La jeune femme soupira.

— En vérité, je ne sais plus. Notre contentieux remonte à si longtemps ! Lysander ne s'est jamais entendu avec mon mari. Philip le trouvait fourbe et machiavélique. En fait... Oh, tout cela est si compliqué ! Que savez-vous au juste sur nous, sir ? Sur l'héritage des Standish ?

— Pas grand-chose. Dans le contexte où nous étions, Philip et Rory préféraient éviter ce genre de sujet.

— Cela se conçoit aisément. En réalité, tout remonte à l'époque de leur enfance, voire même avant. Le père de Lysander était le frère cadet de mon défunt beau-père, le cinquième marquis de Standish. Ce dernier s'est marié sur le tard, alors que plus personne ne s'y attendait. Son frère en a conçu une vive amertume, car il pensait que son fils Lysander hériterait du domaine. Son ambition était telle qu'il avait acheté le domaine mitoyen dans le but de les réunir plus tard. Je suis surprise que vous ne l'ayez pas connu. Lord Strafford Standish... Ce nom ne vous rappelle rien?

Comme chaque fois qu'elle évoquait le passé, Max Rivington se raidit, et Luciana acquit la certitude qu'il cachait un douloureux secret.

— Lord Strafford a été brisé — le mot n'est pas trop fort — par le mariage de son aîné, enchaîna-t-elle. Le marquis est tombé amoureux d'une femme de trente ans sa cadette qui lui a donné deux enfants. Lysander avait onze ans quand Rory est né et il en a tout de suite été jaloux. La naissance de Philip, cinq ans plus tard, n'a évidemment rien arrangé. Mais leurs relations se sont encore dégradées quand je suis entrée en jeu...

Le front plissé, elle marqua une courte pause avant d'expliquer :

— Mon père et le marquis étaient très proches. Ils avaient combattu dans le même régiment, et vous êtes bien placé pour savoir que cela crée des liens indéfectibles. Comme Carlo vous l'a dit, mes aïeux étaient des mercenaires italiens qui — c'était chose courante à l'époque — avaient été contraints à l'exil. Ils se sont fait un nom en maintenant la paix entre Florence et Sienne et sont devenus les comtes de Montefalco. Les Fitzgerald de Montefalco... C'est original, non? conclut-elle gaiement.

— Très, confirma Max en souriant. Mais au fond, cela ne m'étonne pas. Vous êtes vous-même quelqu'un d'exceptionnel, Luciana!

C'était le premier vrai compliment qu'il lui adressait. Mortifiée de sentir une roseur indiscrète enflammer ses joues, Luciana reprit hâtivement :

— Sans doute mes ancêtres seraient-ils restés en Italie si papa ne s'était querellé avec les courtisans de Bonaparte à la cour de Toscane et n'avait vu sa tête mise à prix. Pour se venger de cet affront, il s'est aussitôt engagé dans l'armée anglaise, ennemie jurée des Italiens ! Tout le monde se méfiait de lui, jusqu'à ce que mon futur beau-père parle en sa faveur. Le marquis de Standish était un homme merveilleux. Il m'a recueillie à Somerton à la mort de mes parents. J'avais huit ans et, grâce à lui, j'ai trouvé une seconde famille.

De nouveau, les traits de Max se contractèrent. L'évocation d'une famille heureuse, semblait-il, lui était insupportable. Peut-être un jour saurait-elle pourquoi. Toutefois, c'était à lui, non à elle, d'aborder le sujet.

— Jamais je n'oublierai mon arrivée à Somerton, poursuivit-elle d'un ton rêveur. Avec ses pelouses en pente douce, ses arbres centenaires et ses massifs fleuris, c'était un havre de paix et de sérénité. Pourtant, je me suis mise à pleurer. J'étais épuisée après le long voyage, Rome me manquait. Alors, Philip est accouru à ma rencontre et, aussitôt, mes larmes se sont taries.

Un sourire très doux fleurit sur ses lèvres comme elle murmurait :

— Il avait dix ans et, depuis cet instant, je n'ai jamais cessé de l'aimer.

— Il faut croire que c'était réciproque... N'a-t-il pas demandé votre main à genoux le jour de son onzième anniversaire ?

— Oh..., balbutia-t-elle, la gorge nouée. Il vous a raconté cela ?

— Bien sûr. Et je sais aussi que vous l'avez éconduit sans pitié !

— C'est faux ! Je...

— Comment, vous riez ? Voilà bien les femmes ! Elles repoussent les avances de pauvres soupirants et se moquent de leur déconvenue !

— Je ne me moque pas, protesta-t-elle. C'est un si beau souvenir... Vous n'imaginez pas combien j'étais fière que Philip veuille m'épouser. En grandissant, je n'ai cessé d'espérer qu'il m'aime vraiment.

Son regard se perdit dans le vague tandis qu'elle relatait :

— C'était une époque bénie. Rory, Philip et moi contre le monde entier... C'était notre devise. J'adorais ma nouvelle famille, et grâce à tante Anne, qui me considérait comme sa propre fille, je ne me suis jamais sentie étrangère. Nous étions tellement heureux, si vous saviez...

— Je sais, dit-il gravement. Je vous ai vue avec vos fils. Vous leur offrez l'enfance radieuse dont vous gardez la nostalgie.

— Merci, murmura-t-elle avec gratitude. A mes yeux, il n'existe pas plus grand compliment. C'est vrai, j'essaie de leur donner ce que mes parents adoptifs m'ont apporté. De la tendresse, de la gaieté, de la compréhension. Tout le monde était si bon, si patient avec moi — même Rory qui avait pourtant presque quinze ans quand je suis arrivée au château.

— Et pendant ce temps, Lysander voyait s'envoler toutes ses ambitions, c'est cela ?

— Oui. Cela devait être affreux pour lui et je regrette sincèrement la façon dont nous l'avons traité. Nous aurions dû lui proposer de partager nos jeux au lieu de le rejeter. Mais il était bien plus âgé que nous, et toujours si désagréable que nous le fuyions comme la peste ! Les années ont passé, creusant encore le fossé qui nous séparait. Puis Rory a eu vingt-quatre ans et il s'est engagé dans la Cavalerie. Je ne pense pas que Philip l'aurait suivi si la guerre n'avait éclaté... Il n'avait que dix-neuf ans.

— C'est alors que Lysander a repris espoir ?

— Oui, murmura-t-elle.

— Et son rêve s'est de nouveau écroulé quand, avant de partir, Philip vous a épousée et mise enceinte ?

Luciana acquiesça, nostalgique. Elle était si jeune à l'époque. Elle venait d'avoir dix-sept ans...

— Rory savait tout cela, affirma Max Rivington. Il m'en avait parlé. Il savait que, s'il lui arrivait quelque chose, Lysander s'attaquerait à vous.

Son visage était grave et brusquement, Luciana sentit une peur diffuse, primitive, l'étreindre. Lysander oserait-il s'en prendre aux enfants ? Non, ce serait trop horrible. Et cependant...

— C'est impossible ! balbutia-t-elle. Il ne ferait pas cela !

Aussitôt, les mains de Max se posèrent sur ses épaules. Fortes, rassurantes.

— Non, Luciana. Soyez tranquille, Lysander ne peut rien contre vous. Je suis là, maintenant.

Il ponctua sa phrase d'un sourire rassurant — et le cœur de Luciana chavira. Elle se sentait toute faible, soudain, en proie en un enivrement inexprimable. Alors, elle sut qu'elle aimait Max Rivington. Qu'elle l'avait aimé dès l'instant où leurs regards s'étaient croisés.

Figée d'émotion, la jeune femme mesura avec effroi la profondeur du gouffre où elle s'était précipitée. Car malgré l'attention dont il l'entourait, rien ne prouvait que Max partageât ses sentiments. Peut-être ne faisait-il qu'exaucer les dernières volontés de Rory en la protégeant.

Au souvenir de son beau-frère, les larmes l'aveuglèrent. Cher Rory... Il la connaissait si bien ! Au point d'envoyer délibérément Max Rivington à son secours en pressentant qu'elle en tomberait amoureuse.

— Que se passe-t-il, Luciana? s'enquit Max avec sollicitude. Vous êtes toute pâle.

Eperdue, Luciana ne sut que répondre. Aussi l'arrivée du majordome, venu annoncer que le souper était servi, tomba-t-elle à point nommé. Aussitôt, Carlo et Freddie dévalèrent l'escalier en chantant à tue-tête : « A table, à table ! », fournissant à leur mère un prétexte pour se lever.

En traversant le salon, Luciana continua de sentir le regard de Max fixé avec insistance sur sa nuque.

Luciana chipotait dans son assiette. D'ordinaire, elle adorait le soufflé aux framboises, mais ce soir, le dîner ne passait pas. Elle avait l'estomac barbouillé et une migraine, rythmée comme une danse, tambourinait contre ses tempes. Il lui semblait que, brusquement, son corps devenait le carrefour des éléments déchaînés, de la tempête, des ténèbres, de l'épuisement et de l'incompréhension. Comme si elle éprouvait à retardement le contrecoup d'un choc insupportable...

« Oh, Philip, pourquoi m'as-tu quittée? songeait-elle douloureusement. Avec toi, tout était si beau, si facile. A présent, je ne sais plus où j'en suis. J'ai l'impression d'être un fétu de paille emporté par un courant tumultueux vers un avenir fait d'orages et de malheurs. »

— Maman? appela Carlo d'un ton inquiet.

Il sourit à sa mère, puis regarda Max Rivington en se demandant s'il devait ou non lui en vouloir. Car dans sa logique d'enfant, les choses semblaient simples. Maman était malheureuse et, puisque Max était le seul changement intervenu dans sa vie depuis la veille, cet homme en était nécessairement responsable.

Contrarié, l'enfant fronça les sourcils. Il aimait bien lord Rivington, il l'aimait presque autant que son oncle Rory. Mais pas autant que papa. Oh, évidemment, il ne se souvenait pas *vraiment* du visage de papa. Mais il se rappelait leurs jeux...

Le front plissé, il se concentra sur la pomme qu'il était en train de peler. Le cœur de Luciana, qui l'observait, se serra. Depuis la mort de Rory, Carlo était si sérieux, si conscient de ses futures responsabilités. Alors que Freddie, lui, ne pensait encore qu'à jouer.

— Freddie, dit-elle d'un ton sévère, y a-t-il un chien sous la nappe ?

— Non, maman, répondit l'enfant un peu trop vite.

Luciana fit les gros yeux.

— Tu en es bien sûr ?

Vaincu, Freddie plongea sous la table et extirpa une boule de poils gémissante.

— Ce n'est pas un chien ! dit-il en guise d'excuse. C'est un *chiot* !

— Et celui-là est le plus indiscipliné de toute la portée ! précisa Carlo.

Amusé, Max Rivington observa l'animal qui avait hérité du poil roux et des oreilles tombantes de Castor.

— Je me demande, dit-il en souriant, à quoi ressembleront les chiots d'Antigone !

— Cet affreux caniche ? s'écria Carlo avec dédain.

— Pouah ! renchérit Freddie d'un air dégoûté.

Tous deux se mirent à rire et, soudain, Luciana n'y tint plus. Assaillie par les larmes, elle repoussa sa chaise avec une seule idée en tête : fuir avant d'éclater en sanglots.

Comme elle quittait la pièce, elle entendit Max dire d'un ton apaisant :

— Pose ce chien, Freddie, et termine ton dessert. Ta maman est un peu fatiguée, c'est tout. Elle a eu une rude journée, tu sais... Au fait, comment vas-tu baptiser ton protégé ?

Il réussit à détendre l'atmosphère et, selon l'injustice de son cœur, Luciana lui en voulut. « Qu'il aille au diable ! pensa-t-elle rageusement en gravissant l'escalier. Je le déteste ! Et je déteste aussi Rory pour me l'avoir envoyé ! »

Furieuse contre le monde entier, elle gravit l'escalier en courant. Mais sa colère se mua en désespoir quand, entrant dans sa chambre, elle aperçut le grand lit vide. Jamais plus Philip ne la prendrait dans ses bras. Jamais plus il ne l'embrasserait...

Tournant le dos à la couche, elle se pelotonna dans le sofa et pleura longuement, la joue blottie contre un coussin. « Aidez-moi à dormir, mon Dieu ! pria-t-elle tout bas. Et faites qu'à mon réveil, Philip soit vivant. Faites surtout que Max Rivington n'ait jamais existé ! »

Le lendemain matin, Luciana s'éveilla toute courbatue après une nuit dans le sofa. Elle s'étira, grimaça, puis sonna sa chambrière. Elle devait se tenir prête pour son tête-à-tête quotidien avec Carlo !

Depuis la naissance de Freddie, en effet, son aîné avait pris l'habitude de venir la rejoindre dans sa chambre et de grignoter des biscuits pendant qu'elle dégustait son chocolat. Il s'asseyait sur le lit et veillait dévotement sur elle comme, avant de les quitter, papa le lui avait recommandé.

Carlo entra — beaucoup plus sagement que d'ordinaire — et prit place sur l'édredon. Cependant, comme il ne l'embrassait pas, Luciana devina aussitôt que quelque chose ne tournait pas rond.

Elle dut attendre un peu pour découvrir la nature du problème.

— Lord Rivington a été très gentil avec Freddie, hier soir, dit Carlo d'un ton solennel en prenant un biscuit.

— Tant mieux, mon chéri. Mais je ne vois pas pourquoi il aurait été méchant. Est-ce que Freddie a fait une bêtise après mon départ ?

— Pas vraiment, non. Il voulait s'amuser, c'est tout...

Notant qu'il jouait avec son gâteau au lieu de le manger, Luciana vit ses craintes confirmées. Quelque chose n'allait pas. Restait à savoir *quoi*.

— Il a mis le chiot sur la table et lord Rivington l'a obligé à le poser par terre, reprit le garçonnet du même ton sentencieux.

— Je l'espère bien ! s'écria Luciana. La place d'un chiot est dans son panier, pas sur la nappe !

— C'est ce qu'a dit lord Rivington. Il était sévère, vous savez ! Mais je l'ai trouvé un peu... un peu...

Il hésita une seconde, puis s'enquit tout à trac :

— Pourquoi avez-vous quitté la table, maman ? Est-ce que j'ai fait quelque chose de mal ?

Soudain, Luciana comprit. Ignorant ce qu'elle attendait de lui, Carlo ne savait s'il devait ou non se montrer hostile envers Max Rivington.

Emue, elle l'attira contre elle et lui ébouriffa les cheveux.

— Non, mon chéri, tu n'y es pour rien. C'est moi qui me suis très mal conduite, et je m'en excuserai auprès de lord Rivington dès que possible.

— Alors, il faudra faire vite car il a dit qu'il partirait à Rivenal aujourd'hui... Mais pour l'instant, ajouta-t-il très vite en percevant le sursaut de sa mère, je crois qu'il est encore au Chat Perché.

« L'auberge du village, pensa Luciana. C'est là, bien sûr, que Max a passé la nuit. »

Elle sautait du lit quand Carlo ajouta innocemment :

— Il a dit qu'il ne pouvait pas partir trop tôt à cause de sa fille. Il a dit aussi que nous pourrions lui donner un chiot, pour qu'elle joue avec lui. Vous voulez bien, dites, maman ? Nous avons cinq chiots, et...

— Pour jouer avec *qui* ? dit Luciana d'une voix étranglée.

Décidément, rien ne lui serait épargné sur cette terre. Alors même qu'elle se découvrait une tendre inclination pour Max Rivington, elle apprenait de but en blanc qu'il était marié !

— Sa fille, répéta Carlo, surpris. Pourquoi ?

— Pour rien. Excuse-moi, mon chéri, je...

— Il ne vous l'avait pas dit ? s'écria l'enfant. A nous, si !

Et c'était là, précisément, ce qui contrariait tant Luciana. Certes, elle n'avait aucun droit de blâmer Max. Sa vie privée ne la regardait pas. Mais elle ne pouvait s'empêcher d'être blessée qu'il n'ait pas jugé bon de lui en parler. Leur entente avait été si immédiate qu'elle croyait tout savoir de lui. Mais ce n'était hélas qu'une illusion.

— Prépare-toi, Carlo ! ordonna-t-elle. Réveille ton frère et choisissez un chiot pour la fille de lord Rivington. Nous allons faire une promenade !

Etonné, l'enfant avala son biscuit en hâte.

— *Maintenant* ?

— Oui, maintenant !

Sur ce, Luciana repoussa résolument l'édredon. Si

elle voulait s'excuser de sa conduite d'hier, mieux valait le faire tout de suite, ou elle n'en trouverait jamais plus le courage.

Ainsi qu'il était prévisible, le choix du chiot posa problème. Les deux frères se disputèrent copieusement puis, faute de réussir à se mettre d'accord, décidèrent de les emporter tous.

L'auberge du Chat Perché se trouvait à l'entrée du village. Ce jour-là, son excentrique propriétaire avait entrepris d'en repeindre l'enseigne. Jake Blackmore se prenait volontiers pour Michel-Ange et, malgré l'heure matinale, il disposait d'un public attentif. En s'approchant, Luciana vit Max Rivington et son aide échanger un regard amusé comme Jake affublait son chat d'un chapeau haut-de-forme. Des rires lui parvinrent, qui accentuèrent son malaise. Comment Max pouvait-il plaisanter quand elle-même broyait du noir?

— Plus vite, maman! implora Carlo. J'ai hâte de poser les chiots, ils sont tellement lourds!

— Quelle idée, aussi, de les avoir tous amenés! marmonna Luciana.

— Il le fallait bien! Sinon, comment Catalina pourrait-elle choisir celui qu'elle préfère?

« Ils connaissent même son prénom! » songea Luciana, mortifiée.

Elle regarda ses fils s'élancer vers l'auberge — et vit Max Rivington rattraper de justesse Freddie qui, emporté par son élan, allait heurter de plein fouet un pot de peinture.

— Attention, galopin! s'écria Jake Blackmore en protégeant son œuvre.

— Tu l'as échappé belle, mon garçon! renchérit un client.

Luciana, pour sa part, n'avait d'yeux que pour Max. De nouveau, le charme agissait, plus sûr qu'un élixir. « Comment la présence de cet homme peut-elle produire sur moi un tel effet ? se demanda-t-elle. Suis-je donc de cire pour fondre ainsi à la seule chaleur de son sourire ? »

Pendant ce temps, Max bavardait avec Carlo. Comme s'il avait deviné d'instinct que, des deux enfants, c'était lui qu'il devrait conquérir.

— Tous ces chiots, rien que pour Catalina ? s'écria-t-il, médusé.

— J'ai pensé que votre fille préférerait choisir elle-même, répondit candidement Carlo.

Luciana sourit. Si Freddie avait hérité du caractère attachant de son père, Carlo, lui, possédait le charme inné de Rory.

— C'est très gentil de ta part, répondit Max Rivington. Catalina sera ravie. Combien y a-t-il de chiots, au total ?

— Treize, sir. Enfin, ils étaient treize à la naissance, mais trois sont morts depuis. Maman a essayé de les nourrir au biberon mais ils étaient trop petits.

— Vraiment ?

Max Rivington se tourna vers Luciana qui sentit fondre sa rancune. Tout à coup, elle sut qu'elle ne pouvait pas — ne pourrait jamais — se passer de lui. Elle avait de Max un besoin essentiel, comme les tournesols ont besoin du soleil, comme la terre a besoin d'eau.

— Voilà que je vous prive de vos protégés, milady ! dit-il plaisamment. Que devez-vous penser de moi ?

Confuse, Luciana secoua la tête.

— Si l'un de nous deux doit s'excuser, c'est moi, sir. Je me suis montrée tellement ridicule, hier soir...

— Vous étiez épuisée, Luciana. Je n'ai rien à vous pardonner... Absolument rien.

Sa voix avait pris une inflexion très douce, et Luciana comprit qu'il était sincère. Du tréfonds de son être naquit alors, s'enfla, déferla, une vague amoureuse qui la suffoqua comme si elle était réellement engloutie dans une mer vertigineuse, au vif de l'eau.

« Faites qu'il soit heureux, mon Dieu ! pria-t-elle. Faites qu'il recouvre la paix dans notre village, avec son vieux moulin à grain et sa bonne odeur de cidre qui imprègne l'air tiède. Loin, très loin du carnage qu'il a connu... »

La jeune femme regarda autour d'elle, consciente soudain de l'harmonie des lieux. De chaque arbre, de chaque maison, se dégageait une présence amicale et complice. Oui, elle avait vraiment beaucoup de chance d'habiter ici...

Avec ses chaumières blotties autour d'une église croquignolette qui datait de l'époque saxonne, Somerton était un charmant hameau où il faisait bon vivre. Le défunt marquis Charles y était pour beaucoup, et tout laissait à penser qu'entre les mains des Standish, le domaine continuerait à prospérer. Les paysans le savaient mieux que quiconque. Leurs doléances étaient prises en compte et, les années fastes, ils se partageaient les bénéfices des récoltes.

En l'absence de Rory, Luciana était devenue la maîtresse suppléante du domaine. Son père adoptif lui avait délégué les pleins pouvoirs pendant sa maladie et c'était elle qui, après la mort de Philip, s'était occupée de la gestion des terres. Le travail constituait un dérivatif précieux à sa peine. Et aujourd'hui, elle récoltait enfin le fruit de ses efforts. Rory aurait été satisfait...

Rassérénée, elle reporta son attention sur l'auberge

du Chat Perché. Malgré ses volets écaillés et ses murs noircis par les feux de forge, c'était la plus confortable des environs.

Aveuglée par le soleil, Luciana n'aperçut pas tout de suite une minuscule silhouette immobile sur le seuil. Puis, soudain, elle prit conscience d'être observée. Un enfant se tenait dans l'entrebâillement de la porte. Une petite fille à la frimousse inquiète mangée par deux grands yeux noirs et encadrée par une cascade de boucles brunes.

Elle ressemblait à son père. Juste un peu. Juste assez. Catalina...

Luciana lui sourit avec tendresse.

Effrayée, la fillette s'enfuit en courant.

4.

— Je suis navrée, milady, murmura Max. Devant des étrangers, Catalina réagit toujours ainsi. Mais ce n'est pas sa faute, je ne peux pas la gronder...

Il semblait si triste, si désabusé, que Luciana en resta confondue. Qu'était devenu l'homme sûr de lui rencontré la veille ?

Puis, soudain, elle comprit. Catalina était espagnole. Et le peu que Luciana connaissait de ce pays suffisait à justifier l'étrange comportement de la fillette.

— Elle a peur, c'est normal, dit-elle d'un ton apaisant. Tous ces nouveaux visages, ces coutumes différentes... Depuis quand est-elle ici ?

— Quatre jours. Sa mère est décédée, ainsi que ses grands-parents. Il ne lui reste que moi.

Bouleversée, Luciana ne put répondre. C'était un miracle que l'enfant ait survécu. Ces derniers mois, l'Espagne avait connu tant d'atrocités...

— Personne ne connaît son existence, reprit Max d'une voix sourde. Même Rory a longtemps ignoré que j'étais marié. Il est vrai que, jusqu'en juin dernier, je n'étais même pas sûr que ma fille fût encore vivante.

— Mais où était-elle, pendant tout ce temps ?

— Dans un couvent...

Max se passa nerveusement la main dans les cheveux et ajouta :

— Parfois, je regrette de l'avoir arrachée à sa terre natale. Car que suis-je pour elle, sinon un barbare parmi tant d'autres ? La première fois qu'elle m'a vu, elle a cru que je venais pour la tuer !

Sa mâchoire se contracta et Luciana devina sans peine la vision qui le hantait : Catalina recroquevillée dans un coin, apeurée à la vue d'un père qu'elle prenait pour un bourreau.

— Mais elle vous connaît maintenant, dit-elle doucement.

— Hélas, non. Elle refuse de me parler. Je voudrais l'apprivoiser, mais je... je ne sais comment m'y prendre ! Oh, Luciana, je suis un soldat, je n'ai connu que la guerre ! Et je garde un si mauvais souvenir de mon enfance que je n'ai aucun repère pour élever ma fille.

Le cœur de Luciana se gonfla de compassion. Ainsi, elle avait deviné juste. Max gardait les cicatrices d'une enfance meurtrie. Plus que jamais, elle eut envie de l'aider...

— Fiez-vous à votre instinct, Max, conseilla-t-elle. Comme vous le faites si bien avec mes fils.

— C'est différent, ce sont des garçons.

— Cela ne change rien — hormis peut-être que les filles sont encore plus capricieuses ! Catalina a besoin d'apprendre à vous connaître. Il faut se montrer patient, voilà tout.

— Suis-je donc si effrayant au premier abord ? dit Max avec ironie.

Comprenant qu'il faisait allusion à sa cicatrice, Luciana secoua la tête.

— Bien sûr que non ! Mais il lui faut oublier le

passé et réapprendre la confiance. Peut-être, au début, s'attachera-t-elle à vous uniquement parce qu'elle n'a personne d'autre...

— Oh non ! Kitty, la femme de mon groom, s'occupe souvent d'elle.

— Sans doute, mais c'est différent, Max, vous le savez très bien. C'est *vous* qui prenez les décisions importantes, vous qui fixez les règles dont Catalina a besoin pour se sentir protégée. A la longue, elle vous fera confiance...

— C'est possible, murmura-t-il. Toutefois, rien ne prouve qu'elle m'aimera.

Il soupira. Emue au plus haut point, Lucina réprima l'envie déplacée de le serrer dans ses bras pour le réconforter. Un jour, elle en était sûre, Catalina aimerait son père. Il était impossible de ne pas l'aimer.

A cet instant, Max tourna la tête et fronça les sourcils. Inquiète, Luciana suivit son regard et comprit la raison de sa contrariété. Dans l'immédiat, apparemment, Catalina avait jeté son dévolu sur quelqu'un d'autre...

Alertée par les aboiements des chiots, Jess, la femme de l'aubergiste, avait délaissé ses fourneaux pour venir aux nouvelles. C'était une sympathique matrone dont le sourire jovial et les joues roses avaient rassuré Catalina au point qu'elle acceptât de lui donner la main pour la suivre dans la cour.

Carlo fut le premier à apercevoir la fillette — et brusquement, Luciana se sentit transportée des années en arrière quand, pour la première fois, son regard avait croisé celui de Philip. Dans les prunelles de son futur mari, elle avait décelé la même compassion qu'elle déchiffrait aujourd'hui dans les yeux de son fils. Comme son père, Carlo avait un cœur généreux.

D'emblée, Luciana sut qu'il serait le salut de Catalina... et son meilleur ami.

Avec précaution, il s'approcha de la fillette.

— Hello ! dit-il gauchement.

Du haut de ses quatre ans, Catalina fit ce que les nonnes lui avaient appris. Elle tira une gracieuse révérence et, contre toute attente, sourit à son tour.

Surprise, Luciana réprima une exclamation. Quand elle se déridait, Catalina était tout le portrait de Max. Elle possédait le même charme, le même sourire magnétique. Une vraie petite femme fatale ! A n'en pas douter, elle mènerait Carlo par le bout du nez !

— Hello ! dit-elle d'un ton assuré qui stupéfia son père.

Elle aspirait le « h » à la manière espagnole. Ravi, Carlo lui expliqua :

— Nous t'avons apporté des chiots. Tu choisiras celui que tu préfères.

Evidemment, Catalina ne comprit pas un traître mot de ce discours, mais quand Max s'agenouilla près d'elle pour lui traduire les paroles de Carlo, elle ne tenta pas de fuir, s'abstenant seulement de le regarder et se cramponnant à la main de Jess Blackmore.

Touchée, Luciana sourit. Elle soupçonnait depuis le début que la petite fille n'avait pas aussi peur de Max que celui-ci l'imaginait. C'était lui qui, par crainte de l'effrayer, manquait de spontanéité. Percevant sa réserve, Catalina n'osait lui témoigner de l'affection, ce qui alimentait le malentendu. Mais il aurait suffi d'un mot, d'un geste, pour briser la glace.

— *Chiots* ? répéta la fillette en anglais.

Enchanté, Max se mit à rire.

— C'est ça, ma puce, des chiots ! Mais tu ne dois pas les emporter tous. Notre maison serait envahie !

La frimousse de Catalina s'éclaira et, toujours blottie contre Jess Blackmore, elle se risqua pour la première fois à regarder son père qui caressait l'un des chiots.

— Celui-ci est mignon, non ? dit Max en lui tendant l'animal.

— Son poil est tout doux ! commenta Freddie. On dirait un chat !

Carlo s'esclaffa et, croyant qu'il se moquait d'elle, Catalina fondit en larmes.

« Elle ressemble à un ciel d'avril, pensa Luciana. On ne peut pas plus empêcher une crue de ses larmes qu'une giboulée de grêle. Mais à force de tendresse et de patience, peut-être deviendra-t-elle moins émotive. »

Mue par cette pensée, elle se pencha vers Catalina. Elle n'était pas sûre de réussir à la calmer. Elle savait seulement que d'ordinaire, les enfants l'aimaient bien.

La fille de Max, par chance, ne fit pas exception à la règle. Elle cessa instantanément de pleurer quand Luciana lui tendit un mouchoir et que Jess Blackmore lui dit d'un ton rassurant :

— N'aie pas peur, mon ange. La dame est venue exprès pour te voir. C'est gentil, non ?

Si Catalina ne comprit pas ses paroles, elle en devina le sens et, encouragée par Jess, adressa un sourire tremblant à Luciana.

— C'est bien, ma chérie, approuva celle-ci. Dis-moi, Catalina, comment trouves-tu le petit chien ? Est-ce qu'il te plaît ?

Max se chargea de la traduction. La fillette l'écouta avec attention, puis réfléchit un moment avant d'émettre son verdict.

— *Bonito*, murmura-t-elle.

— Elle dit qu'il est mignon, expliqua Max. Mais j'ai l'intuition que son choix va se porter ailleurs !

Il ne se trompait pas. Et lorsque Catalina pointa résolument de l'index un autre chiot, très différent du premier, Luciana comprit qu'elle n'avait pas seulement hérité du sourire de son père. Elle possédait aussi un caractère très affirmé !

— Tu veux celui-ci, *nina* ? s'enquit Max.

Catalina opina. Bien qu'elle montrât quelque réticence à parler à son père, nota Luciana, elle répondait toujours à ses questions.

Aussitôt, Carlo courut chercher le chiot pour le donner à sa nouvelle amie. Catalina avait choisi le plus pataud et le plus attendrissant de la portée.

— Il est à croquer ! dit Max en souriant.

— Catalina aussi est adorable, répondit Luciana. En tout cas, c'est manifestement l'avis de Carlo !

Amusé, Max acquiesça.

— Votre fils est comme son père, milady. Il a hérité de son bon goût.

C'était le second compliment direct qu'il lui adressait depuis son arrivée. Mais, cette fois, Luciana ne rougit pas. Elle se contenta de sourire en rétorquant :

— Vilain flatteur !

— Non, il n'est pas vilain ! protesta Freddie, qui n'avait entendu que le premier mot. C'est un joli chiot !

Puis, à l'adresse de Catalina :

— Comment vas-tu l'appeler ?

Bien que les deux enfants aient le même âge, le contraste entre eux était frappant. Freddie était beaucoup plus grand que Catalina, et aussi potelé qu'elle était maigre. « Pauvre bout de chou ! pensa Luciana, apitoyée. Quel courage il lui a fallu pour survivre ! »

Toujours charmeuse, Catalina afficha son sourire le plus enjôleur.

— Hello ! dit-elle à Freddie sans pour autant quitter Carlo des yeux.

Et sur cet échange de civilités, Freddie, qui trouvait les filles ennuyeuses, retourna jouer avec les chiots.

— Alors, ma puce, comment vas-tu baptiser ton protégé ? insista Max.

— Tu n'as qu'à l'appeler Clown ! conseilla Carlo. Il est tellement drôle avec ses grosses pattes et ses longues oreilles tombantes !

Tout le monde se mit à rire, et, cette fois, Catalina n'en prit pas ombrage.

Le regard attendri de Luciana glissa vers Max. Même s'il n'était pas encore très à l'aise dans son rôle de père, elle ne doutait pas qu'il fût déterminé à le devenir. Catalina était la chance qu'il n'espérait plus. Grâce à elle, son destin venait de revêtir une autre apparence, d'emprunter de nouveaux traits.

— Clown..., murmura la fillette, la joue blottie contre le poil soyeux de son protégé.

— Veux-tu me le prêter une minute, Catalina ? questionna Max en espagnol.

Le petit groupe s'immobilisa, guettant la réaction de l'enfant. Catalina hésita une seconde. Puis, gauchement, elle tendit le chiot à son père sous le regard embué de Luciana.

« A-t-on idée d'être aussi sentimentale ! pensa la jeune femme en essuyant une larme. Et pourtant, c'est cela, la vie. Une suite de petits bonheurs et d'émotions partagées. Rien que de très simple, en somme. »

A son tour, Max caressa l'animal avant de le rendre à sa fille. Celle-ci le cajola un instant puis, le gardant dans ses bras, tourna brusquement les talons. Luciana vit son menton trembler et devina qu'elle pleurait. Malgré son très jeune âge, Catalina avait déjà appris à cacher ses sentiments.

⁂

Max méditait. La matinée se déroulait agréablement, et pourtant, en entendant Luciana accepter le verre de lait que lui proposait Jess Blackmore, il ne pouvait s'empêcher de se demander ce qu'il faisait ici. Car à quoi bon se voiler la face? Même s'il éprouvait l'agréable impression d'être de retour chez lui, parmi les siens, ce n'était hélas qu'une illusion. Somerton n'était pas sa maison, et Luciana Standish n'était pas sa femme. Sa seule famille s'appelait Catalina, fruit de sa liaison avec une Espagnole...

Son regard s'envola vers la chaise où Luciana était assise, à l'ombre d'un sycomore. Le soleil qui filtrait à travers les branches éclairait son fin visage et nimbait ses cheveux d'un halo d'or. Luciana, *la lumière*. Rory lui avait dit un jour que, chez les Fitzgerald, la tradition voulait que la fille aînée de chaque génération soit baptisée ainsi, en référence à la devise adoptée par les comtes de Montefalco. *Ad lucem*, vers la lumière. Cela lui allait si bien...

A ce moment, Luciana émit son rire frais, et une petite veine se mit à battre au cou de Max. Il lui fallait cette femme. Il avait d'elle un besoin que rien ne saurait entraver. Elle l'obsédait depuis le jour où Philip lui en avait parlé pour la première fois. Très vite, Luciana était devenue sa muse, son talisman. Il l'avait tant idéalisée qu'il appréhendait leur rencontre. Mais la jeune femme était encore plus merveilleuse que dans ses rêves. Et pour l'heure, Max ne savait trop s'il devait s'en réjouir ou le déplorer...

L'après-midi était très avancé quand enfin, le petit groupe prit le chemin du retour. Freddie gambadait en tête, suivi de Carlo, qui tenait Catalina par la main. Max et Luciana les surveillaient du coin de l'œil tout en bavardant.

Bientôt, les quatre tours du château de Somerton se découpèrent sur l'azur du ciel. Avec ses briques rouges et noires qui alternaient en une harmonieuse composition, c'était un modèle d'équilibre et de bon goût.

— Cet endroit est paradisiaque, dit Max comme ils franchissaient les grilles d'entrée.

Luciana acquiesça avec ferveur. Jamais autant qu'aujourd'hui elle n'avait remarqué combien le parc était beau, l'herbe brillante, et doux le murmure du ruisseau qui traversait la propriété.

— Toute la région est magnifique, répondit-elle. En faisant édifier leur château ici, les ancêtres de Philip n'auraient pu mieux choisir.

— Vous aimez beaucoup cette demeure, n'est-ce pas ? questionna Max.

— Beaucoup, oui. J'y suis très attachée.

Max Rivington sourit, et telle une fleur rare, l'espoir s'épanouit dans le cœur de Luciana. Elle voulait tant que Max se sente bien à Somerton !

Toute à sa joie, elle ne vit pas Freddie s'arrêter brusquement au milieu du chemin. Carlo, à son tour, s'immobilisa, et Luciana comprit que quelque chose n'allait pas quand les deux enfants vinrent se réfugier près d'elle. Freddie agrippa sa main d'un air apeuré et pour une fois, son frère ne se moqua pas de lui.

— Voilà des visiteurs, dit sèchement Max.

Inquiète, Luciana mit sa main en visière — et vit un luxueux phaéton arrêter sa course au bout de l'allée, effrayant le paon de Somerton qui faisait la roue devant le perron. « Oh, non ! pensa-t-elle, consternée.

Pas lui ! » Ou plutôt, pas *eux*. Car, cette fois, Lysander n'était pas venu seul. Une femme l'accompagnait. Et cela n'augurait rien de bon...

Inconsciemment, Luciana se rapprocha de Max. Celui-ci glissa un bras protecteur autour de sa taille et appela d'un ton bref :

— Catalina, viens ici, ma puce !

Il prit fermement la menotte de sa fille et, en bloc, ils avancèrent tous les cinq vers l'attelage. La devise des Standish, *contra mundum*, se justifiait de nouveau, pensa Luciana. Mais aujourd'hui, Max et Catalina faisaient partie du clan.

Seule cette pensée lui insuffla le courage d'affronter son cousin. Car, à en juger par l'impatience avec laquelle Lysander exhortait sa compagne à descendre, il ne s'agissait pas d'une visite de courtoisie. Apparemment, son ennemi juré avait un but bien précis en tête.

— Vous êtes assis sur ma jupe, sir ! s'écria l'inconnue, une brune à la voix aiguë.

Lysander lui décocha un regard courroucé et, pour la énième fois, Luciana songea qu'elle n'avait jamais rencontré d'être aussi déplaisant. Avec ses yeux sournois, ses habits ridicules et son mouchoir parfumé à la lavande, ce cousin était l'image même du vieux garçon aigri. Bien qu'il ait presque le même âge que Max, on eût dit que plusieurs générations les séparaient.

Néanmoins, fidèle à sa stratégie, Luciana tut sa répulsion et salua courtoisement les visiteurs avant de déclarer d'un ton affable :

— Nous serons mieux à l'intérieur pour bavarder... Les enfants, vous allez emmener Catalina à la nursery et vous laver soigneusement les mains. Ensuite, si vous le souhaitez, vous pourrez nous rejoindre dans le salon.

— C'est une excellente idée, approuva Lysander. Pendant qu'ils sont là-haut, Charles demandera à la nurse de préparer leurs bagages.

— Leurs *bagages* ? balbutia Luciana, inquiète, en serrant Freddie contre elle. Mais pourquoi ?

Un sourire diabolique étira les lèvres minces de son cousin.

— Comment, ma chère, vous êtes surprise ? Je vous avais pourtant prévenue. J'ai engagé madame... heu... ?

— Hastings, dit sa compagne.

— C'est cela ! J'ai engagé Mme Hastings pour s'occuper des enfants, car il n'est pas question qu'ils restent ici un jour de plus !

A ces mots, une vague de fureur souleva Luciana. Cette fois, son cousin dépassait les bornes !

— Vos méthodes sont pour le moins étranges, Lysander, répliqua-t-elle d'un ton glacial. Au cas où vous l'auriez oublié, ces enfants sont les miens, et c'est donc à moi qu'il incombe de les élever.

— Dans votre bouche, ma chère, ce mot devient risible ! Dieu sait pourtant que j'ai été patient, mais vous n'avez aucun sens de la discipline. Du matin au soir, vos fils n'en font qu'à leur tête ! Cela ne peut plus durer, et je...

— Vous *quoi* ? coupa Luciana d'un ton si menaçant que Freddie, terrifié, enfouit la figure dans sa jupe.

Comme Carlo, à son tour, montrait des signes de nervosité, elle ajouta plus doucement :

— Ce n'est rien, mon chéri. Notre cousin va bientôt partir.

— Il n'aurait jamais dû venir ! s'écria le garçonnet. On ne l'avait pas invité !

— Et voilà ! dit Lysander, triomphant. N'est-ce pas la preuve de ce que j'avançais ? Vos fils vous échappent complètement. A-t-on jamais vu pareille insolence ? Selon moi, Charles devrait...

— Je ne m'appelle pas Charles ! cria le garçonnet. Je m'appelle Carlo !

— C'est insupportable ! Ce petit morveux insiste pour porter un prénom étranger !

— Papa m'appelait Carlo, protesta l'enfant, devançant Luciana. Et grand-père aussi !

— Eh bien, désormais, cela va changer ! Et que cela te plaise ou non, il faudra t'y habituer... Vos fils vont venir habiter chez moi, à Graveney, ajouta-t-il à l'adresse de Luciana. Il est grand temps de les soustraire à votre influence. C'est moi qui, à l'avenir...

Il ne put achever sa phrase. Ulcérée, Luciana sortit de ses gonds.

— Vous perdez l'esprit, mon cousin ! s'écria-t-elle, toutes griffes dehors. Jamais je ne vous laisserai emmener mes fils... *Jamais*, vous m'entendez ?

Elle se tut, haletante. Non, c'était impossible ! Ce monstre n'allait pas lui voler ses enfants. Il n'en avait pas le droit ! Alors, pourquoi semblait-il si sûr de son fait ?

Lysander ricana avant de rétorquer :

— Je crains fort, ma chère cousine, que vous n'ayez pas le choix. La législation de ce pays prévoit qu'en cas de décès du père, la tutelle des enfants revient au plus proche parent mâle. C'est donc moi qui serai le tuteur de vos fils jusqu'à la majorité de Charles. En outre, s'il vous prenait l'idée saugrenue de contester mes droits, quel tribunal confierait l'éducation du futur marquis de Standish à la fille d'un mercenaire italien ?

Luciana blêmit. Lysander avait gagné. Aussi absurde fût-elle, la loi était sans appel, et beaucoup de veuves se voyaient arracher leurs enfants par des proches peu scrupuleux.

Après un instant de panique, pourtant, la jeune femme se ressaisit. Il existait sûrement un moyen de se défendre. Rory était trop méfiant, trop lucide, pour l'avoir laissée aux prises avec ce scélérat.

Au même moment, la voix glaciale de Max résonna, tel un glas, à ses tympans :

— Je crois que vous commettez une erreur, sir. Une grave erreur...

Il marqua une pause, ménageant son effet, avant d'achever, implacable :

— Il semble que vous négligiez les dernières volontés du défunt marquis de Standish. Ses neveux, figurez-vous, ont déjà un tuteur. Et ce tuteur, c'est moi !

5.

Bizarrement, la première réaction de Luciana fut d'être furieuse contre Max. Furieuse qu'il ne lui en ait rien dit plus tôt et l'ait laissée endurer cette minute de torture.

— Pourquoi ne m'avez-vous pas parlé ? s'écria-t-elle. Oh, Max, je vous déteste !

Des larmes lui jaillirent des yeux. Alors, sans se soucier de Lysander, Max la prit dans ses bras.

— Je comptais vous l'annoncer plus tard, expliqua-t-il. Car au fond, ce n'est pas si important. Quelles que soient mes prérogatives, Carlo et Freddie demeurent vos enfants. Je suis leur tuteur devant la loi, c'est tout. D'ailleurs, Rory ne voulait pas que vous vous tracassiez pour cela...

— Mais je suis leur mère, et cette histoire de tutelle me *tracasse*, comme vous dites, depuis des années ! Je m'inquiète pour eux, vous le savez bien.

— Bien sûr que je le sais ! dit doucement Max.

Devant cette gentillesse, la colère de Luciana s'évanouit. Elle comprit soudain que son élan de rage n'était en fait que l'expression détournée d'un immense soulagement. Ses fils étaient sauvés. Lysander n'avait plus aucun droit sur eux.

Furibond, son cousin objecta d'un ton hargneux :

— Avez-vous une preuve de ce que vous avancez ? Il est fort improbable que...

— Une seule chose était improbable, sir, coupa froidement Max, c'est que Rory ait laissé ses neveux entre vos griffes ! Il vous connaissait bien et savait que vous seriez le pire des tuteurs qu'on puisse imaginer !

— Je... je...

— Vous allez quitter cette maison sur-le-champ et ne jamais revenir ! ordonna Max, glacial.

Puis, à l'adresse de Luciana :

— Rentrons, milady. Il fait chaud, et Catalina est fatiguée.

Luciana acquiesça, mortifiée d'avoir perdu son sang-froid et effrayé les enfants.

Très vite pourtant, elle se rassura. Carlo et Freddie en voulaient tant à Lysander d'avoir bouleversé leur mère qu'ils n'avaient pas clairement conscience du drame qu'ils venaient de frôler. Catalina, en revanche, semblait très choquée. Mais, devait-elle songer dans sa tête d'enfant, son papa avait chassé le vilain monsieur. Et c'était là l'essentiel !

— Nous sommes navrés de vous infliger une scène aussi déplaisante, madame, dit Luciana à Mme Hastings qui, durant toute la querelle, n'avait pas bronché. Mais j'espère que, désormais, M. Standish cessera de nous importuner !

Sur ce, elle se détourna. L'algarade l'avait épuisée et elle n'aspirait plus qu'à une chose : confier les enfants à leur nurse et rester seule avec Max Rivington. Tous deux avaient tant à se dire... Car, bien sûr, le fait que Max soit le tuteur de ses fils allait modifier leur relation.

A cette pensée, Luciana soupira. Tout était si simple auparavant. Certes, elle savait que Rory avait envoyé Max à Somerton pour veiller sur elle mais, à présent, elle ne pouvait s'empêcher de s'interroger sur la raison exacte de sa présence à Somerton. Se pouvait-il qu'il restât uniquement par devoir? Aussi déprimante fût-elle, c'était là une hypothèse qu'il convenait de ne pas négliger.

La jeune femme méditait, seule dans le salon, quand Max réapparut. Il tenait à la main un coffret oblong en bois de santal incrusté de perles. A sa vue, Luciana tressaillit. Elle tenait beaucoup à cet objet et l'avait donné à Rory lors de sa dernière visite, avec l'espoir naïf qu'il le protégerait. Mais la guerre, hélas, faisait fi des superstitions...

Alarmé par sa pâleur, Max s'assit à côté d'elle et dit humblement :

— Je vous en prie, Luciana, ne m'en veuillez pas trop.

— Je ne vous en veux pas!

— Si, et cela se comprend. La loi est si injuste... Une veuve devrait pouvoir assurer la tutelle de ses enfants jusqu'à leur majorité. Sachez toutefois que Rory m'a choisi parce qu'il savait que, contrairement à Lysander, je n'abuserais pas de mon pouvoir.

Luciana frissonna. Bien qu'absurde, la loi n'en était pas moins strictement appliquée. Et à cause d'un décret stupide, elle avait failli perdre ce qu'elle avait de plus cher au monde.

— Sans vous, il me les aurait pris! dit-elle d'une voix étranglée. Ce monstre m'aurait volé mes fils!

Un sanglot la secoua — et tout bascula. Max la prit aux épaules, elle leva la tête... Leurs yeux, puis leurs lèvres s'unirent. Dehors, les oiseaux s'étaient tus ; le silence profond du château les enveloppait de sa douceur.

Le baiser de Max, exigeant, presque brutal, mit dans la bouche de Luciana une saveur de feu. La jeune femme n'eut bientôt plus aucune volonté, sinon celle de s'abandonner à cette étreinte insensée qui déchaînait dans son corps et jetait dans son cœur un désir irrépressible, un délire enfiévré. C'était mal, elle le savait. C'était mal, et surtout risqué. Plus tard, il lui faudrait peut-être payer chèrement son inconduite mais, pour le moment, c'était si bon qu'elle se sentait prête à souffrir jusqu'à la fin de sa vie pour cet instant de bonheur ineffable.

Très vite, Max affirma son pouvoir en posant ses mains sur ses reins, ses hanches. Jamais il n'avait éprouvé un tel désir, jamais non plus une telle certitude que ce désir était partagé. « Tu es fou ! songea-t-il dans un sursaut de lucidité. Philip était ton ami, tu n'as pas le droit d'agir ainsi. »

Dans un ultime effort, il la repoussa.

— Je... je suis désolé, déclara-t-il d'une voix blanche.

Un seul regard suffit à Luciana pour deviner le conflit qui l'agitait. Elle avait grandi, elle n'était plus l'enfant innocente que Philip avait épousée. Désormais, elle savait percer le secret des âmes.

— Il n'est pas sûr que vous soyez fautif, dit-elle d'un ton qu'elle voulait enjoué. Après tout, peut-être est-ce moi qui vous ai embrassé la première ?

La boutade porta. Max se détendit.

— Peut-être bien, concéda-t-il. Dans ce cas, milady, il ne faudra pas recommencer, ou je ne réponds de rien !

— C'est promis, répondit Luciana avec la conscience aiguë d'avoir frôlé la catastrophe.

Max sourit.

— Pour ma part, dit-il plaisamment, je préfère ne pas m'engager. Je crains fort, en ce domaine, de n'être pas très fiable !

« C'est un euphémisme, songea-t-il, rembruni. Je ne suis pas digne de confiance. La mère de Catalina l'a appris à ses dépens. »

Percevant sa tension, Luciana comprit que des souvenirs douloureux le hantaient de nouveau.

— S'il vous plaît, Max, pria-t-elle, dites-moi ce qui vous tourmente.

— Non, milady.

— Un jour, alors...

— Non, Luciana. Jamais.

Le ton était brusque mais, curieusement, Luciana n'en prit pas ombrage. Une certitude la rassurait : Max Rivington tenait à elle. Leur attachement, bien que récent, était déjà enraciné dans la chair vive de leurs cœurs. Et si elle laissait ce lien se renforcer, si elle faisait preuve de patience et de prudence, alors, un jour, elle en était certaine, Max se confierait de lui-même.

— Voici les documents dont vous aurez besoin si Lysander Standish vous cherche noise, dit-il en ouvrant le coffret. Je doute qu'il s'y risque, mais on ne sait jamais. C'est pourquoi, si vous n'y voyez pas d'objection, je préférerais que ces papiers restent en ma possession.

— Certainement. Ainsi, mon cousin ne pourra pas me les voler.

Max acquiesça, puis déplia un parchemin. C'était, expliqua-t-il, le testament de Rory dicté au chapelain du régiment en présence du général Wellington.

« Rory a pris ses précautions, songea Luciana,

émue. Il savait que les testaments des soldats mourants étaient souvent considérés comme caducs, faute d'avoir été rédigés devant des témoins dignes de foi. »

— Voici également son journal intime, reprit Max en lui tendant un carnet usagé relié en maroquin bleu. Il y consignait ses moindres faits et gestes à l'intention de vos enfants. Ce n'était pas toujours facile, mais...

— Vous l'avez lu ? coupa Luciana.

— Bien sûr que non ! protesta-t-il, indigné. Ces notes ne m'étaient pas destinées.

— Indirectement, si. Ce n'est pas un hasard si Rory vous a désigné comme son exécuteur.

Tout en parlant, elle parcourut le testament et pâlit à la vue de la signature. Ce griffonnage tremblant ressemblait si peu à la belle écriture déliée de Rory !

Devinant ses pensées, Max dit doucement :

— Oubliez cela, Luciana. A quoi bon vous torturer inutilement ? Mieux vaut ne penser qu'aux bons souvenirs.

— J'essaie, balbutia-t-elle, mais...

— Je sais. Mais je peux vous jurer que Rory n'a pas souffert. Il a perdu beaucoup de sang et s'est éteint progressivement, sans même s'en rendre compte. Au fond, c'est plutôt une belle mort.

Luciana en convint. Nombre de soldats agonisaient des heures durant dans des souffrances atroces, et tout laissait à craindre qu'en dépit des dénégations de Rory, Philip ait fait partie de ceux-là. L'incendie de Talavera avait été si meurtrier...

— Max, murmura-t-elle, est-ce que Philip... ?

— Votre mari n'a pas souffert non plus, dit Max sans hésiter. Il était mort bien avant que l'incendie n'éclate.

Son regard se perdit dans le vague tandis qu'il racontait d'une voix sourde :

— Beaucoup, hélas, n'ont pas eu cette chance. Ce fut un jour maudit. Il faisait une chaleur caniculaire, l'herbe était jaunie et le feu du canon a suffi à tout embraser.

— Et... et Philip ?

— Il était déjà tombé sous les coups de l'ennemi. En regagnant nos rangs, un soldat m'a dit qu'il respirait encore.

— Oh, mon Dieu ! balbutia-t-elle, atterrée.

— Il est mort très vite, Luciana. Mais à ce moment-là, je l'ignorais. Liam et moi sommes aussitôt partis à sa recherche et avons fini par le trouver. Entre-temps, l'incendie avait malheureusement éclaté. Les flammes ont effrayé mon cheval qui s'est cabré et m'a projeté à terre. C'est là que je me suis rompu les os...

Sa mâchoire se contracta comme il achevait :

— Liam a hissé le corps de Philip sur son cheval, puis il m'a aidé à me remettre en selle. Hélas, sur le chemin du retour, le malheureux a eu la jambe emportée par un boulet. J'ignore encore comment j'ai réussi à les ramener au campement, lui et Philip.

Bouleversée, Luciana ferma les yeux. L'agonie de Philip, grâce au ciel, avait été brève. Mais Max, lui, avait vécu l'enfer...

— Les dernières pensées de Philip ont été pour vous, conclut-il. Quand nous l'avons trouvé, il tenait votre portrait dans sa main. Cette miniature... Vous vous en souvenez ?

Oh oui, Luciana s'en souvenait. Enceinte de Carlo, elle avait eu grand mal à supporter l'interminable séance de pose.

— Il la serrait si fort, reprit Max, que de loin, j'ai cru qu'il était encore vivant. J'essayais de le rejoindre quand mon cheval s'est cabré.

La gorge de Luciana se noua. Ainsi, c'était à cause de ce portrait que Max avait risqué sa vie pour sauver un homme déjà mort.

— Je suis désolée, Max, murmura-t-elle. Tellement, si vous saviez...

— Il ne faut pas. De toute façon, j'aurais quand même tenté de l'arracher au brasier. Philip était mon ami, je n'aurais jamais supporté de le laisser là.

— Merci pour ces paroles, Max. Je me sens si égoïste de vous contraindre à revivre ces moments douloureux...

— Pourquoi ? Vous aviez le droit de connaître la vérité, et j'espère que mon récit vous aura apaisée. Quand nous l'avons trouvé, Philip semblait si calme... Il avait tant reçu de la vie que la mort ne l'effrayait pas. Chaque jour, il remerciait Dieu de son bonheur. Il était si heureux d'avoir un second enfant ! Il disait qu'il ne méritait pas d'être aussi comblé...

— Oh si, il le méritait ! J'aurais tant voulu...

— Qu'il connaisse Freddie ?

— Oui. Il lui ressemble beaucoup, tant physiquement que moralement.

— C'est certain, approuva Max. Il possède le même sourire taquin, la même nature optimiste. Tenez, ajouta-t-il en souriant, quand on parle du loup...

Il désigna la porte. Immobile sur le seuil, Freddie hésitait à entrer.

— Qu'y a-t-il, Freddie ? s'enquit Luciana.

— Je suis tout propre ! annonça le garçonnet. Est-ce que je peux venir, maintenant ?

Amusée, Luciana fit mine de réfléchir.

— Ma foi, dit-elle enfin, je crois que oui ! Qu'en pensez-vous, milord ?

Se prenant au jeu, Max poussa un soupir faussement résigné.

— Pour une minute ou deux, je n'y vois pas d'objection. Mais, franchement, je ne peux pas dire que cela m'enchante !

— C'est pas vrai ! chantonna Freddie en sautillant dans la pièce. Vous m'aimez bien, je le sais !

Max, en effet, adorait les enfants, ainsi que Luciana put en juger les jours suivants. Non seulement il ne parlait plus de rentrer chez lui, mais il semblait ravi d'amener chaque matin Catalina à Somerton. La petite fille avait déjà beaucoup changé. Elle riait aux éclats avec Carlo et Freddie, et esayait même de jouer au cricket.

« J'agissais de même étant enfant, songea Luciana en l'observant. Je suivais Philip comme un petit chien, et j'avais à cœur de l'imiter en tout ! »

Cette réflexion l'amena à penser qu'elle avait beaucoup en commun avec la fille de Max. Comme Catalina, elle avait connu la peur et la solitude jusqu'à ce qu'un inconnu vienne l'arracher à sa misère.

A la fin de la semaine, il devint évident que Catalina ne considérait plus son père comme un étranger. D'abord timide, elle s'enhardit au fil des jours et se montra de plus en plus câline. Un soir, pour la première fois, elle grimpa sur ses genoux. Cachant sa surprise, Max la prit dans ses bras et, tout naturellement, la fillette se blottit contre lui en suçant son pouce.

— Elle tète toute la journée ! observa Max. Peut-être devrais-je l'en empêcher ?

— C'est inutile, assura Luciana. Cela lui passera tout seul — comme à moi !

Max sourit en caressant les cheveux soyeux de sa fille. Des cheveux très noirs, bien plus foncés que les siens. Ceux de sa mère, assurément...

Aussitôt, Luciana chassa cette pensée importune. Elle n'avait pas envie de penser à la mère de Catalina. Pas maintenant, pas déjà. Rien ne devait ternir sa relation avec Max. Une relation intense, fusionnelle, quoique purement amicale...

Depuis leur fugitive étreinte, Max ne l'avait plus touchée, pas même pour effleurer sa main. Et, au fond, elle préférait cela. Non que son contact lui déplût, loin de là. Au contraire, elle était effrayée du pouvoir sensuel qu'il détenait sur elle. Hormis Philip, aucun homme ne l'avait attirée à ce point. Son intuition lui soufflait que cette attirance était partagée, et cette douce certitude lui suffisait. L'essentiel n'était-il pas que tous deux se sentent bien ensemble ?

Une deuxième semaine s'écoula, aussi parfaite que la première. Aussi Luciana reçut-elle un choc quand, un soir, Max lui annonça son intention de partir.

Les enfants couchés, tous deux se trouvaient seuls sur la terrasse. Ils avaient passé la journée dehors et Catalina était si fatiguée que Luciana avait insisté pour qu'elle dorme à Somerton.

— Ne vous faites pas de souci, dit-elle à Max. Elle prendra cela comme un jeu !

— Je ne m'inquiète pas, Luciana. Depuis que nous sommes ici, tout se passe merveilleusement bien. Vous accomplissez des prodiges.

— Le mérite revient à mes fils. Catalina adore les avoir à ses pieds. Plus tard, ce sera une redoutable séductrice !

— A moins qu'elle ne jette son dévolu sur Carlo, ce qui m'a l'air bien parti !

Luciana sourit.

— Pauvre Carlo !

— Oui. Il n'a pas fini de souffrir... D'après mon expérience, les femmes sont de redoutables manipulatrices ! Et pourtant, elles sont la sève de notre vie.

Il se détourna et un long silence suivit, comme si un paravent invisible s'était soudain déplié entre eux. « Tant de choses essentielles demeurent inexprimées, songea Luciana. Est-il seulement trop tôt pour les formuler, ou resteront-elles à jamais secrètes ? »

Oppressée, elle reporta son attention sur le parc, baigné par le crépuscule. Après la chaleur de la journée, cette paix vespérale parfumée de l'arôme des roses n'en semblait que plus agréable. Au-delà des pelouses en pente douce, serpentait la route de Rivenal. Luciana vit Max froncer les sourcils en l'observant. « Il va partir bientôt », pensa-t-elle, et un grand froid l'envahit.

Mais Max tarda à évoquer le sujet.

— Ne vous ennuyez-vous jamais, toute seule ici ? questionna-t-il à brûle-pourpoint.

— Non, dit Luciana avec sincérité. Entre l'éducation des enfants et la gestion du domaine, je n'ai pas une minute à moi.

— Mais la solitude ne vous pèse-t-elle pas ? A votre place, nombre de femmes auraient engagé une dame de compagnie.

— On me l'a souvent suggéré, c'est vrai. Mais je n'en éprouve pas le besoin.

— Tout de même, insista-t-il, vous avez bien des amies?

— Bien sûr, mais elles aussi sont très occupées. C'est toujours ainsi, à la campagne. On ne se prélasse pas comme à Londres. Rien ne m'assommerait davantage que de hanter les salons mondains, parée comme un sapin de Noël! La vie citadine ne m'a jamais tentée.

— Je le conçois aisément. Si j'avais une maison comme la vôtre, je m'estimerais chanceux.

Le regret perçait dans sa voix. Un regret teinté d'une vague amertume...

— Ma vie me convient très bien, assura Luciana. Je ne demande rien d'autre. D'ailleurs, j'ai peu d'amies de mon âge. Enfant, comme j'étais d'origine étrangère, les autres fillettes me considéraient un peu comme une bête curieuse. Alors, je jouais surtout avec les garçons. Au fond, cela m'arrangeait bien car je détestais coudre et dessiner!

— Pourtant, objecta Max, vous êtes la personne la plus féminine que j'aie jamais rencontrée.

Aussitôt, il regretta sa spontanéité. Depuis l'épisode fâcheux du baiser, il se donnait tant de mal pour préserver leur amitié. Et voilà que sa maladresse risquait de tout gâcher...

Luciana, de son côté, maudit ses joues en feu. S'il percevait son trouble, Max devinerait qu'elle était amoureuse de lui, ce qui mettrait en péril leur relation.

— J'ai quand même une très bonne amie, reprit-elle pour faire diversion. C'est lady Deverham, l'une de vos voisines. Carlo et Freddie l'adorent.

C'était là l'information que Max attendait. Il savait qu'il allait devoir partir et des pensées contradictoires se bousculaient dans son esprit. Un destin sans pitié l'avait contraint à se forger des habitudes de méfiance. Il doutait des autres, mais également de lui-même. Surtout de lui-même. Aussi ce désir violent qu'il ressentait dans chacune de ses fibres pour Luciana Standish l'inquiétait-il au plus haut point.

La voix de Rory résonna à ses oreilles. « Luciana ne doit pas rester seule, il faut qu'un homme veille sur elle. Tu dois l'épouser, Max ! »

Et au fond, ce n'était pas une mauvaise idée. Dans la Péninsule, les veuves se remariaient très vite, non par légèreté, mais simplement parce que c'était pour elles l'unique moyen de survivre.

Aussi, quand Rory lui avait fait promettre d'épouser Luciana, avait-il trouvé le projet plutôt séduisant. Son double titre de duc de Rivington et de futur marquis de Rivenal lui imposait de se marier et d'avoir des héritiers. Pour un homme de son rang, épouser une femme qu'il ne connaissait pas n'avait rien d'extraordinaire.

Seulement, voilà : il connaissait Luciana Standish. Ou, tout au moins, il se la figurait à travers les récits de Philip et Rory. Et — circonstance aggravante — il l'aimait en secret depuis des années.

Alors, n'y tenant plus, il avait tout avoué à Rory. Sa passion déraisonnable pour Luciana, son remords d'avoir trahi Antolina, la mère de sa fille, morte par sa faute. Or, loin de le condamner comme il s'y attendait, Rory avait encore insisté pour qu'il épouse Luciana. Alors, vaincu, Max avait accepté...

Par la suite, retrouver sa fille l'avait conforté dans ses résolutions. Catalina avait besoin d'une mère, tout comme les fils de Luciana avaient besoin d'un père. Et le fait qu'il soit déjà leur tuteur allait simplifier les choses.

Du moins était-ce l'utopie qu'il nourrissait quand un océan le séparait encore de Luciana.

Aujourd'hui, tout avait changé. Luciana n'était plus une icône, mais un être de chair et de sang. Brusquement, il comprenait qu'il l'aimait trop pour lui imposer ce sacrifice. La jeune femme était belle, débordante d'énergie, quand lui-même n'était plus qu'un homme brisé. Quel avenir pouvait-il lui offrir? Luciana méritait mieux qu'un mariage de raison. Il n'avait pas le droit de compromettre ses chances de bonheur avec un autre.

Avec un autre — ou même toute seule. Car en vérité, Luciana ne semblait pas désireuse de refaire sa vie. La solitude ne lui pesait pas. Depuis la mort de Philip, elle avait recouvré un équilibre et était aussi heureuse qu'on pouvait l'être dans sa situation.

Oui, il devait s'éloigner avant qu'elle devine la véritable raison de sa présence à Somerton. Toutefois, il ne partirait pas avant d'être sûr qu'elle avait bien une amie sur qui compter.

— Lady Deverham sait-elle que Lysander vous tourmente? questionna-t-il.

— Oui. Je lui ai tout raconté. Elle est si généreuse, si compréhensive. A la mort de Philip, elle m'a beaucoup aidée.

— Alors, je veux qu'au premier signe de menace, vous vous réfugiiez chez elle avec vos fils. Me le promettez-vous, Luciana?

— Bien sûr...

Elle le dévisagea avec attention, puis s'enquit d'une voix altérée :

— Qu'y a-t-il, Max? Essayez-vous, par hasard, de me dire que vous allez partir?

— Il le faut, Luciana. Je n'ai pas le choix.

— Je le sais, mais...

— Nous étions bien, oui. Tellement bien que je n'ai aucune envie de partir. Oh, Luciana, jamais je ne vous remercierai assez de ce que vous avez fait pour Catalina. Grâce à vous, elle a complètement changé.

Luciana pâlit, incapable d'accepter l'idée que Max n'ait prolongé son séjour à Somerton que pour Catalina.

— C'était tout naturel..., protesta-t-elle, mais il l'interrompit.

— Fi donc ! Vous m'avez rendu un immense service. Mais quoi qu'il m'en coûte, je suis obligé de partir. J'ai écrit à mon père pour lui annoncer ma visite.

— Après une aussi longue séparation, il va vous accueillir à bras ouverts, assura Luciana.

Max eut un rire bref.

— Cela m'étonnerait ! Il ignore l'existence de Catalina, et sa vue va lui causer un choc. Mais il sera bien contraint de l'accepter. Elle est son unique héritière, après tout.

« Sauf si vous vous remariez et avez d'autres enfants », songea Luciana qui, aussitôt, chassa cette pensée importune.

— C'est terrible, murmura-t-elle. Je ne parviens pas à comprendre que les membres d'une même famille puissent s'entre-déchirer.

— C'est pire que cela. Nos relations ne sont pas régies par la haine, mais par l'indifférence. Sous prétexte que j'étais leur seul héritier — mon frère aîné était mort — mes parents m'ont élevé comme un infirme. Tous les jeux de mon âge m'étaient interdits, je n'avais pas le droit de monter à cheval, ni même d'avoir des amis. Seul l'espoir de m'enfuir un jour m'a permis de tenir bon. J'ai quitté Rivenal à seize ans, et je n'y suis jamais revenu. J'ai menti sur mon âge pour entrer dans l'armée, puis je me suis exilé à l'étranger pour que mon père ne me retrouve pas.

« Quelle tristesse, pensa Luciana, consternée. Ainsi, l'armée est devenue sa seule famille, et Rory et Philip ont été ses premiers amis. »

— Vous ne pouvez pas élever Catalina dans cet enfer ! objecta-t-elle avec véhémence.

— Certes non. Je vais juste la présenter à mon père, puis nous partirons.

— Et où irez-vous ?

— J'ai hérité de la demeure d'un oncle, dans le Yorkshire.

— Le *Yorkshire* ! s'écria Luciana, consternée. Max, je comprends que vous deviez voir votre père, mais pour l'amour du Ciel, n'emmenez pas Catalina. Je serais si heureuse de la garder encore un peu... Dites oui, je vous en prie !

L'expression de Max s'éclaira. Il n'avait pas osé lui demander une telle faveur. Mais avec sa délicatesse habituelle, Luciana lui avait épargné cet embarras.

— Volontiers, dit-il avec gratitude. Catalina se plaît tant ici. Je partirai tranquille la sachant avec vous.

— Merci, Max. Les garçons vont être bien contents... Combien de temps serez-vous absent ?

— Deux jours, tout au plus. Je n'ai aucune raison de m'attarder davantage.

— Alors, vous ne nous abandonnerez pas ?

L'anxiété perçait dans sa voix et tout à coup, Max

n'eut plus envie de tricher. A quoi bon cacher ses sentiments ? Tôt ou tard, de toute façon, il se serait trahi.

— Jamais je ne vous abandonnerai, Luciana, dit-il avec ferveur. Si un jour je ne suis pas au rendez-vous, c'est que la mort m'en aura empêché.

Max prit congé peu après sans rien ajouter. Il en avait déjà trop dit et, cependant, il ne regrettait rien. La joie incrédule qu'il avait décelée dans le regard de Luciana était sa plus belle récompense. Un délicieux sentiment de paix l'envahit comme il regagnait l'auberge du Chat Perché.

Depuis la terrasse, Luciana le regarda partir. Elle le suivit des yeux jusqu'à ce qu'un virage le dérobe à sa vue, puis ferma les paupières, le cœur gonflé de gratitude. Max reviendrait. Il *lui* reviendrait, non par obligation, mais tout simplement parce qu'il le souhaitait autant qu'elle.

A cet instant, les derniers feux du couchant embrasèrent le ciel et, inondée d'une étrange chaleur, Luciana sentit une présence invisible à son côté. Philip était là, tout proche. Si proche qu'en tendant la main, elle pouvait le toucher. La vie ne leur avait pas permis de s'embrasser une dernière fois et, depuis sa mort, elle n'avait pas trouvé la force de renoncer complètement à lui. Mais, à présent, l'heure était venue de lui dire au revoir...

Des larmes d'attendrissement coulèrent sur ses joues comme elle balbutiait : « Oh, je vous aime tant ! »

Et elle sut, sans crainte ni remords, que cette déclaration fervente s'adressait à la fois à Philip et à Max.

⁂

Plus tard, dans le secret de sa chambre, Luciana ouvrit le coffret en bois avec la quasi-certitude d'y trouver un message à son intention. Et, en effet, il y avait bien une lettre datée de l'année précédente. Rory, pensa-t-elle avec émotion, avait prévu sa propre mort quand elle-même refusait catégoriquement de l'envisager.

« Ma chère Luciana, écrivait-il d'une plume alerte, Dieu veuille que tu ne lises jamais ces lignes, car cela signifierait que je suis mort, et l'idée de ne jamais revoir Somerton m'est insupportable. Je ne cesse de penser à toi et aux enfants. Je te revois dans le jardin, tenant Freddie dans tes bras. Il a dû bien grandir depuis, et je suis sûr qu'il ressemble trait pour trait à Philip. Carlo, lui, tient davantage de moi. Ce sont de braves petits, et j'espère pouvoir bientôt les embrasser. Cependant, au cas où il m'arriverait malheur, j'ai chargé Max Rivington de te remettre cette lettre et de s'installer à Somerton pour veiller sur toi. Fais-lui confiance, Luciana. C'est l'homme le plus droit, le plus intègre que je connaisse, et quand il demandera ta main, je t'engage vivement à accepter. Si je te savais moins rebelle, j'irais même jusqu'à t'ordonner de l'épouser !

» Je dois te laisser, à présent, car le devoir m'appelle. Nous devons être à Salamanque demain matin. Je te quitte en t'implorant encore d'aimer Max comme il le mérite. Surtout, ne m'en veux pas, je ne souhaite que ton bonheur. Que Dieu te garde, ma chérie... »

Touchée au plus profond de son âme, Luciana serra la lettre sur son cœur. Hier encore, elle se serait indignée qu'on lui dictât sa conduite. Mais aujourd'hui, le vœu de Rory était si conforme au sien que cette lettre lui semblait le plus beau cadeau du monde.

Rory était sûr que Max demanderait sa main. Et depuis ce soir, elle partageait cette certitude. Elle se prenait même à croire qu'il l'aimait sincèrement...

Posant la missive sur son oreiller, Luciana se coucha. Et pour la première fois depuis la mort de Philip, elle glissa dans la volupté d'un sommeil enchanté.

6.

Le lendemain du départ de Max, lady Deverham invita Luciana à passer l'après-midi chez elle. Toutes deux s'assirent sous la toile tendue au-dessus de la pelouse et devisèrent agréablement, tout en surveillant les enfants qui jouaient au ballon.

— Cette petite est ravissante, dit lady Deverham en observant Catalina. Avec sa peau ambrée et ses yeux de jais, elle fera un malheur !

— Elle le sait déjà ! affirma Luciana. Ce matin, je l'ai surprise devant le miroir. Elle faisait la moue et papillottait comme une vraie petite femme fatale !

Son rire tinta, tel un grelot d'argent, et lady Deverham la dévisagea avec attention.

— Vous êtes rayonnante, observa-t-elle. Luciana, ma chère petite, je ne voudrais pas être indiscrète, mais certains signes ne trompent pas ! Alors, cessez de me faire languir et parlez-moi de Max Rivington !

Luciana se troubla. A quoi bon nier l'évidence ? Sa rencontre avec Max avait bouleversé sa vie et il lui semblait, tant était puissant le sentiment qui l'habitait, que cette passion était charriée depuis des mois par le sang de son cœur.

— Cela se voit donc tant ? dit-elle en rosissant.

— Oui, répondit lady Deverham avec sérieux. Et j'en suis bien heureuse, Luciana. Voilà si longtemps que j'attendais ce moment.

C'était la vérité. Depuis la mort de Philip, Luciana n'avait jamais paru désireuse de se remarier. Pourtant, au village, plusieurs hommes brûlaient de demander sa main.

— Pourquoi ce coup de foudre pour Max Rivington ? questionna-t-elle. Qu'a-t-il donc de plus que les autres ?

Luciana réfléchit. Son attirance pour Max était viscérale, instinctive. L'expliquer était si difficile...

— Il est gentil, dit-elle simplement.

Satisfaite, lady Deverham hocha la tête. C'était là, selon elle, une excellente raison. A soixante ans, elle éprouvait pour Luciana une tendresse toute maternelle et ne souhaitait rien tant que la voir heureuse auprès d'un homme attentionné.

— Quand va-t-il rentrer ? s'enquit-elle.

— Pas avant après-demain. Il m'a envoyé un message m'expliquant que son père était malade et qu'il allait devoir prolonger son séjour à Rivenal. Mais il espère être bientôt de retour parmi nous.

— Comment cela, *parmi vous* ? s'écria sa compagne, inquiète. Vous ne comptez pas l'héberger à Somerton, tout de même ?

Amusée, Luciana sourit. Si lady Deverham comprenait son refus d'engager une dame de compagnie, sa largesse d'esprit n'allait pas jusqu'à admettre qu'elle accueillît un homme chez elle, fût-il son futur époux !

— Non, dit-elle gaiement. Max loge à l'auberge du Chat Perché.

— A la bonne heure ! Je préfère cela... A propos du Chat Perché, j'ai rencontré Jess Blackmore au marché.

Elle m'a dit que deux soldats s'étaient présentés à l'auberge hier soir. Il paraît qu'ils avaient des mines patibulaires !

Luciana soupira.

— Après ce qu'ils ont vécu, ce n'est guère surprenant. Sans doute cherchent-ils du travail. Avec les prochaines moissons, nous aurons besoin de main-d'œuvre.

— C'est aussi ce que j'ai pensé. Mais, selon Jess, ils ne comptent pas s'attarder dans la région. Ils seraient en route pour le nord du pays.

— Pauvres garçons, murmura Luciana. Leur calvaire s'achève enfin... Nous leur devons tant !

Lady Deverham plissa le front.

— La plupart de nos soldats sont valeureux, c'est certain. Mais notre armée ne compte pas que de bons éléments. Des brebis galeuses s'y sont glissées. Et selon Jess Blackmore, ses pensionnaires font partie de ceux-là.

Si, à ce moment-là, Luciana pensa que Jess exagérait, elle commença cependant à réviser son jugement quand, le soir venu, Liam lui annonça avec un évident soulagement que les soldats avaient quitté le village.

Fait troublant, leur réapparition le surlendemain — jour présumé du retour de Max — coïncida avec la disparition des enfants.

Luciana eut la prémonition d'un danger quand, en milieu de matinée, les chiens se mirent à aboyer furieusement. En tentant de les calmer, et bien qu'elle ignorât encore ce qui s'était passé, la jeune femme pressentit qu'elle allait vivre une journée interminable. Si seulement Max avait été là... Hélas, il n'était pas encore rentré.

Max Rivington n'était toujours pas de retour quand une heure plus tard, escortée par deux palefreniers, Luciana s'aventura dans la forêt et découvrit Liam étendu dans une clairière, Clown gémissant à ses pieds.

— Liam ! cria-t-elle, affolée. Carlo, Freddie, Catalina... Où êtes-vous ?

Au fond de son cœur, elle savait qu'ils avaient disparu. Elle le savait avant même d'atteindre la clairière. Mais elle n'avait pas le droit de s'effondrer. Ses enfants avaient besoin d'elle !

S'agenouillant dans l'herbe, elle prit la main de Liam. Blessé à la tête, le malheureux avait été laissé pour mort.

— Liam ! dit-elle d'un ton pressant. Liam, tu m'entends ?

Il remua les lèvres, et un flot de sang lui jaillit de la bouche. « Il va mourir, pensa Luciana, horrifiée. Je vais perdre mon plus fidèle serviteur, et je ne saurai jamais où sont les enfants. »

— *Liam* ! hurla-t-elle, désespérée. Liam, réponds-moi !

Elle tapotait ses joues exsangues quand une main ferme l'agrippa et la força à reculer. Eperdue, Luciana pivota — pour se retrouver face à Max Rivington.

— Prenez mon cheval et ramenez lady Standish chez elle, ordonna Max aux palefreniers subjugués. Tenez, voilà mon pistolet. N'hésitez pas à l'utiliser s'il le faut.

— Mais..., protesta Luciana.

— Il n'y a pas de « mais » ! Vous allez rentrer chez vous et m'attendre.

Le menton de Luciana se mit à trembler, des larmes brouillèrent sa vue. Aussitôt, l'expression de Max s'adoucit. L'attirant vers lui, il lui prit le menton et énonça d'un ton persuasif :

— Soyez raisonnable, Luciana. Faites ce que je vous dis. Rentrez chez vous et envoyez quérir un médecin...

— Un médecin ? Mais Liam est mort...

— Non, il respire encore. Si nous nous dépêchons, il reste une chance de le sauver... Que Dieu vous garde, ma douce, ajouta-t-il très bas en baisant son front.

Bouleversée, Luciana se cramponna fugitivement à lui. Puis un palefrenier l'aida à se hisser en selle, et tous deux s'en furent au galop.

Il fallut près d'une heure pour transporter Liam au château sur un brancard de fortune, et une bonne demi-heure encore avant qu'un médecin n'arrive à Somerton. Luciana l'aida à soigner le blessé tandis que Max, resté en forêt, cherchait des indices permettant de retrouver les ravisseurs.

Le médecin venait juste de partir quand il réapparut.

— Comment va Liam ? s'enquit Max, d'emblée.

— Mieux. La nurse s'en occupe... Et les enfants ? Avez-vous trouvé une piste ?

— Oui. Vos lads m'ont parlé de deux mercenaires qui erraient depuis quelques jours dans la région. Des déserteurs, probablement. Et, coïncidence troublante, j'ai repéré des empreintes de sabots en direction de Graveney.

A ces mots, Luciana sentit un remous glacé descendre de son cœur à son ventre.

— Graveney..., balbutia-t-elle, terrifiée. C'est là qu'habite Lysander !

— Exactement. Et je le soupçonne d'avoir commandité cet enlèvement. Sans son aide, les mercenaires étaient impuissants, car ils n'avaient pas de montures pour s'enfuir. Or, ce matin, quelqu'un les a aperçus à cheval sur la route de Rivenal.

— Cela expliquerait tout, murmura Luciana, atterrée. Depuis la route, on surplombe Somerton. Ces crapules auront vu Liam sortir avec les enfants... Oh, Max, c'est affreux ! Croyez-vous que Lysander leur fera du mal ?

Max secoua la tête. La crispation de ses traits trahissait sa colère, mais sa voix était calme quand il répondit :

— Je ne crois pas, non.

— Mais alors, pourquoi les avoir enlevés ?

— Pour me discréditer, évidemment ! Votre cousin cherchait comment me prendre en défaut, et il a trouvé là le moyen idéal. Tout est ma faute, Luciana. Si j'avais été là, rien ne serait arrivé.

La fureur lui bridait les yeux, gonflait sa belle bouche. Luciana l'observa, stupéfaite. Si quelqu'un était à blâmer, c'était elle, pas lui ! Max n'avait rien à se reprocher.

— Ne dites pas de bêtises ! s'insurgea-t-elle. Vous ne pouviez pas prévoir ce qui se passerait !

— Bien sûr que si ! Pour obtenir la tutelle des enfants, Lysander doit prouver mon incapacité. Et quand on saura que le futur marquis de Standish a été enlevé sous mon nez...

— Mais vous n'étiez pas là ! protesta Luciana. Et cela, Lysander l'ignore.

L'argument porta. L'expression de Max s'éclaira et il cessa d'arpenter la pièce comme un lion en cage.

— Vous avez raison, murmura-t-il. Au fond, son plan est simple : il veut alerter tout le village et s'arranger pour que les enfants soient retrouvés à Graveney de façon à jouer les héros. Mais si nous le devançons, il en sera pour ses frais.

Inquiète, Luciana regarda par la fenêtre. Il faisait

très lourd et le ciel s'assombrissait au fil des minutes. Si le brouillard tombait, comme cela arrivait souvent, la lande deviendrait un piège inextricable.

— Vite, dit-elle en se levant. Il n'y a pas une seconde à perdre. Il faut partir à leur recherche !

— Luciana, je vous en prie...

— *Non*, Max !

Dans un sursaut, elle se dégagea. Si Max la touchait, elle n'aurait pas le courage de lui résister. Face à cet homme, et quoi qu'il fît, elle n'était que capitulation.

— Je *dois* venir ! dit-elle fermement. De tout le village, je suis la seule à connaître vraiment la lande. Enfants, Philip et moi n'avions pas le droit d'y aller, mais nous désobéissions...

— Cela ne m'étonne pas. Vous êtes tellement têtue !

Il effleura sa joue et, l'espace d'une seconde, Luciana oublia son angoisse pour se laisser prendre au sortilège de cet irrésistible sourire.

— S'il vous plaît, Max, dit-elle d'un ton implorant, laissez-moi vous accompagner !

Alors, vaincu, Max Rivington exhala un soupir résigné.

Le brouillard s'était épaissi. Tout semblait étrangement silencieux, opaque. Les bruits se perdaient dans la profondeur mate des matelas de brume et l'on sentait la présence de la forêt plus qu'on ne la distinguait, à une qualité différente de l'air, à une pesanteur qui oppressait les poitrines, au sentiment d'être pris sous les branches comme sous les voûtes d'une cathédrale vivante, mais hostile, dont le toit invisible retenait les vapeurs comme un couvercle.

— Plus vite, Max ! supplia Luciana. Plus vite, je vous en conjure !

— Non, Luciana. Il bruine et le sol est glissant... Au fait, avez-vous connaissance d'un endroit dangereux dans la région ?

— Il y a des marécages entre Rivenal et Graveney, répondit-elle.

A peine eut-elle prononcé ces mots qu'un détail la frappa. Comment, ayant vécu seize ans à Rivenal, Max pouvait-il ignorer la présence des marécages ? Par une curieuse ironie du sort, tout le monde ici connaissait leur existence, excepté leur futur propriétaire !

— Pour traverser la lande, expliqua-t-elle, les bergers empruntent un chemin qui s'arrête non loin des marais. Si mes souvenirs sont bons, il doit se trouver légèrement sur notre droite...

Aussitôt, Max s'engagea dans la direction indiquée. Le chemin en question n'était en fait qu'un durcissement de terrain planté d'ajoncs et de bruyère. « Avec ce brouillard, pensa Luciana avec effroi, les soldats ne verront pas les marécages et s'embourberont avec les enfants. »

Devinant ses pensées, Max chuchota à son oreille :

— Gardez confiance, ma mie. Tout finira bien, vous verrez.

Le mot tendre inattendu « ma mie » inonda Luciana d'un frisson à la résonnance inconnue. Le contexte n'aurait pu être moins propice à une déclaration. Et pourtant, jamais elle n'avait éprouvé une telle émotion — pas même le jour où Philip avait demandé sa main.

A ce moment, un éclair aveuglant zébra le ciel, suivi d'un roulement de tambour. En quelques secondes, un véritable déluge s'abattit sur la lande...

Max tira sur les rênes, puis sauta à terre. Une odeur fétide d'eau croupie régnait alentour, indiquant la proximité des marécages.

Indifférente à la pluie qui continuait à tomber, Luciana s'en remit entièrement à son compagnon. Max, pensait-elle, avait survécu à l'enfer de la guerre et saurait la protéger. Il était si vaillant, si fort, si... viril.

Son regard s'arrêta sur la main de Max appuyée au tronc d'un arbre, et soudain, la jeune femme se demanda quel effet lui ferait cette main amoureusement posée sur elle. D'instinct, Luciana devinait qu'il y avait autant de façons de pratiquer l'amour que d'amants. Avec Philip, elle avait connu la manière douce, teintée de délicatesse, allégée d'amusement. Avec l'homme dont un simple effleurement l'émouvait, ce ne pouvait être que paroxysme, déchaînements furieux comme ceux de l'ouragan, explosions de félicité...

De cette pensée, qui était trahison, elle eut honte aussitôt. Quel genre de monstre était-elle donc ? Son mari était mort, ses fils avaient disparu, et elle ne pensait qu'à se blottir dans les bras de Max Rivington !

A bout de nerfs, elle fondit en larmes.

— Oh, Max, aidez-moi ! implora-t-elle, les joues ruisselantes. Je... je suis si malheureuse !

— Il ne faut pas, ma douce. Nous allons les retrouver, je vous le promets. Je vous en prie, ne pleurez plus...

Il la prit dans ses bras, lui caressa les cheveux. Ses épaules, dont elle percevait les muscles solides à travers le drap du vêtement, lui fermaient le monde. Max la garda longtemps ainsi, étroitement serrée contre lui. Puis, n'y tenant plus, il dit d'une voix rauque :

— Je vous aime, Luciana.

— Moi aussi, Max. Je... j'ai tant besoin de vous !

Max se raidit. Cette situation, hélas, lui était familière. Par le passé, déjà, une femme avait eu besoin de lui. Antolina, la mère de sa fille, comptait sur sa protection. Et il l'avait trahie.

Mais, se jura-t-il dans un sursaut de volonté, l'histoire ne se répéterait pas. Cette fois, il ne se déroberait pas !

— Ne craignez rien, mon amour, dit-il avec tendresse. Tout finira par s'arranger, j'en suis sûr.

Il resserra son étreinte et tous deux restèrent enlacés sous la pluie. Sans un mot, sans un geste. S'être enfin rejoints leur suffisait.

Et soudain, le miracle se produisit. Une plainte enfantine leur parvint. La voix de Catalina...

Deux heures plus tard, seuls dans le salon, Luciana et Max se remettaient lentement de leurs émotions. Les retrouvailles avec les enfants avaient été émouvantes et de longues minutes d'effusions s'étaient s'écoulées avant que Carlo recouvre assez de sang-froid pour tout leur raconter. Leurs ravisseurs, avait-il expliqué, s'étaient embourbés dans les marécages et, pris de panique, les avaient abandonnés sur place pour tenter de s'enfuir.

Bien qu'épuisés et transis de froid, Carlo et Freddie ne semblaient pas trop affectés par leur mésaventure. De retour au château, ils avaient demandé des nouvelles de Liam et, rassurés sur son sort, s'étaient endormis comme deux chérubins.

L'état de Catalina, en revanche, était plus inquiétant. La fillette, apparemment, avait subi un choc important. Toutefois, au lieu de pleurer, elle demeurait prostrée et fuyait les caresses de son père.

— Elle m'en veut, dit Max d'un air sombre. Elle

pense que je n'ai pas su la protéger, et force est d'admettre qu'elle n'a pas tort.

— C'est faux! s'insurgea Luciana. Vous n'avez rien à vous reprocher et je suis sûre qu'avec le temps, Catalina le comprendra.

— J'en doute, hélas...

De profondes rides creusaient son front, et ses épaules étaient voûtées, comme s'il portait sur lui tout le malheur du monde.

Luciana l'observa, déchirée entre des sentiments contradictoires. Jusqu'ici, elle s'était entièrement reposée sur Max. Comme Catalina, elle le croyait invulnérable et voilà que, soudain, elle découvrait qu'il n'était qu'un homme. Plus fort et plus valeureux que les autres, peut-être, mais un homme quand même. Et cela changeait tout...

Brusquement, la jeune femme prit conscience d'avoir passé toute sa vie aux côtés de héros. Son père, d'abord, puis le marquis Charles, et enfin Philip et Rory. Depuis leur mort, elle avait occulté leurs défauts pour les idéaliser. Comparer un être de chair et de sang avec des mythes n'avait aucun sens. Max, lui, était bien vivant, et si elle voulait se montrer digne de son amour, elle devait se comporter en femme responsable et non plus en enfant idolâtre.

Mue par cette résolution, elle questionna :

— A votre avis, Max, que sont devenus les ravisseurs ?

— Pendant que vous couchiez les enfants, Jack Blackmore est venu me voir. Il m'a dit que les villageois quadrillaient la lande et que, si les soldats avaient réussi à s'enfuir, ils les auraient vus. Ces scélérats ont eu ce qu'ils méritaient...

Il hésita une seconde avant d'ajouter :

— L'un des chevaux est rentré directement à Graveney.

— Alors, Lysander était bien coupable, dit Luciana, sourcils froncés.

— Oui. Et il le paiera cher, je vous en fais le serment. Mais d'ici là, je vous défends de l'approcher... Je vous le *défends*, Luciana, c'est bien compris ?

Luciana le regarda et comprit que son apparent despotisme cachait un immense besoin d'être rassuré. La promesse qu'il lui réclamait constituait l'aveu de sa confiance et, indirectement, de son amour.

Emue, elle dit très bas :

— Je vous le promets, Max.

Leurs doigts s'entremêlèrent et, l'espace d'un instant, tous deux furent seuls dans une bulle de tendresse. Puis, effleurant sa joue, Max murmura :

— Vous êtes si belle, ma douce. Si courageuse aussi... Luciana, ma chérie, voulez-vous être ma femme ?

Luciana eut un éblouissement. Tout se brouilla dans son esprit et elle ne put que bredouiller :

— Pour... Pourquoi ?

— Parce que je vous aime ! Oh, Luciana, je vous aime tant que j'ai failli m'enfuir !

— Je ne comprends pas, balbutia-t-elle.

— Non, bien sûr. Mais si je vous expliquais tout, vous me mépriseriez.

— Jamais ! s'écria-t-elle, véhémente.

— Oh si, ma chérie. Depuis le premier regard, nous sommes tombés amoureux l'un de l'autre. Mais c'était un sortilège, Luciana. En réalité, nous nous connaissons à peine.

— C'est sans importance, assura-t-elle, terrifiée à l'idée de le perdre.

Max eut un geste d'impuissance.

— En effet, cela n'a pas d'importance. De toute façon, il est trop tard pour revenir en arrière. Puisque nous ne pouvons vivre l'un sans l'autre, la seule solution est de nous marier, même si c'est une erreur.

— Ce n'est pas une erreur! protesta-t-elle. Nous nous connaissons peu, c'est vrai, mais sans vous, ma vie n'a pas de sens!

— Alors, épousez-moi, Luciana. Mais ne cherchez pas à connaître mon passé, vous seriez déçue.

Luciana secoua la tête.

— Peu m'importe votre passé, Max. Seul l'avenir m'intéresse. *Notre* avenir.

Pour toute réponse, il appuya son front contre le sien et entreprit de recenser les motifs raisonnables qui légitimaient leur mariage.

— Rory souhaitait cette union, affirma-t-il, et je crois pouvoir être un bon père pour vos enfants.

— Vous l'êtes déjà, Max. Et il est évident que Catalina a besoin d'une mère.

Amusée, Luciana sourit. La situation était si absurde! Serrés l'un contre l'autre, tous deux tremblaient d'émoi en essayant mutuellement de se convaincre qu'il s'agissait d'un mariage de raison!

Cependant, songea-t-elle dans un regain d'anxiété, force était d'admettre que la perspective d'épouser un quasi-inconnu n'avait rien de rassurant.

Mais quand Max se pencha pour prendre ses lèvres, ses derniers doutes s'envolèrent et elle sut avec certitude qu'elle était prête à soulever des montagnes pour que, malgré les obstacles, leur mariage soit une réussite. Outre Somerton, Philip et Rory lui avaient légué la force de leur amour. Et c'était cet amour inconditionnel qu'aujourd'hui, elle voulait offrir à Max.

« Après la pluie, le beau temps, lui avait dit lady Deverham avant de la quitter. Gardez confiance en votre bonne étoile, Luciana. »

Et son conseil serait suivi — passionnément.

7.

Tandis que Max retournait au chevet de Catalina, Luciana demeura dans le salon pour réfléchir. Des doutes insidueux l'assaillaient de nouveau, et bien qu'elle s'efforçât de les chasser, une marée d'angoisse montait, s'éloignait, revenait, du plus lointain au plus immédiat d'elle-même.

Depuis sa rencontre avec Max, son existence avait basculé et, dans l'illogisme de son cœur, elle se prenait à regretter sa vie sans Max. Tout était si simple, alors. Oh, bien sûr, une souffrance sourde l'habitait. Mais cette souffrance était devenue familière, elle avait appris à l'apprivoiser. Et pourvu qu'elle occultât son bonheur enfui avec Philip, l'engourdissement affectif dans lequel elle vivait depuis la mort de son mari lui convenait très bien.

A présent, ce fragile équilibre s'était brisé, laissant place à une certitude : sans Max, jamais plus elle ne trouverait la paix. Sa seule chance d'être heureuse, désormais, était de l'épouser et de lutter pour que leur mariage soit une réussite. En était-elle capable ? Mais surtout, en avait-elle le droit ? Depuis son veuvage, elle s'était entièrement consacrée à ses fils. Et rien ne prouvait que ceux-ci approuveraient son remariage...

La réaction de Carlo, en particulier, l'effrayait. Plus secret, plus possessif que Freddie, l'aîné risquait de prendre ombrage de la situation. Qu'il ait de l'affection pour Max était une chose, qu'il l'acceptât comme père adoptif en était une autre. Et le problème inverse se posait pour Catalina. Traumatisée par une enfance chaotique, la fillette restait très farouche. Consentirait-elle à vivre à Somerton ?

A cette pensée, Luciana tressaillit : si elle se mariait, elle devrait quitter Somerton pour s'installer chez Max, dans le Yorkshire. Or, Somerton était *sa* maison. Elle y avait grandi, ses enfants y étaient nés. Jamais elle ne pourrait se résoudre à la quitter, pas plus qu'elle ne supporterait de s'établir avec Max dans le décor où elle avait vécu avec Philip.

Elle en était là de ses réflexions quand Max réapparut.

— Vous semblez songeuse, ma mie, dit-il avec sollicitude en s'asseyant près d'elle.

— Ce n'est rien, murmura Luciana. Je suis un peu lasse, voilà tout.

Elle baissa la tête, et Max la dévisagea avec attention. Que signifiait cette mine triste ? Luciana, soudain, semblait au bord des larmes. A sa connaissance, pourtant, il n'avait rien dit ou fait qui pût la contrarier.

Sauf, bien sûr, lui confesser son amour et son désir de l'épouser.

En silence, Max observa son profil troublé. Quand il l'avait quittée pour se rendre au chevet de Catalina, Luciana semblait heureuse et sereine. Depuis, apparemment, le vent avait tourné...

Prenant sa main, il questionna avec douceur :

— Est-ce à cause de moi que vous êtes triste, Luciana ?

— Non, balbutia-t-elle, honteuse de dévoiler ses états d'âme. C'est... c'est Somerton.

Max tressaillit. Bon sang, comment n'y avait-il pas pensé plus tôt ? Si elle continuait à vivre ici, Luciana n'aurait aucune chance d'exorciser le passé. Mais il ne pouvait pas non plus lui imposer de partir.

Soucieux de la rassurer, il dit gravement :

— Je ne vous demanderai jamais de tout quitter, Luciana. Je sais combien vous êtes attachée à cette maison et je ne vous imposerai pas un tel sacrifice.

Bouleversée, Luciana se tordit les mains. Max était si bon, si généreux. Elle s'en voulait tant de le faire souffrir...

— Oh, Max, je suis navrée, murmura-t-elle. En vérité, je ne puis m'empêcher de...

— De penser à Philip ? Je le sais, Luciana. Et je le comprends, je vous assure. C'est bien le plus terrible, d'ailleurs. Je vous comprends si bien que je ne peux pas vous aider. Je ne peux pas décider à votre place. C'est à vous — à vous seule — de choisir.

Un long silence suivit, coula comme un fleuve qui les enveloppait, les emportait dans ses eaux. Puis Luciana dit d'un ton hésitant :

— Si vous croyez pouvoir supporter de vivre ici, chez Philip...

— Je le supporterai, j'en suis sûr.

« Pour vous, je suis prêt à tout supporter ! » faillit-il ajouter. Mais il se ravisa. En brûlant les étapes, il risquait de tout gâcher.

— Si je tiens tant à rester ici, ce n'est pas seulement par égoïsme, plaida Luciana. Pour moi non plus, ce ne sera pas facile. Mais je dois penser aux enfants. Ils ont déjà tant souffert...

Sa voix se brisa et, bouleversé, Max pressa ses

doigts tremblants. Il brûlait de la prendre dans ses bras, de l'embrasser, mais il se l'interdit. A cet instant, Luciana avait davantage besoin de son amitié que de son amour. La jeune femme restait très attachée à Philip et, dans l'immédiat, seul un mariage de raison lui semblait moralement acceptable.

— N'y pensez plus, dit-il doucement. Luciana, ma chérie, je suis venu ici pour vous protéger, non pour vous tourmenter ! Je souhaite que nous vivions ensemble à Somerton et rendions nos enfants heureux. Mais je ne vous demande rien d'autre, absolument rien. Si vous en décidez ainsi, notre mariage restera blanc.

— Oh, Max...

Luciana le fixa, stupéfaite. Max la désirait, elle en était certaine. Or, pour la garder, il semblait prêt à renoncer à ses droits d'époux. N'était-ce pas là une merveilleuse preuve d'amour ?

Soudain, elle comprit qu'elle n'avait pas le droit d'hésiter. Bien sûr, la vie était dure, sans pitié. Mais elle paraissait plus pénible encore si l'on se privait de la possibilité de ressentir, de goûter, de toucher, si l'on fermait systématiquement la porte au risque, au hasard ou au plaisir.

— Voulez-vous m'épouser, Luciana ? répéta Max d'une voix où l'espoir se teintait d'anxiété.

« Oui, je le veux ! eut-elle envie de crier. Je veux que vous soyez mon amant et mon ami le plus cher. Je veux avoir confiance en vous comme vous aurez confiance en moi. Quoi qu'il m'arrive, je veux pouvoir tout vous dire, tout partager, comme je veux que vous obéissiez au même besoin vis-à-vis de moi. »

— Oui, je le veux, s'entendit-elle répondre plus prosaïquement. Je serai votre femme, Max. Votre femme à part entière.

Et l'éclair de joie, de soulagement, qui passa dans les yeux de Max Rivington fut sa plus belle récompense.

Contre toute attente, les enfants accueillirent la nouvelle avec satisfaction. Ravi, Freddie profita de l'occasion pour se pendre au cou de Max, tandis que Carlo, plus pondéré, méditait un moment avant de rendre son verdict.

— Je suis très content, monsieur, déclara-t-il d'un ton solennel en tendant la main à Max comme un père l'eût fait avec son futur gendre.

Soulagée, Luciana remercia mentalement le Ciel. Les choses se déroulaient au mieux, même si la partie n'était pas encore gagnée pour autant. Contrairement à Freddie, Carlo se souvenait de Philip et n'accepterait sûrement pas sans réticence l'autorité d'un nouveau père. Mais, pensa-t-elle avec optimisme, si Max faisait preuve de patience et de tact — ce dont elle ne doutait pas — tous les espoirs restaient permis.

Ce fut aussi l'avis de lady Deverham qui, après avoir rencontré Max Rivington, se déclara conquise par son humour et sa courtoisie. L'annonce d'un prochain mariage la remplit d'aise, tout comme elle plut à Liam, qui, grâce aux bons soins de Luciana, se remettait de sa blessure.

La seule ombre à ce tableau idyllique restait donc Catalina. Murée dans son angoisse, la fillette s'exprimait peu et se montrait très distante envers Max, qui ne savait plus qu'inventer pour la dérider.

— Depuis l'enlèvement, elle s'est refermée comme une huître, dit-il avec tristesse. Je n'ose lui parler de notre mariage tant je crains sa réaction.

— Mieux vaut ne pas la brusquer, conseilla Luciana. Il faut l'entourer d'affection et attendre un moment propice pour lui annoncer la nouvelle.

L'occasion se présenta la semaine suivante quand, dans un élan de générosité, Carlo offrit l'un de ses jouets à Catalina.

— C'est un petit cheval, expliqua Max. Il est beau, n'est-ce pas ?

Catalina ne répondit pas. Alors, spontanément, Luciana se pencha pour inspecter la statuette. Puis elle dit d'un ton affectueux :

— C'est un cheval, ma chérie. Liam l'avait sculpté pour Carlo quand il avait trois ans. Mais maintenant, il est à toi.

Si Catalina ne comprit pas tout, elle perçut la tendresse de Luciana et se blottit contre elle comme un petit animal craintif. Alors, sans hésiter, la jeune femme la souleva dans ses bras et s'approcha de Max en disant d'un ton enjoué :

— Papa a quelque chose à te dire, ma puce. Quelque chose qui, j'en suis sûre, te fera très plaisir.

La mâchoire de Max se contracta. Il n'avait jamais vu Catalina avec sa vraie mère et brusquement, le remords le torturait. Son égoïsme avait fait de sa fille une orpheline. Jamais il ne remercierait assez Dieu de lui offrir une chance de s'amender.

Délaissant le cheval, il prit l'enfant dans ses bras. Apeurée, Catalina se cramponna au cou de Luciana, mais Max lui caressa les cheveux en disant en espagnol :

— Tu t'amuses bien ici, n'est-ce pas, ma puce ? Je sais que tu aimes beaucoup Luciana, Carlo, Freddie et les chiots. Alors, j'ai pensé que tu serais contente d'habiter Somerton. Et je vais épouser Luciana, pour que nous vivions tous très heureux ensemble. Qu'en penses-tu, mon trésor? Es-tu d'accord pour que Luciana devienne ta maman?

C'était l'instant critique. Il ignorait si Catalina se souvenait de sa mère, ou même si elle l'avait connue. Un tel chaos s'était abattu sur son village natal de Galice quand la cavalerie française avait dévasté la région...

Grièvement blessé, Max avait été recueilli par Antolina, qui l'avait soigné avec dévouement. Peu à peu, leur relation avait pris un tour plus intime et, en quête de réconfort dans ce monde incertain, tous deux étaient devenus amants.

Quand, plus tard, Antolina s'était trouvée enceinte, Max l'avait épousée, puis il était parti rejoindre son régiment à Lisbonne en se promettant de revenir bientôt. Cela n'avait toutefois pas suffi à apaiser sa conscience coupable : au fond de son cœur, il avait toujours pressenti qu'Antolina, bien plus que l'armée britannique, avait besoin de lui.

Hélas, son instinct ne l'avait pas trompé.

Une nuit tragique, Antolina et tous les villageois avaient été massacrés. Tous, sauf Catalina. Un prêtre qui passait par là avait entendu un bébé pleurer près du corps ensanglanté de sa mère et l'avait emmené avec lui pour le confier aux religieuses du couvent San Bernardo. Max ne savait pas quel âge Catalina avait alors, ni ce que sa mère représentait exactement pour elle. Peut-être même la fillette ne gardait-elle aucun souvenir d'Antolina. Et c'était sans doute bien mieux ainsi...

A présent, agrippée au cou de Luciana, Catalina le fixait gravement, méditant longuement les paroles de son père. Puis elle appuya sa joue contre celle de Luciana et sourit.

Bouleversé, Max ne chercha pas à cacher son émotion. Catalina avait adopté sa nouvelle maman. Avec la grâce de Dieu, elle apprendrait à l'aimer lui aussi.

Deux semaines plus tard, Luciana fixait avec un émerveillement teinté d'incrédulité l'anneau d'or qui brillait à son annulaire. Un bel anneau ciselé qui, au terme d'une cérémonie tenue dans l'intimité, faisait d'elle la femme de Max Rivington.

La femme de Max. Ces mots couraient dans son esprit comme un refrain obsédant et leur implication l'emplissait d'un tel émoi que tout son corps tremblait.

— Détendez-vous, ma douce, dit une voix familière dans son dos. Si vous avez sommeil, je suis disposé à attendre. Décidez, ma mie. Je ferai ce qu'il vous plaira.

Dans une sorte de brouillard, Luciana se tourna vers l'homme qui, cette nuit, partagerait sa couche. Cet époux rencontré voilà un mois à peine était devenu le maître de sa destinée.

Tout s'était déroulé si vite...

En un éclair, Luciana se revit, descendant la nef de la chapelle absidiale au bras de Max Rivington, superbe dans son habit militaire pourpre soutaché d'or qui fascinait tant Freddie.

Elle se remémora la pluie de riz jetée par les villageois en liesse, le fervent baiser échangé avec Max. En raison de leur double deuil, ils n'avaient souhaité ni bal, ni banquet, et s'étaient éclipsés sitôt après la messe tandis que lady Deverham ramenait chez elle Carlo, Freddie et Catalina. Au début, Luciana avait désapprouvé l'idée, mais son amie avait insisté. « De jeunes mariés ont besoin d'intimité ! avait-elle décrété. Par ailleurs, vos chérubins ne s'ennuieront pas. Mon petit-fils Anthony sera là pour jouer avec eux. »

Rassurée, Luciana avait accepté. Après la cérémonie, elle avait donc confié les trois enfants aux bons soins de lady Deverham, puis était rentrée à Somerton avec Max en flânant à travers champs. L'automne flamboyait sur la vallée où la blondeur cendreuse des saules adoucissait la rousseur des chênaies, et un soleil radieux brillait dans le ciel, tel un présage de bonheur.

Un bonheur auquel, à présent, Luciana n'osait croire en regardant la vaste chambre tendue de soie bleu lavande qui, autrefois, était le sanctuaire du marquis Charles. De toute sa vie, jamais elle n'avait éprouvé une telle émotion, un tel mélange de peur et de tentation étroitement confondues...

Avec un soupir très doux, elle s'approcha de la cheminée. Le feu était presque éteint et sa chaude douceur odorante l'enveloppait tout entière. Elle eut soudain l'impression de se retrouver au creux d'un berceau, apaisée de tout — sauf de sa lancinante envie de se sentir encore mieux, dans les bras de Max.

Max...

Son regard s'envola vers son mari qui, près de la porte, l'observait en silence. Les longs muscles de ses bras se dessinaient sous le fin coton de la chemise et Luciana éprouva soudain un ardent besoin de toucher sa peau, un désir si violent qu'il lui desséchait la bouche. Elle fit un pas vers lui comme une somnambule.

— Max..., murmura-t-elle.

Un désir fou l'inondait, la laissait alanguie, éperdue. Elle n'était plus rien que ce désir. Et, pour achever de la faire fondre, Max Rivington avait son visage de douceur. Que lui importait, en cet instant, qu'il ne comprît rien aux embarras de son cœur ? Il avait ses yeux d'amour. Ses yeux caressants, ses yeux qui précédaient sa bouche magicienne et ses mains de velours. Fascinée, Luciana pensa si violemment : « Viens, je t'aime ! » qu'elle fut sur le point de le crier.

— Max..., répéta-t-elle parce que, soudain, elle ne savait plus que faire, se sentait perdue dans un climat étrange, irréel.

Dans la suave lumière des bougies, elle se tenait très droite et toute blanche dans sa longue camisole brodée. Ses cheveux blonds coulaient de chaque côté de son visage, comme un flot de miel, elle avait un timide sourire d'offrande aux lèvres et de l'or plein les yeux.

Alors, Max lui sourit avec une infinie tendresse. Figé d'émotion, osant à peine respirer, il la laissa s'approcher à petits pas hésitants. Quand elle s'arrêta devant lui, il ouvrit les bras et les referma sur elle, mû par un instinct magique qui le dépassait.

Et le miracle eut lieu. Leurs corps, qui ne s'étaient pas encore approchés de si près, apprirent d'un seul coup, en une sorte de flamboiement partagé, qu'ils étaient faits pour s'unir et s'aimer.

Lorsque, vaincue, la tête perdue, Luciana se renversa en arrière sur les oreillers, elle avait la grâce furtive d'un vêtement de soie que l'on abandonne.

Et tout comme leurs corps durant cette nuit de noces, leurs âmes s'enlacèrent dans une même oraison.

8.

Durant la semaine qui suivit, Luciana vécut sur un nuage. L'allégresse irradiait ses yeux brillants, nimbait ses traits d'espérance, la transfigurait. Elle était gaie, elle vivait ; la flamme de sa joie, et la fabuleuse richesse que cette joie répandait en elle la transformaient, faisaient d'elle un être neuf.

Depuis son mariage, elle avait l'impression de renaître dans un univers inconnu, prometteur, plein de merveilles offertes qu'il lui fallait découvrir peu à peu. Sereine et légère, son âme vagabondait dans les sphères éthérées d'une nuit lumineuse qui semblait ne devoir jamais prendre fin.

— Vous brillez comme une étoile ! lui dit Bess Blackmore. Jamais vous n'avez été aussi resplendissante.

Le miroir lui donnait raison.

Les soins amoureux que Max Rivington lui prodiguait exaltaient sa beauté. Ses yeux se cernaient de mystère, sa bouche meurtrie de baisers paraissait une invite et l'on avait l'impression de surprendre de voluptueux secrets en suivant sa démarche, auquel le bonheur d'être imprimait un balancement nouveau.

Un matin où tous deux gisaient sur un rivage de

béatitude, ivres de fatigue et de plaisir mêlés, Luciana déclara d'un ton rêveur :

— Oh, Max, tout est si merveilleux, si parfait depuis notre mariage. Croyez-vous qu'il en sera toujours ainsi ?

La gravité de Max la surprit quand il répondit :

— Oui, si nous le voulons vraiment.

Luciana méditait ces paroles quand, une heure plus tard, comme elle descendait l'escalier, son regard tomba sur le portrait de Philip accroché au mur. Un trouble violent la saisit, dont elle se défendit aussitôt. « Philip serait heureux pour moi, se répéta-t-elle. Il ne m'en voudrait pas de l'avoir un peu oublié. On ne refait pas sa vie, on la continue. Et Philip le comprendrait, j'en suis sûre. »

Oppressée, Luciana s'accrocha à cette pensée rassurante comme à une bouée de sauvetage. Au temps de l'euphorie succédait celui de l'organisation. Elle devait rencontrer le notaire et notifier son changement de statut. Il fallait signer des papiers, réviser le testament, l'acte de tutelle de ses enfants. *Leurs* enfants, rectifia-t-elle aussitôt. Car à présent, tous les cinq formaient une vraie famille.

Déchirée entre des sentiments antagonistes, la jeune femme s'assit sur la terrasse. Soudain, l'air lui manquait, une peur diffuse, instinctive, lui serrait le ventre. Que voulait-elle ? Que ne voulait-elle pas ? Ses pensées se tordaient en elle et sifflaient comme un nœud de vipères.

Voilà des années qu'elle gérait Somerton toute seule, et force était d'admettre qu'elle répugnait à abandonner ses prérogatives. N'était-elle pas déjà trop dépendante de son nouveau mari ? Max détenait sur elle un indéniable pouvoir sensuel, et tout laissait à craindre qu'il souhaitât encore étendre son empire.

Parvenue à cette conclusion, Luciana exhala un soupir frustré. Son ignorance des projets de Max sur un sujet aussi essentiel lui rappelait insidieusement que tous deux se connaissaient bien mal...

Elle en était là de ses réflexions quand son mari vint la rejoindre sur la terrasse. Gênée, Luciana feignit de s'absorber dans la contemplation du parc, mais Max ne fut pas dupe. Il la questionna d'emblée :

— Que se passe-t-il, Luciana ?

Puis, aussitôt :

— Je crois que j'ai trouvé ! La belle châtelaine de Somerton se demande avec effroi quand son ogre de mari va la croquer !

Luciana piqua un fard. Max, décidément, était beaucoup trop perspicace à son goût !

— Ne dites pas de sottises ! protesta-t-elle. Ce n'est pas du tout cela !

— Je suis sûr que si. Vous craignez que j'abuse de mes nouveaux pouvoirs. Mais, en y réfléchissant, vous verrez que cela n'a pas de sens. Comment pourrais-je prétendre régir le domaine sans la moindre notion de gestion ? Je vous rappelle que mes compétences se bornent à manier le fer et à dresser des campements de fortune !

— Mais...

— Si vous y tenez, dit-il plaisamment, je veux bien m'occuper des moissons. Mais cela risque de se révéler laborieux. De loin, je sais tout juste reconnaître un champ de maïs !

Luciana fronça les sourcils. Comme Rory et Philip, Max possédait l'art de tourner en dérision les sujets les plus graves. C'était horripilant !

— Ce n'est pas drôle ! s'écria-t-elle. Oh, Max, ne pouvez-vous donc pas rester sérieux une seconde ?

— Mais je *suis* sérieux, Luciana. Croyez-vous qu'il me soit agréable d'avouer mon insuffisance ? Et pourtant, il faut être lucide. Je refuse de m'attribuer des capacités imaginaires, et je suivrai scrupuleusement vos conseils, dans l'intérêt de Somerton comme dans celui de Rivenal. Car depuis notre mariage, nos deux domaines ne font plus qu'un. N'est-ce pas formidable ?

« Il essaie de détourner la conversation, songea Luciana. Chaque fois qu'un sujet l'embarrasse, il se dérobe. N'a-t-il pas toujours refusé d'évoquer son passé ? »

Refoulant sa déception, elle murmura :

— Max, à propos de Rivenal... Ne pensez-vous pas qu'il faudrait écrire à votre père pour lui annoncer notre mariage ?

Max se raidit.

— Cela ne l'intéressera pas, dit-il sèchement.

— C'est possible, mais ce serait plus courtois... Oh, Max, ne me regardez pas de cet air furieux !

— Si je comprends bien, vous voudriez qu'après toutes ces années de séparation, je joue les fils vertueux ?

— Oui, Max. Il faut pardonner à votre père. Pour que, contrairement à lui, vous n'ayez jamais rien à vous reprocher.

— Lord Rivenal n'a rien à se reprocher, dit-il d'un ton bref. Il a fait de son mieux.

— C'est faux ! s'écria Luciana, véhémente. Quand je pense à ce que vous avez subi, cela me met en colère.

Touché, Max caressa sa joue.

— Pourquoi, Luciana ? Pourquoi prenez-vous toujours mon parti ?

« Parce que je vous aime ! » eut-elle envie de crier. Mais sa pudeur l'en empêcha. A quoi bon formuler une évidence ?

— J'agirais ainsi pour n'importe qui, répondit-elle évasivement. Je ne supporte pas qu'on maltraite un enfant.

— Je n'ai pas été maltraité, Luciana. En tout cas, pas au sens propre. On ne m'a jamais battu et je mangeais à ma faim.

Sa mâchoire se contracta et, bouleversée, Luciana éprouva le désir forcené de le prendre dans ses bras. Mais elle se l'interdit. Même si elle pressentait que Max ne l'aurait pas repoussée en un tel moment, elle savait aussi que la fierté nous retient de révéler nos plus amers secrets et que l'orgueil viril demande toujours à être ménagé.

— Comment avez-vous fait pour partir, Max ? s'enquit-elle doucement. Si vous ne sortiez jamais, comment pouviez-vous imaginer à quoi ressemblait le monde extérieur ?

— J'avais un précepteur, le fils cadet d'un militaire trop pauvre pour lui acheter sa commission. Il rêvait de devenir soldat et ne supportait pas de devoir jouer les professeurs. Il m'en parlait sans cesse. J'avais l'âge de Carlo quand il est arrivé à Rivenal et, grâce à ses récits, mon horizon s'est élargi. J'ai compris qu'au-delà de Rivenal, il existait un univers passionnant, plein de richesses à découvrir. Comme précepteur, il ne m'a pas appris grand-chose, et pourtant je lui dois tout. Il m'a rendu l'espoir.

« Et condamné à une vie d'enfer », pensa Luciana. Car l'existence d'un soldat était-elle vraiment préférable à celle du dandy que Max aurait pu devenir ?

Mais, songea-t-elle aussitôt, la question ne se posait pas. Max ne ressemblait pas à Lysander. Il était trop épris d'absolu pour se satisfaire d'une vie oisive.

— Et même avec le recul, vous ne regrettez rien ? insista-t-elle.

— Non. Entre autres vertus, l'armée m'a appris l'humilité. Jusque-là, je me prenais pour le nombril du monde. Tout tournait autour de moi, j'étais couvé, étouffé. En Inde, aux Amériques, je ne bénéficiais d'aucune faveur. Pour qu'on ne me retrouve pas, je m'étais engagé sous une fausse identité. Je vivais donc comme un simple soldat. Au début, je l'ai très mal supporté. Puis on m'a mis au pas, au propre comme au figuré !

Il marqua une pause avant de conclure :

— A ma majorité, libéré de la crainte que mon père m'oblige à rentrer, j'ai révélé ma véritable identité. Je n'étais pas stupide au point de vouloir rester troufion toute ma vie, mais je suis heureux d'être passé par là. C'est en faisant mes classes que j'ai appris à encadrer et commander des hommes.

Luciana le considéra, émue. Malgré sa réussite, Max doutait toujours de lui. Et c'était l'une des raisons qui le lui rendaient si cher...

— Oh, Max, protesta-t-elle, cela vous était naturel. Le charisme ne s'apprend pas. On le possède dès le départ.

— Petite flatteuse ! dit-il en souriant.

— Pas du tout. J'énonce la stricte vérité. D'ailleurs, ajouta-t-elle d'un ton malicieux, ne m'y étais-je pas engagée en prononçant mes vœux nuptiaux ?

— Hum, c'est vrai ! Et si mes souvenirs sont bons, vous avez aussi promis de m'honorer et me chérir, dit-il en se penchant pour prendre ses lèvres.

⁂

Le lendemain, lady Daverham ramena les enfants à Somerton à la grande joie de tous. Une semaine s'écoula dans l'allégresse. Heureux d'avoir enfin conquis l'amour de sa fille — Catalina ne perdait pas une occasion de se percher sur ses genoux — Max se sentait pousser des ailes. L'état de sa jambe s'était sensiblement amélioré et il ne boitait presque plus. Quant à Luciana, elle rayonnait comme si une inépuisable fontaine de champagne faisait pétiller son regard. La jeune femme éprouvait l'impression délicieuse d'être l'héroïne d'un conte de fées qui durerait toujours.

Tout se gâta un soir, alors que Max jouait avec les enfants. Les entendant rire, Luciana accourut dans le salon — pour recevoir Freddie dans ses bras. Pourchassé par Catalina, le garçonnet se pendit au cou de sa mère et fit un joyeux pied de nez à la petite fille.

— Oh, que tu es lourd ! s'écria Luciana en riant. Qui peut me débarrasser de ce gros bêta ?

Carlo voulut s'élancer à sa rescousse, mais Max le devança. Soulevant Freddie, il le fit tournoyer dans les airs avant de le déposer à terre. Mal lui en prit : Carlo recula, la mine fermée. C'était lui qui, *avant*, volait au secours de sa maman. Mais à présent, elle n'avait plus besoin de lui...

Luciana surprit le regard furieux qu'il décocha à Max et sa joie s'évanouit d'un coup. Autour d'elle, le décor s'était assombri, comme si un vent froid en avait dispersé l'enchantement et soufflé les lumières. Elle avait toujours craint de voir Carlo éprouver de la jalousie envers Max. Et il semblait bien, hélas, que son appréhension fût fondée...

La jeune femme ignorait que Max avait lui aussi perçu l'hostilité de l'enfant. Il en devina la raison et maudit sa maladresse. Craignant cependant d'aggraver les choses, il ne fit aucun commentaire et feignit de n'avoir rien remarqué.

Dès lors, pourtant, il se montra moins naturel, moins spontané avec Carlo qui, de son côté, s'ingénia à l'éviter le plus possible.

Témoin d'un conflit qu'elle redoutait, Luciana assista avec une impuissance navrée à la dégradation de leurs relations. Une dégradation larvée car, peu expansifs de nature, Carlo et Max ne se disputaient pas. Mais la politesse formelle qu'ils se témoignaient lui faisait plus mal que les pires injures.

Une semaine morose s'écoula. Les pensées de Luciana n'étaient plus qu'incertitude et une immense confusion l'habitait. Il lui semblait avancer à tâtons dans un long tunnel jalonné d'aspérités auxquelles elle se déchirait. Alors même qu'elle croyait s'en être libérée, les images obsédantes de son bonheur enfui avec Philip revenaient la hanter, insinuant leurs tentacules au fond de son âme.

« Je suis trop exigeante, pensa-t-elle une nuit où le sommeil la boudait. Max m'a déjà tant donné ! Si, au lieu de fuir les problèmes, j'essayais de mieux les analyser, tout s'arrangerait peut-être. »

Alors, un voile se déchira soudain devant ses yeux. Même si elle avait du mal à l'accepter, Philip était la seule personne qui pût l'aider à résoudre ses difficultés. Mais à cela, il existait une condition : qu'elle cessât d'idéaliser leur relation. Qu'au lieu de se souvenir uniquement des bons moments, elle consentît à se remémorer aussi leurs querelles. Car celles-ci n'avaient pas manqué ! Et pourtant, leur mariage avait résisté.

« C'est cela, la vie, songea-t-elle, rassérénée. Personne n'est heureux tout le temps. Le bonheur n'est pas un dû, il se mérite. Pour l'obtenir, il faut surtout ne jamais baisser les bras. »

Ce fut sa dernière pensée avant que le sommeil l'emporte.

Quand elle s'éveilla, tard le lendemain matin, elle était seule dans le lit. Elle sonna aussitôt sa chambrière, qui lui apporta son petit déjeuner. A côté de la théière, la jeune femme aperçut des biscuits et soudain, le remords l'assaillit. Elle avait complètement oublié son rendez-vous matinal avec Carlo !

Honteuse, elle repoussait sa couverture quand un pas trottinant dans le couloir l'avertit que son fils, lui, avait bonne mémoire. Le garçonnet entra en trombe dans la chambre, se prit les pieds dans le tapis et, au grand amusement de Luciana, atterrit directement sur le lit.

« Dieu soit loué, Max n'est pas là », pensa-t-elle en embrassant Carlo. Mais très vite, elle comprit qu'il ne s'agissait pas d'un hasard. D'une façon ou d'une autre, son mari avait découvert leur rituel et, avec son tact coutumier, il s'était arrangé pour les laisser seuls.

Rassurée, elle fit asseoir Carlo près d'elle et installa le plateau devant eux.

— Ah, mes gâteaux préférés ! s'écria l'enfant. Ceux avec des jolies noisettes !

— Ce sont des amandes, gros nigaud ! Et si, pour une fois, tu pouvais éviter de mettre des miettes partout...

— Pardon ! dit Carlo en engloutissant un second biscuit.

L'enfant semblait détendu, il avait le sourire. Sans doute se réjouissait-il de pouvoir profiter seul à seule de sa maman, un plaisir dont il avait été frustré ces derniers temps.

Le sentant apaisé, Luciana respira mieux. Son fils était si sensible, si émotif. Elle devait lui parler de Max, mais il convenait d'amener le sujet prudemment.

Fidèle à sa stratégie, elle prononça la phrase rituelle.

— Est-ce que Freddie a été sage, ce matin ?

— Oh, comme il vient juste de se lever, il n'a pas encore eu le temps de faire des bêtises... mais ça va venir ! conclut Carlo avec fatalisme.

— C'est probable, en effet. Mais en ce moment, je ne veux pas être trop sévère avec lui. C'est encore un bébé et ce n'est facile pour lui d'avoir une nouvelle sœur. Et un nouveau papa.

Comme elle le prévoyait, Carlo se raidit à ces mots et le cœur de Luciana se serra. Mais il était grand temps de crever l'abcès...

— Freddie n'a pas connu papa, reprit-elle stoïquement. Depuis sa naissance, il a toujours vécu entre Liam, toi et moi. Voir de nouveaux visages l'a complètement désemparé. Pour Catalina, c'est encore pire car elle ne comprend pas notre langue. Heureusement, grâce à toi, elle s'est vite acclimatée.

C'était la vérité, Carlo le savait bien. Son amitié était d'un soutien précieux pour la petite fille.

— Je t'ai déjà raconté mon arrivée à Somerton, reprit Luciana. J'avais peur, moi aussi, mais papa s'est montré très gentil avec moi. Il m'a protégée, comme il l'a fait toute sa vie durant. Et je n'ai jamais été aussi heureuse qu'à cette époque — jusqu'à maintenant.

C'était le moment fatidique, celui où elle risquait de heurter son fils.

— Maintenant, Carlo, enchaîna-t-elle, il faut m'écouter attentivement, car je vais t'avouer quelque chose que je n'ai jamais dit à personne. Depuis la mort de papa, je me sentais très seule. Bien sûr, je vous avais, Freddie et toi, mais vois-tu, les grandes personnes ont besoin d'avoir des amis de leur âge. Maintenant, j'en ai un... Est-ce que tu comprends ?

Le silence de Carlo la glaça. Pourquoi l'enfant ne réagissait-il pas ? Des pleurs, des cris, tout eût été préférable à ce mutisme dans lequel il s'enfermait.

— J'avais besoin de quelqu'un pour avoir ces conversations de grandes personnes qui t'ennuient tant ! poursuivit-elle. A certains moments, j'étais malheureuse et...

— Mais moi, maman, je peux vous rendre heureuse ! s'écria Carlo.

— Je le sais, mon chéri. J'ai toujours été fière de toi, et je le serai toute ma vie. Mais le jour viendra où tu t'attacheras à quelqu'un d'autre...

— *Non* ! cria-t-il, au bord des larmes. Jamais ! *Jamais* !

— Si, dit Luciana, très émue, en caressant ses boucles brunes. C'est normal, mon chéri, cela arrive à tout le monde. Mais, justement parce que nous nous aimons tellement fort, tous les deux, tu t'en voudras de partir — sauf si tu sais que quelqu'un d'autre m'aime et veille sur moi. Et ce quelqu'un existe, désormais...

— C'est lord Rivington? s'enquit jalousement Carlo.

— C'est lord Rivington, oui, confirma Luciana, un peu déconcertée par l'amertume qui perçait dans la voix de l'enfant.

Elle n'avait jamais réfléchi à la façon dont elle souhaitait que ses fils considèrent Max. Aurait-elle aimé qu'ils l'appellent papa ? Pour sa part, en tout cas, elle eût été ravie que Catalina l'appelle maman, mais rien ne prouvait que Max le souhaitât. Il ne parlait jamais de la mère de Catalina, mais sans doute l'avait-il profondément aimée pour continuer, des années après, à se reprocher sa mort. Chaque fois qu'elle tentait d'aborder le sujet, toutefois, Max se refermait comme une huître, et il devenait impossible de deviner ses sentiments.

En cet instant, en revanche, les sentiments de Carlo étaient transparents. Le garçonnet grignotait des biscuits et sa tension se dissipait peu à peu. Pour la première fois, il admettait que sa mère avait peut-être raison.

— Je t'en prie, Carlo, reprit Luciana avec douceur, accepte que lord Rivington m'aime aussi. Un jour, tu comprendras ce qu'il a fait pour moi, pour nous tous. Veux-tu bien essayer d'être gentil avec lui, mon chéri, même si, au début, ce n'est pas toujours facile ? Tu sais bien que, depuis que lord Rivington est ici, Freddie et toi, vous vous amusez bien plus qu'avant. Avec moi, vous n'auriez jamais joué au cricket ni grimpé aux arbres !

Elle s'interrompit, les larmes aux yeux. Comment expliquer à un enfant de cet âge qu'on peut pleurer de joie et de regret en même temps ? Bien sûr, Carlo ne reverrait jamais son vrai père. Mais si, grâce à Max, il pouvait vivre une enfance normale, ce serait déjà merveilleux !

Un long silence s'écoula. Carlo réfléchissait, visiblement fier de la confiance que lui témoignait sa maman en lui parlant comme à un adulte et soucieux de se montrer à la hauteur. Mais soudain, son âme d'enfant sembla reprendre le dessus lorsqu'il demanda, les yeux brillants :

— Vous croyez qu'il m'emmènera à la chasse ? Et qu'il m'autorisera à faire des choses que Liam m'interdisait ?

— Cela dépend. Si tu entreprends de couper les cheveux de Freddie, comme l'an dernier, Max se fâchera exactement comme Liam !

— Oui, bien sûr... mais si je suis raisonnable ?

— Alors, il jouera volontiers avec toi. Tu pourras aussi l'aider à empêcher Freddie et Catalina de faire des bêtises. Vous ne serez pas trop de deux !

Et le rire joyeux de Carlo lui indiqua qu'elle venait de remporter sa plus belle victoire.

Le jour même, en effet, la relation de Max et Carlo s'améliora sensiblement. Le garçonnet fit un louable effort pour vaincre ses réticences et, soulagé, Max n'hésita plus à le taquiner. La normalisation de leurs rapports ôta un grand poids à Luciana, qui connut de nouveau une période d'euphorie. Elle avait un mari merveilleux, des enfants adorables et, désormais, plus rien ne pouvait ternir leur bonheur.

Tout se gâta pourtant quand, un après-midi, alors qu'ils rentraient de promenade, Liam leur annonça une mauvaise nouvelle.

— Un messager est venu de Rivenal, milord, expliqua-t-il à Max. Votre père est malade et souhaite vous parler d'urgence.

— C'est donc si grave ? s'enquit Max, hésitant.

Luciana comprit qu'il ne savait comment réagir. En proie à une violente lutte intérieure, son mari ignorait ce qu'il devait faire et, plus encore, ce qu'il *voulait* faire. Il pressentait seulement que — chose fâcheuse — les deux ne coïncidaient pas.

Devant son indécision, elle crut bon d'intervenir.

— Ne vous retardez pas, Max, conseilla-t-elle. Partez tout de suite, je vous ferai envoyer vos affaires...

— Non, coupa-t-il sèchement. Je n'irai pas.

Devant sa froideur, Luciana eut l'impression de recevoir une gifle. Tout allait si bien entre eux... Or, brusquement, Max redevenait distant, inaccessible. Comme si la seule évocation de Rivenal avait le pouvoir de tout gâcher. « Maintenant qu'il connaît les joies de la vie de famille, pensa-t-elle, ses souvenirs d'enfance lui sont encore plus douloureux. Son attachement pour Somerton lui rend Rivenal d'autant plus odieux. »

— Je n'irai pas, répéta-t-il, péremptoire. Mon père et moi, nous nous sommes déjà tout dit.

Luciana fronça les sourcils. Max ne comprenait-il donc pas que seule une réconciliation avec son père lui permettrait de trouver enfin la paix ? Revoir lord Rivenal sur son lit de mort était certes pénible. Mais le perdre sans lui avoir parlé serait bien pire encore...

— Vous ne vous êtes rien dit du tout ! rétorqua-t-elle. Et il est grand temps que cela change !

« Soyez courageux, Max, disaient clairement ses yeux. Vous ne pouvez pas toujours fuir les difficultés ! »

Max déchiffra leur message silencieux et, furieux de sa propre lâcheté, dit d'un ton agressif :

— Pourquoi irais-je là-bas ? Sous prétexte qu'un vieil homme que je connais à peine et qui ne m'a jamais témoigné la moindre affection est en train de mourir, je dois courir ventre à terre à son chevet? C'est absurde! Je...

— Non, ce n'est pas absurde! Imaginez qu'il meure et que vous appreniez ensuite qu'il voulait vous demander pardon? Il serait trop tard, alors, pour regretter. Vous l'avez dit vous-même, c'est un vieil homme. Pourquoi ne pas lui donner une chance de mourir en paix?

Max la fixa, un reflet sauvage dans les yeux. Ses narines palpitaient, la chair de ses joues paraissait comme creusée de l'intérieur.

Pourtant, Luciana s'interdit de faiblir. Quitte à s'attirer ses foudres et à ruiner leur fragile accord, elle avait le devoir d'exprimer ses pensées. C'était là un risque qui méritait d'être pris et dont, lui semblait-il, Max la remercierait un jour.

Mue par cette certitude, elle ne broncha pas quand Max lui tourna brutalement le dos pour rejoindre les écuries.

Elle n'essaya pas non plus de le retenir lorsque, peu après, il quitta Somerton au galop.

Ce fut seulement plus tard, alors qu'elle méditait dans le salon, qu'un grand froid l'envahit. Elle n'était la femme de Max que depuis trois semaines et il lui semblait qu'une vie entière ne suffirait pas à harmoniser leurs rapports.

Contre toute attente, pourtant, Max revint apaisé de Rivenal, et la fougue avec laquelle il enlaça Luciana prouva mieux que des mots combien elle lui avait manqué.

— Oh, ma chérie, pourrez-vous jamais me pardonner? murmura-t-il en la serrant contre lui. J'ai été si odieux, l'autre jour. En réalité, j'étais furieux contre moi, mais plutôt que de l'admettre, je me suis fâché contre vous.

— Ce n'est rien, dit Luciana en souriant. Moi aussi, Max, j'ai des excuses à vous faire. Je...

— Des *excuses* ? Pourquoi ? C'est moi qui me suis montré stupide. Vous aviez parfaitement raison, au sujet de mon père.

— Comment va-t-il, Max ? s'enquit-elle anxieusement. Il n'est pas trop malade, j'espère ?

— Il est surtout très faible. Cela dure depuis longtemps, mais il ne m'en avait rien dit. Je le regrette, d'ailleurs.

— Vraiment ?

— Oui, ma mie, vraiment. Oh, certes, il n'y a pas eu de miracle. On ne peut pas rattraper des années en quelques heures. Mais à défaut de nous aimer, nous nous comprenons mieux désormais. Et c'est déjà très bien.

Luciana acquiesça, émue. Si, comme elle le présumait, lord Rivenal était aussi têtu que son fils, trouver un terrain d'entente avait dû relever de la gageure !

— Et pour Catalina ? questionna-t-elle. Comment a-t-il réagi ?

— Etonnamment bien. Il semble accepter le fait que j'aie dû épouser Antolina...

« Quel joli prénom, pensa Luciana. Mais pourquoi Max avait-il *dû* épouser Antolina ? » Dans l'immédiat, c'était sans importance. Mais, un jour, il faudrait bien aborder le sujet.

— Consent-il à voir Catalina ? dit-elle prudemment.

— Oui, il a hâte de la rencontrer. Et vous aussi,

ma chérie. Notre mariage a paru lui faire plaisir. « C'est une jeune femme douce et tranquille », m'a-t-il affirmé. Entre nous, je me demande qui lui a raconté cela ! Car à mes yeux, conclut-il d'un ton malicieux, vous ressemblez davantage à un volcan !

Il l'étreignit en riant et une joie fraîche comme une eau de source inonda Luciana. Elle venait de connaître les affres de la souffrance et du doute, éternel combat entre l'amour et le devoir. Mais elle en sortait victorieuse, submergée d'allégresse.

Une allégresse qui atteignit son paroxysme quand, quinze jours plus tard, des nausées matinales lui firent supposer qu'elle était enceinte. Ravie, la jeune femme choisit cependant de taire son secret. Avant d'annoncer la nouvelle à Max, elle préférait être sûre de sa grossesse. A quoi bon lui donner une fausse joie ?

Une semaine s'écoula dans la plénitude. Luciana se sentait sereine, délicieusement légère, telle une île chauffée par le soleil et baignée par un océan de béatitude. Séchées les larmes, balayés les doutes. Elle avait épousé un homme merveilleux et l'enfant à venir symbolisait leur plus belle promesse de bonheur, l'arc-en-ciel après la pluie...

Un destin cruel, hélas, allait en décider autrement.

Le jour même où Luciana avait résolu d'annoncer sa grossesse à Max, une nouvelle tragique tomba : lord Rivenal était mort d'une attaque cardiaque.

Au début, Max refusa d'y croire. Alors même qu'il découvrait son père et espérait, sans oser se l'avouer, renouer avec lui, son beau rêve s'envolait.

— Je suis navrée, Max, murmura Luciana. Tellement navrée, si vous saviez...

Le cœur serré, elle assista au départ de son mari en

déplorant de ne pas trouver les mots justes pour le réconforter. Elle aurait tant voulu l'aider, alléger sa peine. Mais elle était bien placée pour savoir qu'un deuil se vivait dans la solitude. L'écroulement d'un rêve était toujours très douloureux, et Luciana ne doutait pas que, malgré ses dénégations, Max avait espéré. Il avait rêvé de présenter Catalina à son grand-père et de voir pour la première fois une lueur d'émotion s'allumer dans les prunelles du vieil homme. Désormais, cette joie lui était refusée...

Elle tirait ce triste constat quand Carlo, Freddie et Catalina la rejoignirent.

— Qu'y a-t-il, maman ? s'enquit Freddie, inquiet, en la voyant essuyer une larme.

Luciana l'attira dans ses bras. Elle n'avait jamais menti à ses enfants et n'entendait pas commencer aujourd'hui.

— Quelque chose de très triste vient d'arriver, expliqua-t-elle. Le papa de Max est mort et Max a beaucoup de chagrin.

La réaction de Carlo lui prouva que, malgré une jalousie latente, l'enfant était déjà très attaché à son nouveau père.

— Le pauvre, murmura-t-il. Je suis désolé pour lui.

Percevant la tension ambiante, Catalina, pour sa part, zézaya en suçant son pouce :

— Moi, ze ne veux plus de choses tristes ! Ze veux des choses gaies !

Alors, Luciana songea à l'enfant qu'elle attendait. Un être mourait, un autre allait naître. C'était la roue immuable de la vie.

Rassérénée, la jeune femme s'exhortait à l'optimisme quand un crissement de roues dans l'allée capta son attention. Elle fit volte-face — et pâlit. Ce phaéton, elle l'eût reconnu entre mille... C'était celui de Lysander !

9.

— Je croyais vous avoir demandé de ne jamais revenir ici, Lysander, dit froidement Luciana. Me serais-je mal exprimée ?

Après avoir confié les enfants à leur nurse, elle s'approcha de son ennemi avec un seul projet en tête : le congédier sans délai. Elle avait déjà assez de soucis sans devoir, en plus, traiter avec son odieux cousin !

Mais Lysander eut un sourire suave en répliquant :

— Au contraire, ma chère, vous avez été très claire. Seulement voilà, je n'aime pas rester à l'écart.

— Peu m'importe ce qui vous plaît ou non ! s'écria Luciana, à bout de nerfs. Vous êtes indésirable dans cette maison, un point c'est tout ! Compte tenu des circonstances, je trouve votre intrusion aussi grossière que malvenue — car vous n'ignorez sûrement pas que nous sommes en deuil.

— En effet, ma cousine. Et, vous sachant dans la détresse, j'ai décidé de vous rendre un service. N'est-ce pas là une démarche louable ?

Une note de menace perçait dans sa voix, qui alarma Luciana. Quel plan machiavélique ce gredin ourdissait-il encore ?

— Je viens d'apprendre la mort de lord Rivenal,

reprit Lysander. Et je m'inquiète des ragots que ce décès ne va pas manquer de susciter.

— *Quels* ragots ? s'enquit Luciana, sur la défensive. Pourquoi les villageois jaseraient-ils ?

Lysander eut un rire perfide.

— Fi donc, ma chère ! Ne trouvez-vous pas étrange qu'un roc comme lord Rivenal décède précisément au moment où son fils rentre au bercail ? Il est des coïncidences troublantes, j'en conviens, mais à ce point... Tous ces morts, en si peu de temps ! Philip, d'abord, puis Rory, et enfin lord Rivenal. Vous avouerez qu'il y a là de quoi s'interroger !

Il plissa les yeux, guettant la réaction de son interlocutrice, et le ciel s'abattit sur Luciana. Pour se venger d'elle, Lysander allait propager le bruit selon lequel Max Rivington était responsable de la mort de Philip. C'était ignoble, inqualifiable !

Après un instant de panique, la jeune femme s'exhorta au calme. Si elle laissait sa panique transparaître, Lysander en profiterait pour la torturer. Elle devait être forte, ne donner aucune prise à cet odieux chantage.

Pointant le menton, elle riposta avec mépris :

— Vous êtes fou, Lysander ! Complètement fou d'imaginer une seule seconde que...

— Que les villageois puissent être, disons... incités à penser que la mort de mes cousins n'est pas accidentelle ? Pourtant, ma chère cousine, ces mêmes gens voient bien que vous êtes très proche de lord Rivington. Trop proche, même, pour le connaître depuis aussi peu de temps. Supposez que, par inadvertance, ils apprennent que votre rencontre date d'*avant* la mort de Philip ? Et que, par conséquent, la disparition de mon cousin n'est peut-être pas si fortuite que cela ?

Luciana resta muette, livide. Elle avait l'impression de vivre un cauchemar. Comment son cousin osait-il proférer pareilles ignominies ?

— Les rumeurs sont pernicieuses, poursuivit Lysander sur sa lancée. Même si l'on en rit, il en reste toujours quelque chose. Comme dit le proverbe, il n'y a pas de fumée sans feu ! Et, dans votre cas, ce sera d'autant plus vrai que votre fils aîné ressemble de façon frappante à lord Rivington. De là à en tirer des conclusions, il n'y a qu'un pas !

Luciana fronça les sourcils. Carlo, en effet, ressemblait à Max Rivington. Et cela n'avait rien d'étonnant puisque, ainsi qu'elle l'avait récemment découvert, la grand-mère de Max et le père du marquis Charles étaient frère et sœur. Mais Lysander avait raison. Une rumeur, aussi stupide fût-elle, laissait toujours des traces. Surtout dans un petit village à l'affût du scandale...

Ecœurée, la jeune femme réfléchit très vite. Aussi ambitieux soit-il, Lysander ne pouvait espérer usurper le titre de Carlo. Aucun tribunal au monde ne ferait de lui le marquis de Standish. Son chantage visait donc à obtenir autre chose — mais quoi ?

— Que voulez-vous, Lysander ? questionna-t-elle froidement. De l'argent ?

Son cousin se rembrunit et Luciana comprit qu'elle avait deviné juste. Habitué à mener grand train, Lysander vivait largement au-dessus de ses moyens et était pourchassé par ses créanciers.

— Combien vous faut-il ? insista-t-elle.

Lysander parut déconcerté par cette question, sans doute trop directe à son goût. Il répondit néanmoins sans se troubler.

— Ma foi, commença-t-il, trois mille livres seraient...

— Les bienvenues ? dit Luciana avec ironie. Je n'en doute pas mon cousin ! Malheureusement, je ne dispose pas de cet argent.

Lysander fronça les sourcils.

— Fi donc ! Les Standish sont riches comme Crésus !

— Certes, mais jusqu'à la majorité de Carlo, c'est mon mari qui gère cette fortune. Il est le tuteur légal de mes enfants. Ne me dites pas que vous l'aviez oublié ! Cependant, enchaîna-t-elle en hâte, j'ai une autre idée. Je possède un collier de perles qu'un Médicis avait offert à l'un de mes aïeux. En le vendant, je devrais en tirer une belle somme.

Tout en parlant, elle s'exhorta au courage. Peu importait que ce bijou soit son dernier lien avec ses ancêtres italiens. Elle devait penser à ses fils, rien qu'à ses fils. Lysander ne saurait jamais combien il lui en coûtait de vendre ce collier.

— En retour, conclut-elle d'un ton impérieux, je veux que vous quittiez le pays pour toujours. Il paraît qu'avec un peu d'argent, l'Amérique offre de grandes possibilités. A moins que vous ne préfériez quelque lointaine colonie...

— Si je comprends bien, vous exigez que je quitte Somerton ?

— Absolument. Revenez me voir dans une semaine, je vous donnerai l'argent. Je suis sûre qu'en votre absence, conclut-elle avec une certaine malice, Max se fera un plaisir d'affermer vos terres. Quant à Antigone, n'ayez crainte : nous en prendrons grand soin !

Et elle rit, oubliant que, même vaincu, son cousin restait dangereux. En cet instant, Luciana n'aspirait qu'à une chose : éconduire Lysander et attendre tranquillement chez elle, entourée de ses enfants, le retour de l'homme qu'elle aimait.

C'est alors qu'une pensée déplaisante l'assaillit. Pour la première fois, elle allait devoir mentir à Max et cette idée lui répugnait. Toutefois, elle s'efforça de se raisonner : elle n'avait pas le choix. Son mari avait déjà bien assez de soucis sans qu'elle l'importune avec cette sordide affaire !

Congédiant Lysander, Luciana gravit le perron et s'efforça de penser à autre chose.

Mais son malaise persista.

Le retour de Max, évidemment, ne fit qu'accroître sa tension. Etouffée par le poids de son secret, Luciana se montra moins naturelle, moins spontanée qu'à son habitude, et sa relation avec Max s'en ressentit. Loin d'arranger les choses, les efforts de son mari pour tenter de savoir quelle mouche l'avait piquée en son absence aggravèrent encore la situation...

— Qu'y a-t-il, ma chérie ? questionna-t-il le lendemain matin. Depuis hier soir, vous n'avez pas prononcé un mot. Seriez-vous souffrante ?

Luciana se mordit les lèvres. N'avait-elle pas toujours pensé que la confiance réciproque était la base d'un mariage solide ? Peut-être avait-elle tort de taire son secret. Mais, après tout, Max ne lui avait jamais parlé d'Antolina...

Dans un élan de rancœur, elle dit d'un ton brusque :

— Je n'ai rien, Max. Qu'allez-vous encore imaginer ?

Blessé par sa réaction, Max quitta la pièce sans répondre. Dès lors, le malentendu s'installa et, de silences pesants en vaines querelles, l'atmosphère se dégrada.

Obnubilée par ses soucis conjugaux, Luciana se replia sur elle-même. Si bien qu'à la fin de la semaine, elle avait complètement oublié Lysander et le collier...

— Vous m'avez menti ! cria Lysander. En réalité, vous n'avez jamais eu l'intention de vendre ce collier !

Il était tout rouge et piaffait de rage. Cet espoir déçu semblait le mettre hors de lui. Il était clair que les créanciers étaient à ses trousses et que sa situation était désespérée. Luciana se demanda même s'il ne risquait pas la prison, tant cette réaction était démesurée.

— Vous m'avez menti ! répéta-t-il d'un ton hargneux.

Luciana réprima un soupir. Fatiguée par sa grossesse, elle ne se souvenait plus où se trouvait le collier et n'avait aucune envie de le chercher maintenant. Toutefois, songeant que c'était là le seul moyen d'éloigner Lysander, elle consentit à faire un effort...

Elle s'éclipsa donc dans le couloir — pour se retrouver face à Max. Max qui, d'après Carlo, était parti à Rivenal !

A bout de nerfs, Luciana n'en put supporter davantage. Des étoiles se mirent à danser devant ses yeux et ses jambes se dérobèrent. Elle serait tombée si Max ne l'avait retenue à temps. Celui-ci se tourna vers le visiteur, blême de colère :

— *Dehors* ! ordonna-t-il à Lysander d'une voix terrible.

Epouvanté, celui-ci battit en retraite sans demander son reste. Soulevant Luciana dans ses bras, Max la porta à l'étage et la déposa avec mille précautions sur le lit.

— Parlez-moi, Luciana ! implora-t-il anxieusement.

Que s'est-il passé ? Je vous en prie, ma chérie, expliquez-moi !

— C'est Lysander, Max... Oh, je sais que j'ai eu tort, mais j'ai vu là un bon moyen de nous débarrasser de lui...

Soulagée, Luciana rit à travers ses larmes. Pourquoi, *pourquoi*, ne s'était-elle pas épanchée plus tôt ? Sous prétexte d'épargner des soucis à Max, elle avait risqué de ruiner leur mariage !

— Lysander m'a fait du chantage, expliqua-t-elle. Je sais que c'est grotesque, mais... il m'a menacée de raconter à tout le monde que nous étions amants avant la mort de Philip et qu'en réalité, Carlo était votre fils ! Il a aussi insinué que... que...

Elle s'interrompit, atterrée. Comment avouer une chose aussi monstrueuse ? C'était impossible !

— Qu'a-t-il insinué, ma douce ? insista Max en pressant sa main.

— Peu importe, Max. Cela n'a plus d'intérêt, à présent.

— Je crains que si. Sans cela, vous n'auriez pas tant de peine à m'en parler.

Vaincue, Luciana hésita un moment avant de murmurer :

— Il prétend que.... que la mort de votre père, tout comme celle de Rory et Philip, vous a bien arrangé.

Max tressaillit comme sous un coup de fouet. Une petite veine se mit à battre à sa tempe tandis qu'une évidence terrible s'imposait à lui : si Rory et Philip avaient vécu, Luciana n'aurait jamais été sienne. Il ne l'aurait jamais tenue dans ses bras comme en ce moment, n'aurait jamais caressé ses cheveux pour l'apaiser.

A présent, c'était elle qui le réconfortait, devinant aisément la nature de ses pensées.

— Oubliez tout cela, Max, supplia-t-elle. Lysander ne mérite pas qu'on lui prête attention. C'est un être stupide et malfaisant...

— Pourtant, vous alliez acheter son silence ! s'écria-t-il. Pourquoi, Luciana ? Pourquoi, si vous ne le croyez pas ?

Bouleversée, Luciana se jeta à son cou. Elle devait le rassurer, chasser le doute qui, tel un ver rongeur, s'immisçait dans son esprit.

— Bien sûr que non, je ne le crois pas ! assura-t-elle. Je voulais juste qu'il s'en aille et ne puisse plus nous nuire...

— Et quel en était le prix ? coupa sèchement Max.

— C'était... Oh, Max, ne me regardez pas de cet air furieux ! C'était mon collier de perles.

— Celui que vous portiez à notre mariage ? s'exclama-t-il, visiblement consterné.

— Oui. Seulement, nos disputes m'ont tant perturbée que j'ai complètement oublié de le vendre...

— Heureusement ! De toute façon, je l'aurais racheté. Oh, Luciana, petite folle adorée...

Il la serra contre lui à l'étouffer et, dans un élan, Luciana jeta les bras autour de son cou.

— Je vous aime, Max, souffla-t-elle voluptueusement. Je vous aime tant !

— Moi aussi, je vous aime. Oh, Luciana, que nous est-il arrivé ? Je ne comprends pas comment nous avons pu nous déchirer ainsi.

A ces mots, un sourire très doux fleurit sur les lèvres de Luciana. Le moment était enfin venu de lui annoncer la merveilleuse nouvelle.

— Moi, je le sais, Max, dit-elle posément. Si, depuis quelque temps, j'ai des réactions imprévisibles, c'est parce que je suis enceinte.

— *Enceinte* ? répéta-t-il, incrédule. Vous attendez un enfant ? Un... un bébé ?

Devant sa stupeur, Luciana ne put s'empêcher de rire.

— Oui, Max, un bébé ! *Notre* bébé.

Max demeura un instant silencieux, comme s'il n'osait croire à son bonheur. Puis, exultant, il la pressa contre lui.

— Luciana... ma mie, ma fée ! C'est merveilleux ! Il faudra en prendre bien soin. Plus question pour vous de monter à cheval ou de vous fatiguer !

— Je serai sage, promit Luciana. Enfin, j'essaierai ! Car je me vois mal rester inactive pendant neuf mois. Je suis enceinte, pas malade ! D'ailleurs, beaucoup de femmes continuent à vivre normalement jusqu'à leur délivrance...

— Tout de même, coupa-t-il avec autorité. Si vous voulez mener cette grossesse à terme, il convient de vous ménager !

— Mais...

Elle n'eut pas le loisir d'achever sa phrase. Déjà, la bouche impérieuse de Max bâillonnait la sienne d'un baiser impérieux auquel Luciana n'eut pas longtemps envie de résister. Eperdue de joie, elle s'arqua contre lui. Puis, à regret, leurs lèvres se désunirent, et Max dit gravement :

— A l'avenir, ma chérie, nous ne devrons plus avoir de secrets l'un pour l'autre. Cela nous a fait trop de mal. Me promettez-vous, désormais, de me faire confiance ?

— Oui, Max, répondit-elle sans hésitation. Je m'engage à ne jamais rien vous cacher. Et vous, me le promettez-vous ?

Max opina. Le temps des secrets était révolu. Pour

profiter pleinement de son nouveau bonheur, il devait exorciser le passé.

— Oui, dit-il résolument. Bientôt, très bientôt, je vous raconterai tout. C'est promis.

Il baisa dévotement ses doigts et Luciana éprouva un délicieux sentiment d'allégeance. De nouveau, elle tenait son rêve au creux de sa main. Et cette fois, l'oiseau rebelle ne s'enfuirait plus...

Une semaine idyllique s'écoula, où chaque matin était promesse, et chaque soir, souvenir. Luciana goûtait avec délices la perfection tranquille de sa vie. Des certitudes nouvelles l'apaisaient, qu'elle laissait croître et se fortifier. Elle avait confiance en elle et en son mari. S'ils étaient venus l'un vers l'autre débordant de craintes et de besoins inassouvis, ils étaient désormais épanouis, conscients de la force et de la plénitude qui s'étaient développées en eux.

L'allégresse de Luciana ne connut plus de bornes quand, un matin, elle apprit que Lysander avait quitté le pays.

— C'est incroyable ! s'écria-t-elle. Je ne pensais pas qu'il capitulerait si vite.

— Je le lui ai vivement conseillé, expliqua Max, pince-sans-rire. Et il faut croire que je me suis montré persuasif car il a plié bagages sur l'heure !

Ils rirent ensemble, puis Max dit en soupirant :

— Evidemment, son départ nous oblige à recueillir Antigone et sa portée de chiots ! A ce rythme, le château sera bientôt transformé en chenil... Enfin, conclut-il d'un ton faussement résigné, mieux vaut être philosophe !

Luciana approuva gaiement et tous deux s'installèrent devant l'âtre pour savourer l'intimité d'un tendre tête-à-tête. C'était compter sans Catalina, qui surgit soudain, les yeux gonflés de larmes.

— Mon cheval ! dit-elle en pleurant. J'ai perdu mon cheval !

— Allons, bon ! s'exclama Luciana. Ce n'est pas bien grave, ma puce, nous allons le retrouver... Où peut-il bien être, ce coquin ? ajouta-t-elle en regardant autour d'elle.

Pendant que Max soulevait les coussins, Luciana inspecta en vain le vestibule. « Où ce jouet a-t-il pu passer ? se demandait-elle. Je me souviens l'avoir vu hier après-midi. Mais où était-ce donc ? »

La jeune femme réfléchit intensément — et son visage s'éclaira. Le jardin ! La veille, Catalina avait joué dehors avec son père et, au moment de rentrer, Max avait mis le petit cheval dans sa poche. Sans doute s'y trouvait-il encore...

Mue par cette espérance, elle gravit l'escalier en hâte et gagna l'antichambre de Max, où se trouvait sa garde-robe.

La pièce était si imprégnée de sa présence que Luciana s'attarda à respirer la bonne odeur de santal qui y flottait. Les vêtements de son mari s'alignaient dans la penderie d'acajou, tandis qu'une étagère capitonnée accueillait ses objets personnels. « C'est son sanctuaire, pensa Luciana, exactement comme j'ai le mien. »

Très vite, elle trouva le jouet. Le valet de Max l'avait déposé sur une étagère, à côté d'une petite boîte. Grossièrement taillée dans du bois brut, celle-ci était toute cabossée et son couvercle fermait mal. Luciana s'en aperçut quand, en attrapant le cheval, elle fit tomber la boîte qui répandit son contenu par terre.

Elle avança la main pour tout ramasser — et suspendit son geste, pétrifiée. Là, dans ce médaillon, c'était elle ! Dans tout l'éclat de ses dix-sept printemps, avec un tendre sourire dédié à Philip. Rien qu'à Philip.

Elle lui avait donné cette miniature peu avant leur séparation, et son mari affirmait ne rien posséder de plus précieux au monde. C'était *son* talisman. Personne d'autre n'avait le droit de le toucher !

Luciana fut si choquée, si furieuse, si déçue de le trouver là, parmi les affaires de Max, qu'elle éclata en sanglots.

10.

— Ainsi, vous l'avez trouvé ? dit Max dans son dos.

Luciana sursauta. Sa détresse était telle qu'elle ne l'avait pas entendu entrer.

— Oh oui, je l'ai trouvé ! rétorqua-t-elle d'une voix glaciale.

Alors seulement, Max comprit ce qui se passait et il maudit le Ciel. Le matin même, il avait résolu de lui avouer qu'il détenait la miniature et de la lui rendre. Bien sûr, il savait que cette révélation la bouleverserait, mais depuis qu'elle lui avait annoncé sa grossesse, Luciana semblait si sereine qu'il la croyait capable de supporter le choc. Apparemment, il s'était trompé...

— Je suis navré, ma chérie, dit-il en s'approchant. Je ne voulais pas que cela se passe ainsi.

— Je m'en doute ! s'écria-t-elle, véhémente. Vous n'aviez pas le droit, Max ! Ce portrait m'appartient. C'était à Philip que je l'avais donné !

— Je le sais, ma mie. C'est bien pourquoi je l'avais gardé.

Sous son fragile vernis de calme, la révolte l'étouffait. Comment Luciana aurait-elle pu comprendre ? C'était lui qui, sur le champ de bataille, avait retiré le médaillon des doigts crispés de Philip. Lui encore qui, à la demande de Rory, l'avait gardé précieusement après sa mort. Depuis, le talisman était devenu sien. Il n'envisageait pas de s'en séparer, pas même pour le rendre à Luciana. Pourtant, il avait récemment changé d'avis, au prix d'un immense effort. Voilà pourquoi les accusations de la jeune femme l'atteignaient en plein cœur.

Luciana, de son côté, était en proie à une totale confusion. Un flot de souvenirs l'assaillait, engendrant une poignante nostalgie. Philip... Somerton était *sa* maison, ses enfants étaient *leurs* enfants, elle était *sa* femme. Et pourtant, elle portait le bébé d'un autre homme !

« C'est votre faute ! accusaient ses yeux fixés sur Max. Vous aviez tout prémédité ! La mort de Philip, loin de vous chagriner, a servi vos plans ! »

Déchiffrant ses pensées, Max sentit le désespoir l'engloutir. Fini, tout était fini. Luciana le détestait, le rejetait...

— Méprisez-moi si vous voulez, Luciana, dit-il d'une voix blanche. Mais je n'ai rien à me reprocher, si ce n'est de vous avoir aimée en secret pendant des années.

Précipité du faîte des passions heureuses au fond d'un gouffre d'horreur, Max sentait vaciller son équilibre, voyait avec effroi revenir les ombres du désespoir et du malheur. Il avait besoin de cette femme. Sans elle, il savait qu'il serait de nouveau perdu. Luciana était la fée d'un monde charmant où il n'avait pu pénétrer qu'à sa suite. Elle détenait les clés de l'univers ardent et suave où il régnait près d'elle dans l'allégresse de son âme enfin pacifiée. Sans elle, sa vie ne serait plus qu'une longue errance.

Il faillit ajouter quelque chose, puis se ravisa et gagna la porte.

Accablée, Luciana pressa ses mains l'une contre l'autre d'un mouvement convulsif. Sa respiration soulevait le plissé de son corsage, une boule lui obstruait la gorge. Max allait la quitter. Elle l'avait humilié, calomnié. Et maintenant...

C'est alors que, telle la foudre sur un arbre, une certitude s'abattit sur elle. Que Max l'ait aimée ou non avant la mort de Philip ne changeait rien aux sentiments qu'elle lui portait. Elle était sa femme et elle serait la mère de ses enfants. Le laisser partir ? Quelle folie ! Comment eût-elle pu jamais oublier le goût de ses lèvres, la chaleur de ses étreintes ? Non, c'était impossible. Sa vie entière n'y suffirait pas...

— Max ! cria-t-elle en s'élançant vers lui.

Tout à coup, elle se retrouva dans ses bras, au-delà des mots, au-delà de ses plus folles espérances. Plus rien, soudain, n'existait au monde que le poids de ses mains sur elle, la conscience de son corps contre celui de l'homme qu'elle aimait.

— Pardonnez-moi ! balbutia-t-elle à travers ses larmes. Je vous aime, Max... Oh, je vous aime tant !

Pour toute réponse, Max enfouit le visage dans le flot de ses cheveux épandus comme il l'eût fait dans une eau frissonnante et parfumée.

— C'est ma faute, murmura-t-il. J'aurais dû tout vous raconter dès le début. Ç'eût été tellement plus simple...

Il marqua une courte pause avant d'expliquer :

— Je vous ai toujours aimée. C'est folie, je le sais, mais dès l'instant où Philip m'a parlé de vous, votre présence m'a obsédé. Quant à la miniature, sa vue m'a littéralement enflammé ! Vous hantiez mes rêves, même si je n'imaginais pas vous rencontrer un jour...

Sa voix se fit rauque tandis qu'il enchaînait :

— Curieusement, ma passion pour vous n'altérait en rien mon affection pour Rory et Philip. Aussi, quand ils ont disparu après une bataille, tout s'est écroulé autour de moi. Je les ai crus morts et, dès cet instant, la vie m'est devenue odieuse. J'ai erré dans la montagne comme un fantôme, assourdi par le grondement de tempête qui m'emplissait la tête. Bien sûr, l'ennemi en a profité. Je longeais la berge d'une rivière quand j'ai reçu un coup de sabre. Je suis tombé à l'eau et n'ai dû mon salut qu'au débit tumultueux qui m'a entraîné. J'ai bien cru mourir...

Ses traits se crispèrent et Luciana faillit le prier d'interrompre son récit. Mais elle se l'interdit. Pour exorciser enfin le passé, Max devait s'épancher.

— Pourtant, reprit-il, j'ai survécu. Grâce à Antolina. Elle était venue puiser de l'eau et m'a trouvé inanimé sur la grève. Elle s'est arrangée pour me ramener dans son village et m'a caché chez elle jusqu'à ma guérison. Nous nous sommes accrochés l'un à l'autre comme deux rescapés d'un désastre... Vous me comprenez, n'est-ce pas ?

— Bien sûr, Max. Moi aussi, je reviens de loin. Et je sais ce que l'on éprouve dans ces situations.

— Antolina aussi avait besoin de moi, enchaîna-t-il. Son fiancé avait été tué dans une embuscade, elle voulait s'étourdir pour l'oublier. Notre liaison ressemblait à une fuite en avant — jusqu'à ce qu'elle me confie qu'elle était enceinte.

A cette évocation, le remords l'envahit. Si l'annonce de la grossesse de Luciana l'avait empli de joie, celle d'Antolina, en revanche, l'avait consterné. Et même s'il avait assumé ses responsabilités en l'épousant, il n'en avait pas moins fait preuve de lâcheté...

— Nous nous sommes mariés, poursuivit-il d'une

voix altérée. Mais je l'ai quittée une semaine plus tard. Au fond de moi, je savais que j'avais tort, que la région était menacée, car les Français suspectaient les villageois de nous aider. Cependant, je me suis convaincu du contraire et j'ai trouvé quantité de bonnes excuses pour partir. En outre, j'avais obtenu des informations précieuses sur les mouvements des troupes françaises. Des renseignements qui pouvaient permettre de sauver des centaines de vies. Alors, j'ai décidé de rejoindre Lisbonne.

A ces mots, Luciana frémit. Le Portugal ! Max avait réussi à traverser la moitié de l'Espagne en échappant aux soldats de Napoléon.

— Je suis parti à pied car c'était le moyen le plus sûr, enchaîna-t-il. Je ne voulais pas prendre le risque d'être arrêté par une patrouille française. Alors j'ai marché, marché... en continuant à me mentir. Car j'avais beau me répéter que j'agissais dans l'intérêt de ma patrie, je savais bien au fond que je faisais tout cela pour vous. Oui, Luciana, *pour vous* ! Je croyais votre mari mort et je m'interdisais de penser à Antolina. Je n'avais qu'un objectif : vous retrouver. Par n'importe quel moyen. A n'importe quel prix. Mais à Lisbonne, j'ai eu l'immense bonheur de retrouver Philip et Rory. Eux aussi me croyaient mort. Nous nous sommes tombés dans les bras. Alors, j'ai décidé de vous chasser de mon esprit et de me consacrer à la guerre.

Emue aux larmes, Luciana s'essuya les yeux. Comment un homme qui ne la connaissait même pas avait-il pu l'aimer à ce point ? C'était prodigieux !

— Avant de partir, poursuivit Max, j'avais laissé ma chaîne en or et ma chevalière à Antolina afin qu'elle les vende pour acheter à manger. Mais plutôt que de s'en séparer, elle a attaché la chaîne autour du cou de Catalina, ce qui, par la suite, a permis aux religieuses du couvent de me retrouver.

Il marqua une pause avant d'ajouter :

— Depuis Lisbonne, j'envoyais mes maigres économies à Antolina. J'ignore si elle les a reçues, car je suis resté sans nouvelles d'elle — jusqu'à cette lettre où elle me suppliait de l'aider. Son cousin avait été convaincu d'espionnage et elle savait que tout le village serait châtié. La vengeance de Bonaparte était impitoyable...

Il s'interrrompit de nouveau. Des souvenirs douloureux affluaient à sa mémoire. Après la mort de Philip, il s'était morfondu à Lisbonne dans l'attente que sa jambe guérisse. Il avait hâte de retourner se battre, car seule l'action pouvait dissiper l'angoisse qu'il éprouvait en songeant que, peut-être, sa réticence à rejoindre Antolina était liée au fait que, désormais, Luciana était libre.

Il ne savait toujours pas — ne saurait jamais — si telle était vraiment la raison de sa dérobade mais, aujourd'hui encore, il maudissait sa lâcheté.

— J'aurais dû retourner près d'elle, dit-il d'une voix sourde. J'aurais dû demander à Rory de m'accompagner... mais il ignorait que j'étais marié ! J'étais si honteux d'avoir abandonné Antolina que je redoutais son mépris. Car il avait deviné depuis longtemps que, comme lui, j'étais secrètement amoureux de vous.

Accablé, il marqua une pause avant de conclure :

— Mon égoïsme a causé la mort d'Antolina, et c'est un miracle si ma fille n'a pas été tuée. J'ignore si ma présence aurait changé quelque chose, mais au moins aurais-je dû tenter d'intervenir — même si cela impliquait de renoncer à vous. Car si Antolina avait vécu...

Il ne put achever son *mea culpa*. Déjà Luciana l'interrompait.

— Vous gisiez à demi mort dans une infirmerie pour avoir tenté de sauver mon mari et vous me demandez de vous mépriser? s'écria-t-elle. Voyons, Max, c'est absurde! Pourquoi vous reprocher la mort tragique d'Antolina? Selon toute vraisemblance, elle avait été tuée avant même que vous receviez sa lettre. Vous seriez arrivé trop tard pour la sauver ou, dans le pire des cas, vous seriez mort avec elle. Que serait devenue Catalina alors?

« Elle a raison », pensa Max, qui se sentit aussitôt apaisé. La sagesse de Luciana, la confiance qu'elle lui témoignait, avaient valeur d'absolution. Il comprenait soudain qu'il n'avait rien à se reprocher, sinon d'avoir exigé l'impossible de lui-même et, par là même, d'avoir échoué.

C'était cela, précisément, que Luciana tentait de lui démontrer.

— Vous êtes trop exigeant envers vous-même, Max, assura-t-elle. L'être humain est faillible, c'est ainsi. Personne ne vous en voudra de ne pas toujours atteindre vos objectifs. Catalina a survécu, n'est-ce pas là l'essentiel? Je suis sûre qu'Antolina serait de mon avis car, comme toute mère, elle aimait son enfant plus que sa propre vie.

— Je l'aime, moi aussi, dit Max avec ferveur. Et jamais je n'oublierai l'instant où je l'ai retrouvée. Pour moi, c'était un miracle! Catalina a bouleversé ma vie. C'est elle qui m'a donné le courage de traverser la Manche pour venir vous rejoindre, même si, à l'époque, je m'estimais indigne de vous...

Il la serra contre lui, comme s'il craignait qu'elle s'échappe, en ajoutant d'une voix altérée :

— J'ai traversé des moments terribles, Luciana. Et je n'aurais pas supporté de vous perdre.

Emue, Luciana leva vers lui un regard qui dévoilait tout son amour.

— Oh, Max, vous n'avez jamais failli me perdre ! C'est ma vie qui, sans vous, perdrait tout son sens. Car moi aussi, j'ai connu l'enfer. Après la mort de Philip, je pensais ne plus avoir droit au bonheur. Or, dès la seconde où vous m'êtes apparu, j'ai su que le cauchemar était terminé. Je vous ai fait confiance, comme tant d'autres depuis. Car tout le monde vous aime, Max, même si vous en doutez ! Vos mercenaires vous sont très attachés. Liam aussi, et pas seulement parce que vous lui avez sauvé la vie. Freddie, également, et Catalina...

— Et Carlo ?

— Carlo aussi, même si, pour l'instant, il vous jalouse encore un peu. Donnez-lui du temps, Max. Depuis votre arrivée, sa vie a basculé, et l'âme humaine est ainsi faite qu'il n'est pas toujours facile de déposer un fardeau que l'on portait depuis trop longtemps.

— Je suis bien placé pour le savoir, approuva-t-il. Comme Carlo, j'ai eu une enfance brisée. Et c'est vous qui m'avez délivrée, Luciana chérie...

Il lui caressa la joue en ajoutant :

— Votre prénom vous va si bien ! Vous êtes la lumière, *ma* lumière, et il en sera ainsi jusqu'à mon dernier souffle.

Leurs lèvres s'unirent en un baiser d'exquise tendresse, et, éperdue de bonheur, Luciana crut entendre les voix mêlées de Philip et Rory chuchoter à son oreille : « Voilà ce que nous te léguons, Luciana. Voilà l'héritage des Standish. Ce ne sont ni des terres, ni un château, ni même la fortune ou la sécurité. C'est tout simplement la paix. »

Comme s'il lisait dans ses pensées, Max dit très bas :

— Ils vous aimaient tant !

— Oui, murmura Luciana. Et c'est pour cela qu'ils m'ont offert la chance inestimable de vous aimer.

— Et, à moi, celle d'exaucer mon rêve...

Ils s'embrassèrent de nouveau, puis, enlacés, regagnèrent le salon.

Pour eux, l'avenir commençait.

Épilogue

Rory Philip Fitzgerald Cavendish, duc de Rivington, naquit à l'aube de la bataille qui devait marquer la fin de la guerre et ramener chez eux les compagnons de son père.

De l'autre côté de la Manche, la France pansait ses blessures tandis qu'à Waterloo, l'armée anglaise fêtait dignement sa victoire. Mais ici, à Somerton, seuls régnaient le silence et la paix. L'héritier de Rivenal dormait dans les bras de sa mère...

Emue, Luciana regarda son précieux fardeau. Tant de fragilité, et cependant tant d'avenir, tant d'espérances en puissance ! De tout son être jaillit un sentiment d'infinie tendresse...

— Voulez-vous le prendre, Max ? proposa-t-elle en lui tendant le bébé.

D'un geste timide qui contrastait avec son assurance habituelle, Max effleura le menu crâne soyeux.

— Non, non, marmonna-t-il. Il est si petit... j'ai peur de le briser !

Luciana sourit. Une toute nouvelle sérénité émanait de sa personne, comme si cette troisième maternité la parait d'un charme radieux et plus subtil. Cette fois, elle n'était pas seule avec le nouveau-né. L'homme qu'elle aimait était à son chevet, attentif et émerveillé.

Leurs enfants aussi qui, à l'instant, venaient d'entrer dans la chambre malgré les protestations de Liam.

— Elle est toute plissée ! chuchota Freddie en observant le bébé avec curiosité.

— Pas elle, *lui* ! protesta Carlo.

— Et il est tout rouge !

— *Bonito* ! dit Catalina en espagnol.

Amusés, Max et Luciana échangèrent un regard complice. Certains bonheurs, ils le savaient bien, étaient éternels.

SÉRIE ROYALE

prochains rendez-vous le 1er juin

LA DAME DE CŒUR
de Stephanie Laurens • N° 247

Après avoir assisté à quelques mois d'intervalle au mariage de sa sœur Lenore, puis à celui de son frère Jack, Harry Lester se demande si un singulier virus ne s'est pas attaqué à sa famille. Lui, en tout cas, se sait à l'abri d'une telle catastrophe. À moins que la catastrophe en question ne prenne les traits enchanteurs de la très belle Lucinda…

LE LOUP DE SWANBOURNE
de Meg Alexander

Face à l'avancée des armées napoléoniennes, Harriet a quitté la Belgique et trouvé refuge en Angleterre, dans le château de son beau-frère. Quand elle rencontre Hugh Ashby, un voisin du domaine, elle comprend que sa sécurité est malheureusement toute relative. Car, après avoir échappé à l'ogre français, c'est avec un véritable loup que la jeune fille doit composer.

VOTRE PROCHAIN RENDEZ-VOUS AVEC LES BEST-SELLERS HARLEQUIN

Le 1er mai, découvrez trois Best-Sellers Harlequin.

CONFIDENCES D'UNE FEMME DE CHAMBRE, de Jane Heller (N°39)
J'ai à vous raconter une drôle d'histoire, peut-être même une histoire assez drôle : celle d'Alison Waxman Koff. C'est l'histoire d'une femme qui, du jour au lendemain, se retrouve plaquée par son mari, et ruinée par un krach boursier. Adieu, années dorées passées dans l'opulence et l'insouciance ! L'ex-princesse se voit obligée de faire des ménages pour survivre... ce qui la conduit droit en prison. Pourquoi, me direz-vous? Parce qu'on a assassiné sa patronne — un écrivain très connu qui s'apprête à traîner dans la boue une célébrité —, et parce qu'il faut bien un suspect... Mais croyez-moi, il y a une justice. Je suis bien placée pour le savoir : Alison Waxman Koff, c'est moi.

LE PRIX DE LA TRAHISON, de Fern Michaels (N°40)
"Cader Harris est de retour"... ! La nouvelle déferle comme un raz-de-marée sur la petite ville de Hayden, dans le sud des États-Unis. Détesté par les uns, adulé par les autres, l'enfant terrible du pays n'a jamais laissé personne indifférent. L'annonce de son retour, après des années d'absence, agit comme un détonateur, attisant rancoeurs et passions. Et surtout, suscite une question : pourquoi le célèbre champion, véritable gloire du football, revient-il à Hayden, qu'il ne rêvait jadis que de quitter? Si ses anciens amis se réjouissent, ses ennemis se tiennent sur le qui-vive. Pour eux, Cader Harris était, et restera toujours un fauteur de troubles. Il faut donc l'empêcher de nuire, par tous les moyens...

JET-SET, de Lynn Erickson (N°41)
A Aspen, station de sports d'hiver chic, une jeune femme est retrouvée morte dans un parking. Les soupçons pèsent aussitôt sur le fils du sénateur Connelly, un vaurien peu futé ayant rencontré la victime le soir du drame. Mais ce dernier est efficacement soutenu par sa riche famille, qui oppose un front uni à l'incorruptible shérif McCandless. Même Beth, la plus sensible du clan Connelly, est convaincue de taire ce qu'elle a vu... Mission difficile, quand les circonstances la mettent fréquemment en présence du ténébreux shérif...

GRANDE ENQUÊTE HARLEQUIN

20 cadeaux à gagner

Nous vous proposons de nous accorder quelques instants pour répondre au petit questionnaire ci-dessous. Vos réponses nous permettront de mieux vous connaître pour mieux vous satisfaire. Merci de nous retourner ce questionnaire (ou une copie de celui-ci sur papier libre) à l'adresse suivante :

Editions Harlequin, Service Lectrices
60505 CHANTILLY cedex.

20 d'entre vous, désignées par tirage au sort, recevront un élégant cadre en métal argenté.

1• Depuis combien de temps lisez-vous des romans Harlequin ?

C'est la première fois ❒
Moins d'un an ❒
Entre un et deux ans ❒
Plus de deux ans ❒

2• Le roman que vous venez de lire a-t-il répondu à vos attentes ?

Oui ❒ Non ❒

3• Lisez-vous toujours des romans de la même collection ou lisez-vous plusieurs collections *(Azur, Horizon, Rouge Passion, Les Historiques, Blanche, Amours d'Aujourd'hui, Les Best-Sellers, Suspense, Sixième sens...)* ?

Toujours la même collection ❒

Plusieurs collections ❒

4• Êtes-vous abonnée à l'une des collections Harlequin ?

Oui ❒ Non ❒

Nous vous remercions de votre aide.

❒ Mlle ❒ Mme

Nom ____________________

Prénom ____________________

Adresse ____________________

____

Code postal |_|_|_|_|_| Ville ____________________

Date limite de réponse : 31 juillet 1996

Conformément à l'article 27 de la loi 78-17 du 06-01-78 vous disposez d'un droit d'accès et de rectification vous concernant sur notre fichier clientèle.

Composé sur le serveur d'EURONUMÉRIQUE, À MONTROUGE
PAR LES ÉDITIONS HARLEQUIN
Achevé d'imprimer en avril 1996
sur les presses de la Société Nouvelle Firmin-Didot
à Mesnil-sur-l'Estrée (Eure)
Dépôt légal : mai 1996
N° d'imprimeur : 33958 — N° d'éditeur : 6078

Imprimé en France